Is it Wrong to Try to Pick Up Girls in a Dungeon?

FUJINO OMORI

ILLUSTRATIONEN VON SUZUHITO YASUDA

Is it Wrong to Try to Pick Up Girls in a Dungeon?

Is it Wrong to Try to Pick Up Girls in a Dungeon?

4

FUJINO OMORI

ILLUSTRATIONEN VON SUZUHITO YASUDA

Is it Wrong to Try to Pick Up Girls in a Dungeon?

4

Prolog: Der schnellste Junge in der Seitengasse

Lautes Gerede erfüllte das Hauptquartier der Gilde. Vom frühen Morgen bis zur Mittagszeit gingen im großen Empfangsbereich zahlreiche Abenteurer ein und aus. Viele berieten sich vor der Erkundung des Dungeons mit ihren zuständigen Beamten über ihr Vorgehen, aber noch viel mehr versammelten sich vor dem großen schwarzen Brett, das jeden Abend aktualisiert wurde. Von Ankündigungen neuer Produkte der Handelsgilde über Kaufangebote für bestimmte Beute-Items bis hin zu Sichtungsberichten zu seltenen Monstern, die mithilfe anderer Familias entdeckt worden waren, und allerlei weiteren Bekanntmachungen der Gilde fanden sich hier unzählige kostbare Informationen für Abenteurer. Diese konnten einem eventuell am nächsten Tag das Leben retten oder große Reichtümer einbringen – und das wollte sich selbstverständlich niemand entgehen lassen.

In der Lobby, die von der strahlenden Morgensonne erhellt wurde, quasselten Angehörige der unterschiedlichsten Völker, darunter auch einige Halbmenschen, aufgeregt vor sich hin.

»Wow! Heute haben sich aber wirklich unfassbar viele Abenteurer hier versammelt«, flüsterte eine Beamtin namens Misha ihrer Kollegin Eina zu, die wie sie selbst auf einem Stuhl hinter einem Schalter saß.

»Hey, wir sind hier bei der Arbeit. Sprich mich nicht so locker an«, ermahnte diese sie.

Dennoch musste Eina ihr recht geben, denn an diesem Morgen erblickte sie deutlich mehr Abenteurer als sonst. Wie die anderen Beamten an den Schaltern hatte sie es nicht leicht, diesem Trubel Herr zu werden. Bis eben hatte sie sich noch um die Anleitung einiger Abenteurer kümmern müssen, sodass sie erst jetzt kurz zum Durchatmen kam. Vor allem konnte sie sich heute nicht um die lästigen Kerle kümmern, die fast täglich herkamen, um sich an sie heranzumachen. Also wies sie sie wenigstens dieses eine Mal einfach ab.

»Bald findet der Denatus statt. Da wird natürlich viel über die Abenteurer geredet, die einen Rangaufstieg geschafft haben ... Und vor allem gab's doch diesen einen Vorfall mit dem Minotaurus auf Ebene 9«, meinte Misha.

»Ja ... Mag sein.«

Vor drei Tagen hatte die Nachricht, ein Minotaurus sei auf einer höheren Ebene als sonst erschienen, vielen Abenteurern auf Level 1 einen Schauer über den Rücken gejagt. Seit die Loki-Familia von ihm berichtet hatte, waren pausenlos Leute zur Gilde gekommen, um nach weiteren Informationen zu fragen – so auch heute.

Natürlich kam es immer mal wieder vor, dass Monster auf Ebenen angetroffen wurden, auf denen sie nicht üblich waren, aber im Normalfall entfernten sie sich von ihrer eigentlichen Ebene höchstens zwei nach oben oder unten. Diesmal jedoch hatte man einen Minotaurus im oberen Bereich von Ebene 9 gesichtet, obwohl dieses Monster eigentlich nur im mittleren Bereich ab Ebene 15 auftauchte und somit ganze sechs Ebenen nach oben gestiegen sein musste, was ein absolut ungewöhnliches Verhalten war.

Vor allem waren die Abenteurer aber verunsichert, weil dies in letzter Zeit nicht das einzige Mal war, dass ein Minotaurus in den oberen Ebenen erschienen war. Erst vor knapp einem Monat – an dem Tag, an dem Bell und Aiz sich getroffen hatten – war es zu einem ganz ähnlichen Vorfall gekommen. Damals hatte die Gilde immer wieder beteuert, es sei ein Unfall im Zusammenhang mit der Rückkehr der Loki-Familia von einer Expedition gewesen, aber so einfach wollten die Abenteurer sich nicht abspeisen lassen. Unter ihnen gab es einige, die einen Wandel im Dungeon vermuteten, durch den die Minotauren sich in einer der höheren Ebenen einnisten könnten.

Eina und ihre Kollegen hatten ihnen immer wieder gesagt, dass diese Annahme doch übertrieben sei. Jedoch ging es für Abenteurer auf Level 1 dabei um Leben und Tod. Wenn sich Monster aus dem mittleren Bereich in den oberen Ebenen herumtrieben, wären sie nicht so ohne Weiteres in der Lage, den Dungeon zu erkunden. Die Gilde konnte die Sorgen der Abenteurer gut verstehen und gab ihr Bestes, sie ihnen irgendwie zu nehmen.

Seit diesem Tag habe ich nichts mehr von ihm gehört. Ob es ihm wohl gut geht?

Dass der Kontakt zu Bell in der Zwischenzeit komplett abgebrochen war, bereitete Eina weiteres Unbehagen. Es war nicht einmal eine Woche vergangen, seit er das letzte Mal hier gewesen war, weshalb ihr Verstand ihr sagte, dass ihre Bedenken eigentlich unbegründet waren, aber ... Bell wäre früher einmal fast von einem Minotaurus getötet worden und zitterte nun nachvollziehbarerweise jedes Mal wie Espenlaub, wenn er das Wort nur hörte.

Nachdem Einas Gedanken einmal bei ihm angekommen waren, wurde sie plötzlich ganz nervös. Ein Gefühl der Ungeduld machte sich in ihrer Brust breit.

»Oh! Eina, da ist ja der Abenteurer, der dir so gefällt!«, rief ihre Freundin einfältig.

Eina hob sofort das Gesicht und machte den bekannten Weißschopf im Nu in der Ferne aus, als er sich einen Weg durch die dicht gedrängten Abenteurer bahnte. Er bemerkte ihren Blick und erwiderte ihn mit einem Lächeln, die Wangen leicht gerötet.

»Meine Güte. Heute wirkt der Kleine irgendwie besonders gut gelaunt, oder?«

Diesmal ließ Eina Mishas Worte ins eine Ohr rein und aus dem anderen wieder heraus. Ein warmes Gefühl der Erleichterung durchströmte sie und zauberte ihr ein breites Lächeln ins Gesicht. Sofort unterdrückte sie es wieder, doch ihre rosafarbenen Lippen blieben ein klein wenig nach oben gezogen.

Bell näherte sich fröhlich wie ein hüpfendes Kaninchen. Eina ärgerte ein wenig, dass er überhaupt nicht zu ahnen schien, wie sie sich in der Zwischenzeit gefühlt hatte. Aber ihre Freude darüber, dass er in Ordnung war, siegte darüber.

»Guten Morgen, Eina!«

»Hallo, Bell. Es ist eine Weile her. Warst du fleißig auf Erkundungstour? Ach, das muss ich dich eigentlich nicht fragen, oder?«

»Ja, natürlich war ich fleißig! Aber das letzte Mal ist jetzt schon einige Tage her.«

»Hi hi. Ruhepausen sind auch wichtig. Wenn du frei hast, musst du dich ordentlich entspannen. Aber das machst du bestimmt auch ganz gut, oder?«

Mit einem leichten Lächeln unterhielt sich Eina mit dem bestens gelaunten Bell. Vom Nachbarschalter aus schaute auch Misha grinsend zu ihm herüber, aber anscheinend wollte sie Rücksicht nehmen, denn sie begann, ihre Unterlagen zusammenzuräumen, um gleich ihren Platz zu verlassen.

Freundlich fragte Eina weiter. »Und ist irgendwas Schönes passiert?«

»Me... Merkt man mir das etwa an?«

»So wie du schaust, kann das wohl jeder hier erkennen.«

Bell kratzte sich verlegen über die Wange und Eina räusperte sich leicht. Dem Jungen war auf den ersten Blick anzusehen, dass er geradezu darauf brannte, von diesem *schönen Ereignis* zu berichten.

Dann erzähl doch mal, forderte Eina ihn mit ihren smaragdgrünen Augen auf, woraufhin er nickte und wie an jenem Tag strahlte, an dem er sich bei der Gilde als Abenteurer registriert hatte. Am Schalter daneben verkniff Misha sich ein Kichern, während sie einen Stapel Papiere auf den Arm nahm und sich endlich von ihrem Platz erhob.

Er ist so unfassbar ehrlich. Eina fühlte sich, als würde sie sich gerade um einen jüngeren Bruder kümmern, und wartete darauf, dass Bell weitersprach.

»E… Es ist so …«

»Ja?«

Der lächelte so breit, dass Eina bei seinem Anblick irgendwie auch fröhlich wurde.

»Ich bin endlich auf Level 2 aufgestiegen!«

Zettel flatterten durch die Luft, als Misha ihren Papierstapel fallen ließ. Eigentlich hatte sie Bell und Eina im Begriff zu gehen den Rücken zugewandt, aber nun war sie zur Salzsäule erstarrt. Sie hatte von ihrer Freundin einiges über Bell gehört und wusste daher nur zu gut, dass er vor weniger als zwei Monaten Abenteurer geworden und somit noch ein Anfänger war.

Auch Eina war wie eingefroren. Ihr strahlendes Lächeln wich nicht, aber sie machte keinerlei Bewegung. Es war fast so, als wäre plötzlich die Zeit stehengeblieben. Doch abgesehen von den beiden Frauen herrschte im Empfangsbereich weiterhin reges Treiben.

»Hm?«, wunderte sich Eina. *Habe ich mich etwa nur verhört?* Unverändert lächelnd neigte sie verwirrt den Kopf zur Seite. Ihre Mundwinkel zuckten ein wenig.

»Wie gesagt bin ich auf Level 2 aufgestiegen! Vor drei Tagen!«, wiederholte Bell sich voller Elan und schien ihre Regung überhaupt nicht zu bemerken.

Das Zucken auf Einas Lippen breitete sich zu einem Zittern am ganzen Körper aus. »Level 2?«

»Ja!«

»Vor drei Tagen?«

»Ja!«

»Lügst du mich etwa an?«

»Nein!«

»Bell, wann bist du noch mal Abenteurer geworden?«

»Vor eineinhalb Monaten!«

Damit brach die Unterhaltung kurz ab. Der Mensch und die Halbelfin lächelten sich nur wortlos an, während die Abenteurer, die weiterhin am Schalter Schlange standen, die beiden leicht grimmig anschauten. Jemand schien die Zeit für die beiden und Misha neben ihnen angehalten zu haben.

Doch dann sprang Eina plötzlich von ihrem Stuhl auf, der ein furchtbares Quietschen von sich gab, und explodierte förmlich. »In eineinhalb Monaten Level zweiiiiiiiii?!« Ihr Schrei war so laut, dass sie damit das Gebrabbel der umstehenden Personen übertönte. Wie ein Donnerschlag schallte er durch das Hauptquartier, weswegen sich alle Anwesenden zu ihr umdrehten.

Allein Bell, der direkt vor ihr stand, lehnte sich zurück und wandte den Blick ab.

Kapitel 1: Der Denatus

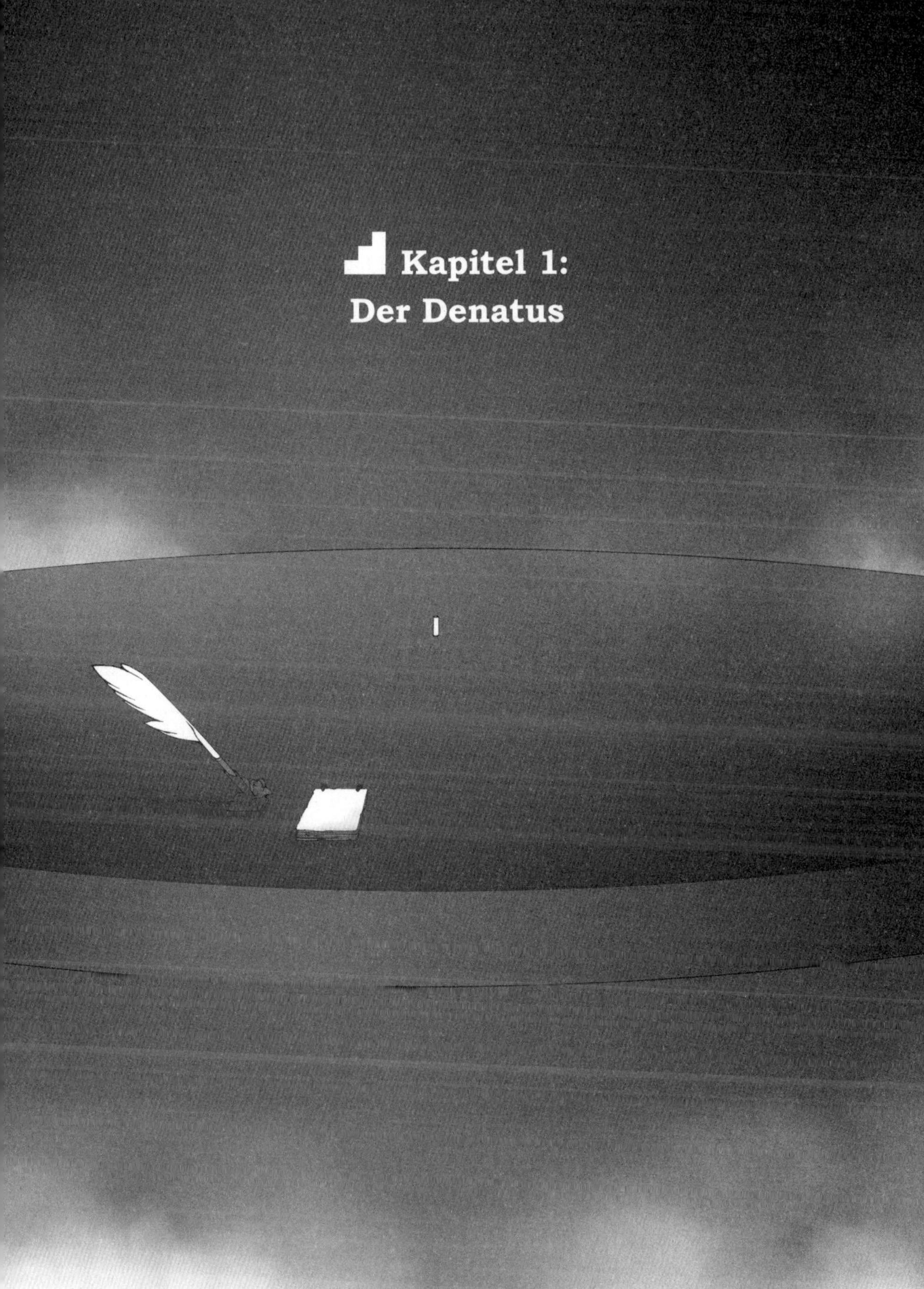

»Es tut mir leid!« Eina klatschte die Hände zusammen und verbeugte sich entschuldigend.

Sie befand sich in einem Beratungszimmer des Empfangsbereichs des Hauptquartiers der Gilde. Es war schlicht eingerichtet und groß genug für eine Besprechung unter vier Augen. In dem kleinen, schallsicheren Raum, in dem eigentlich nur ein Tisch und ein paar Stühle standen, entschuldigte sich Eina bei Bell, der ihr gegenübersaß. »Obwohl Mitglieder anderer Familias da waren, habe ich so laut geschrien ... Es tut mir echt leid!«

Weil sie vor wenigen Minuten in der Lobby vor Schock so herumgebrüllt hatte, wussten nun alle Anwesenden von Bells Rangaufstieg. Eina war in dem Moment völlig durcheinander gewesen und hatte mit ihrer Reaktion zahlreiche verblüffte und interessierte Blicke auf sich gezogen. Allein beim Gedanken daran schien ihr Kopf fast zu explodieren. Nicht nur war es ein gewaltiges Vergehen, einfach so Informationen über Abenteurer preiszugeben – vor allem war die Situation unfassbar beschämend gewesen, weswegen ihre Ohren weiterhin knallrot waren.

»Sch... Schon gut, Eina. Mein Level wäre doch sowieso bald öffentlich gemacht worden ... Es spielt also keine Rolle, ob es nun ein wenig früher oder später passiert«, meinte Bell etwas ratlos, weil Eina ihren Blick weiterhin nicht heben wollte.

Daraufhin erwiderte sie seinen nun etwas grimmig, weil er anders als sie überhaupt nicht wirkte, als würde es ihn stören. *Das mag ja alles sein ... Aber das Problem ist nicht der Rangaufstieg selbst, sondern die kurze Zeit, die er dafür gebraucht hat.*

Level 2 in nur etwas über einem Monat zu erreichen, war absonderlich schnell. So schnell, dass man es eigentlich für einen dummen Scherz halten würde, wenn man davon hörte. Für einen Levelaufstieg war eine außerordentliche Leistung vonnöten.

Dafür musste man beispielsweise einen höherrangigen Gegner bezwingen und höhere Excelia erhalten.

Eina war eine der wenigen Personen, die von Bells enorm schnellem Wachstum wussten. Aber selbst wenn seine Fähigkeiten sich rasch verbesserten, hatte er ihre bereits hohen Erwartungen mit seinem Levelaufstieg in so kurzer Zeit bei Weitem übertroffen. Auch wenn dieser an sich etwas Gutes war, hätte sie ihn dennoch lieber etwas länger geheim gehalten – besonders weil diese einzigartige Leistung wohl von den meisten als Aufschneiderei aufgefasst würde ... Dann wiederum liebten die Gottheiten nichts mehr als solche beispiellosen Ereignisse. Allein der Gedanke an ihre grinsenden Gesichter bereitete der Halbelfin schon Kopfzerbrechen.

»Ähm, Eina? Ist irgendwas?«, fragte Bell sie.

»Nein, es ist nichts. Tut mir leid. Ich war in Gedanken.« Bei der Vorstellung, Bell könnte zum Spielball der Götter werden, war Einas Miene ernst geworden, aber dann lächelte sie nur etwas verlegen und seufzte leicht, um sich wieder zu konzentrieren. »Bell, es tut mir leid. Könnte ich dich zuerst um was bitten? Ich weiß, dass du wegen irgendeinem Anliegen hergekommen bist ... aber ich muss nun mal auch meine Arbeit machen.«

»Äh, ja. Schon gut. Worum geht's denn?«

»Könntest du mir kurz deinen Werdegang als Abenteurer verraten?«

»Ähm?«

»Nur ganz grob. Gegen welche Monster hast du gekämpft und was für Aufträge hast du abgeschlossen?« Eina legte auf dem Tisch Pergamentpapier und einen Federhalter zurecht.

Wenn diese Informationen irgendwie mit dem Aufstieg eines Abenteurers zusammenhingen, würde die Gilde sie vielleicht veröffentlichen, sofern dies keine Unannehmlichkeiten für die Familias bedeutete. Schließlich könnte dadurch auch das Sammeln der Magiesteine vereinfacht werden, was für alle von Nutzen wäre. Und im Fall von Bell, dem ein außergewöhnlicher Rangaufstieg gelungen war, stünde sicherlich auch die Entwicklung der Excelia im Fokus. Selbst wenn man seinen Namen geheim hielte, würden gewiss viele Personen einen Blick auf seine Leistungen werfen wollen. Vor allem aber war der Gedanke dahinter, dass andere Abenteurer viel, viel stärker werden könnten, wenn sie sich jemanden wie Bell zum Vorbild nahmen. Stiege der Standard unter den Abenteurern, würde die Zahl der Opfer sinken, was sich auch Eina sehnlichst wünschte. Dennoch achtete die Beamtin natürlich darauf, ihre eigenen Wünsche nicht in ihre Arbeit einfließen zu lassen, als sie sich nach dem Werdegang des Jungen erkundigte.

Als dieser mit seinem Bericht schließlich bei den Ereignissen vor drei Tagen angekommen war, begann Einas Schädel erneut, fürchterlich zu hämmern, und sie murmelte: »D... Der Minotaurus ...?« Ihr Kopf wäre fast zur Seite weggekippt, aber sie stützte ihn mit der rechten Hand ab.

Vor drei Tagen ist er auf Ebene 9 einem Minotaurus begegnet und hat ihn besiegt. Als Eina das hörte, fiel sie fast in Ohnmacht. Die Darstellung der Elitemitglieder der Loki-Familia deckte sich haargenau mit dem, was Bell ihr gerade erzählte. Jedoch waren die anderen plötzlich wortkarg geworden, als sie nachgefragt hatte, wer das Monster beseitigt hatte. Dachte sie jetzt so darüber nach, hätte ihnen sicherlich sowieso niemand geglaubt, wenn sie berichtet hätten, dass ein Abenteurer auf Level 1 den Minotaurus bezwungen hatte.

Das Schwindelgefühl ließ Einas Lider schwer werden, aber sie hielt die Augen angestrengt offen und starrte Bell wütend an.

Sie hatte ihm so oft gesagt, er solle nicht so viel riskieren. Als der Junge ihren strengen Blick bemerkte, lief ihm der Schweiß über die Stirn und er machte sich ganz klein. *Mensch, mit welcher Art Magie hat er das denn geschafft?* Die Halbelfin hätte den jungen Abenteurer am liebsten für einige Zeit ins Verhör genommen, um alles darüber zu erfahren, wie er als Abenteurer auf Level 1 dazu imstande gewesen war, einen Minotaurus, der als Level 2 kategorisiert wurde, in einem Einzelkampf zu besiegen.

»Hach …«, seufzte sie schließlich. »Im Großen und Ganzen habe ich es verstanden, aber ich habe das Gefühl, dass du überhaupt nicht auf meine Ratschläge hörst, Bell.« Sie schloss die Augen und drehte den Kopf zur Seite.

»Häää?! Nein, nun ja …«, wollte Bell sich erst panisch herausreden, bevor er kurz innehielt und mit einem »Es tut mir leid« den Kopf senkte.

Eina machte ein Auge auf und schaute auf den niedergeschlagenen Abenteurer hinab. Die leichte Schadenfreude, die in ihr aufkam, bereute sie sofort wieder. Ihren Ärger darüber, dass ihr Gegenüber sich anscheinend oft nicht im Klaren war, was es angestellt hatte, meinte sie allerdings ernst. Hätte der Junge nur einen kleinen Fehler begangen, würde er jetzt nicht mehr vor ihr sitzen.

»Bell … Ich war natürlich nicht dort und kann es daher schlecht einschätzen, aber vielleicht war es ja auch richtig von dir, nicht einfach gedankenlos wegzulaufen.«

»Eina …«

»Vielleicht habe ich nicht das Recht, so was zu sagen, aber … Nun ja. Vergiss bitte nicht, was ich dir gesagt habe … Wenn du sterben solltest, wäre wirklich alles umsonst gewesen. Okay?« *Ich bitte dich,* fügte sie in Gedanken hinzu, den Blick fest auf

Bell gerichtet. Sie wollte ihm unbedingt zu verstehen geben, dass es am allerwichtigsten war, lebend heimzukehren.

Bell hielt einen Moment inne, bevor er ernst nickte. Eine Weile sahen sie sich schweigend in die Augen, aber schließlich räusperte sich Eina und streckte einen Zeigefinger in Bells Richtung, um die angespannte Atmosphäre zu durchbrechen. »Hast du es denn jetzt wirklich verstanden? Du darfst es auf keinen Fall übertreiben. In Ordnung?«

»J... Ja!«

Zum Schluss kniff sie leicht in die Nase des Jungen, der mit einem Stöhnen reagierte. Eina setzte sich ordentlich hin und lachte. Sie kam zu dem Schluss, dass sie es für heute dabei belassen und nicht länger so grob mit ihm schimpfen sollte. Ihre braunen Haare schwangen sanft mit, als sie ihn freundlich anlächelte. »Bell, Gratulation zu Level 2. Du hast dir viel Mühe gegeben, nicht wahr?«

Bell hielt sich weiterhin die Nase fest und riss die Augen weit auf. Endlich sah er wieder glücklich aus und lächelte breit. Eina hoffte, dass er sich nichts darauf einbildete, aber war sich sicher, dass er diese Worte gerade am meisten hatte hören wollen.

»Vielen Dank«, erwiderte Bell und wurde leicht rot im Gesicht.

Eina hatte irgendwie gemischte Gefühle, als sie den jungen Abenteurer anschaute, um den sie sich bis jetzt gekümmert hatte. »Und bist du heute nur hergekommen, um mir von deinem Rangaufstieg zu berichten? Oder gibt es noch einen anderen Grund dafür?«, erkundigte sie sich nun, da sich die Stimmung etwas beruhigt hatte.

»Ach ja ... Ich würde gerne deine Meinung hören, Eina«, sprach Bell schließlich das Thema an, das er fast vergessen hätte.

»Gerne. Du kannst mich alles fragen.« Eina nickte.

»Es geht um entfaltete Statuswerte ...«

»Ach stimmt. Du bist ja jetzt auf Level 2, Bell.«

Entfaltete Statuswerte waren Kräfte, die man neben den Grundstatuswerten entwickelte. Meistens geschah dies mit einem Rangaufstieg. Erhöhte sich das Level eines Abenteurers, bestand die Chance, dass seinem Status diese speziellen Werte hinzugefügt wurden, die verglichen mit den Grundstatuswerden besondere Fähigkeiten oder eine Spezialisierung bilden oder verstärken konnten.

»Könnte es vielleicht sein, dass du zwischen mehreren Statuswerten wählen darfst?«

»Genau. Ich habe schon mit meiner Göttin gesprochen, aber deine Meinung sollte für meine Entscheidung natürlich auch wichtig sein ...«

Ich verstehe. Erneut nickte Eina.

Ob sich ein Statuswert entfaltete, hing von den angesammelten Excelia ab, aber was für eine Art von Statuswert entstehen würde, richtete sich nach dem Verhalten der Person, die den Segen der Götter – die Falna – empfangen hatte. Besaß man keine besonders nennenswerten Excelia, war es auch möglich, trotz eines Rangaufstiegs keine Statuswerte zu entfalten. Hatte ein Anwärter hingegen mehrere passende Excelia, durfte er unter mehreren Werten auswählen. Dennoch konnte man bei einem Levelaufstieg höchstens einen davon erhalten, wobei sie natürlich willkürlich auftraten.

Die entfalteten Werte spiegelten sich nach dem Rangaufstieg im Status wider. Um es ganz genau zu sagen, hatte Bell also noch nicht wirklich endgültig Level 2 erreicht, sondern seinen Aufstieg aufgeschoben, um den Statuswert später auswählen zu können. Zwar waren seine Werte schon aktualisiert, aber sein

Status durch Hestias Hand noch nicht bestätigt worden, weswegen er nun in einer Art Schwebezustand zwischen Level 1 und 2 war.

»Wie viele Statuswerte hast du zur Auswahl?«, fragte Eina.

»Drei. Aber es gibt da Statuswerte, die ich nicht so ganz verstehe …«

Eina nickte, während sie die Einzelheiten über Bells entfaltete Statuswerte aufs Pergament schrieb. Der erste Wert war Widerstand gegen Abnormitäten wie beispielsweise Gift. Er mochte etwas langweilig sein, aber konnte sich besonders für Abenteurer, denen im Dungeon schnell mal ein Unglück widerfuhr, als kostbarer Schatz erweisen. Gerade weil man in Orario im oberen Dungeonbereich oft mit dem Giftstaub der Purpurmotten in Kontakt kam, griffen viele sofort zu diesem Statuswert.

Der zweite Statuswert trug den Namen Jäger und diente dem Kampf. Kämpfte man gegen ein Monster einer Art, von der man schon einmal Excelia erhalten hatte, wurden die eigenen Fähigkeiten verstärkt. Dieser Statuswert konnte sich allein beim Rangaufstieg auf Level 2 und nur dann entfalten, wenn man in kurzer Zeit große Mengen an Monstern besiegt hatte. Aufgrund dieser Bedingungen war er selten und damit äußerst begehrt. Vor allem bewies er, dass der jeweilige Abenteurer anscheinend in der Gunst der Gottheiten stand.

Und der dritte war …

»Glück?«, fragte Eina.

»Ja …«

Sie hielt kurz inne und blinzelte. Durch ihre Arbeit besaß sie eigentlich ein umfassendes Wissen über den Status, aber von so einen Wert hatte sie noch nie gehört. Sie konnte sich die Wirkung jedoch ungefähr vorstellen. Wahrscheinlich hatte man dadurch wortwörtlich mehr Glück.

»Ähm, hat Göttin Hestia nichts dazu gesagt?«, erkundigte sie sich.

»Genaues konnte sie mir nicht sagen …«

Tja, das ist auch verständlich, dachte Eina. Schließlich wurden alle bisher verfügbaren Informationen über den Status schon erforscht und analysiert, seit die Götter vor langer Zeit in die untere Welt herabgestiegen waren. Selbst die Gottheiten, die ihre Kinder mit der Falna segneten, waren somit außerstande, komplett zu durchblicken, welche Fertigkeiten daraus entstehen konnten. Bis auf die Anfangsfähigkeiten stand der Status im Zusammenhang mit den gesammelten Excelia und der Persönlichkeit des betreffenden Abenteurers. Anders ausgedrückt entfalteten die Bewohner der unteren Welt damit ihr Potenzial. Für die Götter war es also ungefähr so, als würden sie als Eltern ihren Kindern beim Erwachsenwerden zuschauen. Doch auch ihnen waren zahlreiche Dinge in dieser Welt unbekannt. Und das war auch der Grund, warum viele von ihnen für einen Riesentrubel sorgten, wenn ein seltener Skill zum Vorschein kam. Für die meisten Gottheiten gab es nichts Köstlicheres als neue, unbekannte Dinge.

So ein Ärger, dachte Eina mit ernster Miene. Dieser Statuswert war bei der Gilde nicht registriert und ihr auch noch nie zu Ohren gekommen. Er musste also wahrhaft selten sein. Eventuell war Bell sogar der Allererste, bei dem sich dieser Statuswert entfalten könnte. Zu Widerstand gegen Abnormitäten und Jäger hätte sie ihm mit ihrem Wissen sicherlich gute Ratschläge geben können, aber bei einem Wert, der ihr komplett unbekannt war, vermochte sie höchstens Vermutungen anzustellen.

»Ach, aber …«, meinte Bell plötzlich, als wäre ihm etwas eingefallen, während sein Gegenüber sich in Gedanken verrannte.

»Meine Göttin meinte, dass es wohl so was wie Intuition wäre ... Sie hat gesagt, dass es eine Art Schutz der Götter sein muss.«

Welche Gottheit es auch war, man durfte ihre Einsicht niemals unterschätzen. Hestia hatte mit dem, was sie ihm gesagt hatte, also sicherlich den Kern getroffen.

Ein göttlicher Schutz ... Die Person würde also irgendwie durch übernatürliche Mächte behütet, ohne selbst zu wissen, wie dies passierte. Eina konnte es sich zwar nur zusammenreimen, aber hatte dennoch den Eindruck, dass eine Versicherung mehr wert wäre als alles andere. Schnell kam sie zu einem Schluss. Sie würde die Gilde erst einmal nicht darüber unterrichten, um zu vermeiden, dass Bell noch mehr Aufmerksamkeit auf sich zog.

»Hm, mal überlegen«, sagte sie. »Wenn man weitere Möglichkeiten bedenkt, dann könnte Glück auch dafür sorgen, dass man während eines Abenteuers oder so ... bessere Beute-Items findet, nicht wahr?«

»Ah, das ergibt Sinn.«

»Aber das wäre wohl zu kapitalistisch gedacht. Tut mir leid. Ich kann dir da wohl leider keine große Hilfe sein.«

»D... Das stimmt doch gar nicht!« Bell wedelte mit beiden Armen vor der Brust.

Eina tat leid, ihm keine besonders guten Ratschläge geben zu können, aber sie wollte zumindest wissen, was die Hestia-Familia dazu meinte. »Was würdet du und Hestia euch denn wünschen?«

»Meine Göttin hat Glück empfohlen. Sie hat mir ganz klar gesagt: ›Du brauchst diesen Statuswert!‹«

Tja, er stürzt sich nun mal auch immer in Gefahren, dachte Eina, während sie dem Jungen vor sich direkt in die Augen sah.

Sie hätte in diesem Moment unfassbar gerne gewusst, durch welche außerordentlichen Vorkommnisse sich dieser Statuswert bei ihm hatte entfalten können. Unter ihrem forschenden Blick machte sich Bell fast unterbewusst ganz klein.

»Na gut. Und du, Bell?«, fragte Eina schließlich weiter.

»Ich finde Jäger cool ... Na ja, diese Fähigkeit wäre ja nicht so wichtig, aber ...«

»Hi hi. Ja, ich verstehe, was du damit sagen willst. Und?«

»Ge... Genau. Aber wie meine Göttin meinte, sollte ich Glück nicht einfach ausschlagen ...«

Eina konnte sich ungefähr vorstellen, wieso Bell sich nicht entscheiden konnte. Jäger war ein äußerst mächtiger Statuswert. Gerade Abenteurer, die das Grauen des Dungeons am eigenen Leib erfahren hatten, würden sich sofort darauf stürzen, wenn sie die Gelegenheit dazu bekämen. Über Glück gab es noch keine Berichte, sodass man nicht wusste, wie die Wirkung aussehen würde. Jedoch lag es in der Natur aller Abenteurer, neugierig auf seltene Statuswerte zu sein – besonders wenn es ein Wert war, den sonst niemand besaß. Widerstand gegen Abnormitäten war zwar nützlich, aber konnte sich auch später noch entfalten. Daher liebäugelte Bell ein wenig mehr mit Jäger. Ehrlicherweise hätte er gerne alle drei erhalten.

Die Halbelfin ihm gegenüber konnte nur zu gut verstehen, wie sehr man haderte, wenn man vor so einer einmaligen Entscheidung stand, und kam nicht umhin, ihn mitleidig anzulächeln. »Ich habe es dir schon oft gesagt«, meinte sie schließlich, »aber am Ende ist es allein deine Entscheidung, Bell. Ich möchte dich deshalb auch nicht zu irgendwelchen Dingen verleiten, aber könnte dir zumindest einen Rat geben, wie man Statuswerte auswählen kann, ja?«

»J… Ja.«

Eina wartete darauf, dass Bell sich wieder ordentlich hinsetzte, bevor sie den Mund aufmachte. »Am einfachsten fällt die Entscheidung, wenn man sich überlegt, welche Ziele man verfolgt.«

»Welche Ziele?«

»Ja. Wenn du gezielt und clever den Dungeon meistern möchtest, dann würde der Statuswert Jäger dich stärker machen als alle anderen. Wenn ich bedenke, dass du so auch viel sicherer voranschreiten könntest, würde ich dir sogar fast selbst gerne dazu raten.« Sie hielt kurz inne. In ihren rubellitroten Augen war tiefe Einsicht zu erkennen. »Aber wenn deine Ziele noch viel höher und viel großartiger sind … dann werden auf dem Weg dahin nicht nur deine eigenen Fähigkeiten erforderlich sein. Stattdessen solltest du dir vielleicht so treue Gefährten wie das Glück an deiner Seite aussuchen.«

Bell schwieg.

»Aus diesem Grund denke ich, dass du den Statuswert Glück sicherlich gut gebrauchen kannst.«

Danach war es kurz still. Bell hatte die Augen einen Moment lang weit aufgerissen, aber senkte den Blick dann auf seine Hände. An seinen zusammengepressten Fäusten konnte Eina genau sehen, dass ihre Worte Eindruck hinterlassen hatten.

»Bei diesen Statuswerten kannst du nicht falschliegen. Daher solltest du einfach zuversichtlich einen aussuchen, okay? Ganz sicher wirst du den ausgewählten Statuswert in Zukunft brauchen, für welchen auch immer du dich entscheidest.«

Bell hob das Gesicht. »Ja … Vielen Dank«, sagte er schließlich mit erleichterter Miene.

Eina schaute sich den Jüngling an, der nun auf Level 2 aufsteigen würde, aber sich anscheinend dennoch unverändert bei jedem Schritt viele Gedanken machte. *In Zukunft sollte ich mich noch etwas besser um ihn kümmern, nicht wahr?*, dachte sie fröhlich.

»Ich bin wieder da, Göttin!«

Ich öffnete die Tür zum versteckten Zimmer der Kirche, in der wir lebten. Auf meine lautstarke Begrüßung hin hob meine Göttin, die auf dem Sofa ein Buch las, den Kopf und lächelte. Mit ein paar hüpfenden Schritten kam sie auf mich zu und hieß mich zu Hause willkommen: »Schön, dass du wieder da bist, Bell. Hast du dich denn jetzt entschieden, welchen Statuswert du auswählen möchtest?«

»Ja, ich werde Glück nehmen.«

Nach meiner Unterhaltung mit Eina hatte ich mich dazu entschlossen. Ich wollte nicht einfach nur den Status quo wahren, sondern weiter Fortschritte machen. Zwar wusste ich nicht, ob ich diesen Statuswert namens Glück dafür wirklich brauchen würde, aber Einas Erklärung hatte in mir ein Gefühl geweckt, an das ich glauben wollte.

Meine Göttin schaute mir von unten freundlich tief in die Augen. »Okay«, sagte sie. »Dann lass uns jetzt ganz schnell deinen Rangaufstieg machen.«

Ich konnte nur zustimmend nicken und wir begaben uns zu ihrem Bett, dem typischen Ort für die Aktualisierung meines Status.

»Dann bist du jetzt also endlich auf Level 2, Bell … Tja, so was würde man jetzt eigentlich sagen, aber bei dir ging es so schnell, dass ich in dem ganzen Chaos kaum verschnaufen konnte.«

»A… Ach, wirklich?«

»Ja. Kurz nachdem du in meine Familia gekommen bist, bist du noch voller Aufregung darüber heimgekehrt, dass du einen Goblin besiegt hast. Ich erinnere mich noch daran, als wäre es gestern gewesen. Das ist irgendwie seltsam …«

Meine Göttin redete genauso wie immer mit mir, aber irgendwie brachte ich nur stotternd Antworten wie »Ä… Ähm« oder »J… Ja« heraus.

Jetzt würde ich Level 2 erreichen.

Mit nacktem Oberkörper lag ich auf dem Laken und konnte lästig laut meinen Puls schlagen hören. Immer wenn ich mich zu diesem Zweck ins Bett legte, fühlte ich mich ganz weich umhüllt und hasste es ein wenig, wie ich mich wie ein Idiot von der Situation mitreißen ließ. Dabei war dies nur ein kleiner Schritt auf einem weiten Weg. Und doch konnte ich überhaupt nicht denken. Mein Kopf war komplett leer. Stattdessen spürte ich, wie von einer Stelle unterhalb meines Nackens eine glühende Hitze aufstieg. Es war kein Kribbeln oder Kitzeln, sondern einfach nur das ruhige Hallen meines Herzschlags … Und so verging langsam die Zeit.

Dann hielt meine Göttin mit den Händen inne. »Ich bin fertig …«, sagte sie und stieg von mir herunter, woraufhin auch ich meinen Oberkörper aufrichtete.

Ich kniete weiter auf dem Bett und verschränkte bedächtig die Arme. Während meine Göttin mich wohlwollend anschaute, öffnete und schloss ich mehrfach meine Hände. »Es fühlt sich im Grunde nicht anders an …«

»›I… Ich sprudele über vor Macht!‹ oder so was hättest du jetzt eigentlich sagen müssen«, sprach meine Göttin theatralisch, aber dann musste sie lachen.

Auch wenn es ein wenig unhöflich von ihr gewesen war, mich veralbern zu wollen, fand ich, dass ihr Schauspiel gerade ganz schön geschickt gewesen war.

Trotz des Rangaufstiegs stellte sich in meinem Körper keine große Veränderung ein. Ich hatte nicht im Mindesten den Eindruck, dass er sich plötzlich viel leichter anfühlen würde oder sich die Welt auf einen Schlag gewandelt hätte. Weil ich mich im Grunde noch genauso wie vor wenigen Minuten fühlte, kam in mir kein Bewusstsein darüber auf, dass ich nun wirklich auf Level 2 war. Es war ein wenig enttäuschend und ich hätte am liebsten die Schultern hängen lassen.

»Natürlich ändert sich dadurch nicht auf einen Schlag dein Körperbau. Es tut mir leid, wenn du einen plötzlichen dramatischen Wandel erwartet hast«, erklärte meine Göttin.

»Ach, nein. So meinte ich das gar nicht …«

»Hi hi. Aber dein Status ist wirklich gestiegen. Als Gefäß hast du eine neue Stufe erreicht. Du kannst es dir so vorstellen, dass du uns Göttern damit einen Schritt nähergekommen bist, weißt du? Du bemerkst es vielleicht nicht, aber wenn du loslegst, dann werden deine Bewegungen im Vergleich zu vorher auf einem ganz anderen Niveau sein, okay?« Meine Göttin amüsierte sich über mich, bevor sie meinen Status in der Standardsprache der Gottheiten Koine auf einem Blatt Papier vermerkte.

Bei einem Rangaufstieg wurden die erworbenen Fähigkeiten alle einmal zurückgesetzt, weswegen man erneut von I 0 anfangen musste. Natürlich verschwanden die angesammelten Werte aber nicht, sondern wurden als Extrapunkte auf dem Status abgebildet. Die Götter nannten diese auch manchmal Geheimparameter oder so ähnlich. Doch gerade weil der Status nach einem Levelaufstieg wieder auf null gesetzt wurde, kam es mir vor, als würde es wenig Sinn ergeben, mir seine Übersetzung auf Koine anzuschauen ... Dennoch wollte Hestia offenbar, dass ich genau das tat.

Etwas misstrauisch legte ich den Kopf schief, als ich vom Bett aufstand. Weil meine Kleidung beim Kampf gegen den Minotaurus zerfetzt worden war, zog ich meine Ersatzsachen über. Gerade als ich den Kopf aus meinem Oberteil herausstreckte, schien meine Göttin damit fertig zu sein, meinen Status zu notieren, denn unsere Blicke trafen sich.

»Sicherlich wirst du überrascht sein, daher sage ich es dir lieber vorher«, meinte sie mit einem fröhlichen Lächeln und reichte mir den Zettel.

»Hm?«

Weil ich mit dem Blatt in der Hand einfach nur dastand, ergänzte sie noch: »Es ist eine gute Nachricht«, und verriet mir auf meine Nachfrage hin schließlich: »Ein Skill.«

»Wie?«

»Es ist dein zwei... Äh, nein! Hm ... Aber sieh mal. Du hast dir so sehr einen Skill gewünscht und nun hat sich einer gezeigt.«

Ein paar Sekunden lang war ich völlig perplex. Langsam drangen die Worte meiner Gottheit in mich ein und als ich den Sinn dahinter verstand, schaute ich hastig auf das Papier hinab. Meine Augen waren wortwörtlich blutunterlaufen, als ich die Auflistung Buchstabe für Buchstabe durchging.

Dort stand:

Bell Cranel

Level 2

Stärke: I 0

Ausdauer: I 0

Geschicklichkeit: I 0

Beweglichkeit: I 0

Zauberkraft: I 0

Magie:

Firebolt

• Schnellangriffsmagie

Skills:

Argonaut – Heldenwunsch

• Aufladung im Zusammenhang mit einer Aktion

Ich riss die Augen weit auf. Dort stand etwas im Abschnitt über Skills.

Aufgeregt schaute ich meine Göttin an. Sie trug ein Lächeln auf den Lippen, als wäre sie eine weise alte Frau, und nickte auf meine fragenden Blicke hin. Hatte sie sich wirklich nicht versehen?

Mein Lächeln wurde immer breiter, bis ich vor Freude geradezu strahlte. Dies war der aufregendste Moment des Tages. Meine Gesichtsmuskeln gehorchten mir nicht und ich merkte selbst, dass ich ein Glitzern in den Augen hatte, während ich auf das Papier schaute. Aber dann fiel mir etwas auf. »Hm?«

Argonaut – Heldenwunsch? Ein Blick auf den Namen des Skills riss mich im Nu aus meiner Freude darüber heraus, einen erhalten zu haben. Als ich die vielsagende Bezeichnung sah, überkam mich vor Schock eine eisige Kälte, die mich am ganzen Leib zittern ließ.

Jetzt mal langsam ... Mit einem Mal verschwand das Lächeln aus meinem Gesicht. Skills und magische Fähigkeiten wurden durch Excelia und den göttlichen Segen gewährt, aber sollten gleichzeitig auch auf den Charakter und die Wünsche einer Person reagieren. Sie waren nicht nur eine Bezeichnung, sondern sozusagen auch das Spiegelbild dieser Person. Dass auf meinem Status nun Heldenwunsch eingraviert war, bedeutete also eindeutig, dass ich mich danach sehnte, ein Held zu werden ... Eigentlich war ich doch schon viel zu alt, um mir noch so etwas zu wünschen. Einfach abstreiten konnte ich das jetzt allerdings auch nicht ...

Ich wurde bis in die Ohrenspitzen rot wie eine Tomate, während ich zähneknirschend meinen Blick vom Papier hob. Direkt vor mir stand meine Göttin und schenkte mir ein herzliches Lächeln ...

»U... Uwaaaaaaaaaaaaaaaah?!« Der Zettel flog durch die Luft, als ich mir die Ohren zuhielt, mich von der Gottheit wegdrehte und mich auf dem Boden zusammenkauerte.

Uwaaah! Uwaaaah?! Ich bin aufgeflogen! Meine Göttin weiß, dass ich selbst in diesem Alter noch ernsthaft ein Held wie in einem Märchen werden möchte! Ich schauderte. Es war genauso schlimm wie die Peinlichkeiten, die ich mir vor Aiz erlaubt hatte. Eine gewaltige Schmach. Allein der Gedanke daran kam einer brutalen Tracht Prügel gleich. *Ich sterbe. Ich will nicht mehr leben!*

»Bell?«

Ich zitterte am ganzen Körper. Hestias freundliche Stimme kitzelte mir in den Ohren, als sich ihre weiche Hand auf meine Schulter legte. Mit Tränen in den Augen drehte ich mich ängstlich zu ihr um. Ihr Lächeln strahlte pure Barmherzigkeit aus.

»Du bist so niedlich.«

»Uwaaaaaaaaaaaah!!«

Meine Göttin ist so eine Idiotin!!

»Buhuu …«, schluchzte ich in einer Ecke des Zimmers.

»Hey, wie lange willst du denn noch Trübsal blasen?«

Ich war direkt aus dem höchsten Himmel in die tiefste Hölle gestürzt worden. Mein Herz hatte einen so gewaltigen Schaden erlitten, dass die Narbe vielleicht für immer bleiben würde. Während meine Göttin mich von hinten ansprach, liefen weiterhin heiße Tränen über meine Wangen.

»Jetzt reiß dich mal wieder zusammen. Ist doch schön, wenn man Helden oder so bewundern kann. Heutzutage gibt es kaum noch Kinder, die so ein reines Herz behalten haben, meinst du nicht?«

»Ich weiß doch genau, dass du eigentlich grinst, Göttin!« *Außerdem ist es echt gemein, mich gerade in so einem Moment als Kind zu bezeichnen!* Mein Schrei hallte von den Wänden wieder und ich spürte, wie mein inneres Gleichgewicht endgültig aus den Fugen zu geraten schien.

Meine Göttin lächelte etwas verlegen. »Wenn ich dich damit verletzt habe, entschuldige ich mich«, meinte sie und strich mir über den Rücken.

Da sie äußerlich einem Kind glich, kam ich mir bei der Vorstellung, jemand könnte sehen, wie ich von einem kleinen Mädchen getröstet wurde, noch erbärmlicher vor.

»Ist jetzt alles wieder in Ordnung?«, fragte sie.

»Ja, es geht schon …«

Endlich konnte ich mich wieder fangen. Eigentlich war für mich noch überhaupt nichts wieder in Ordnung, aber andernfalls würde es ja kein Ende nehmen. Ich unterdrückte das Gefühl, gleich wieder zusammenzuklappen, hob den weggeworfenen Zettel vom Boden auf und las erneut meinen Status.

Argonaut ... Auch wenn mir die Bezeichnung des Skills einen schweren Schlag versetzt hatte, bemühte ich mich zu verstehen, was er bewirkte ... Aus der Zusammenfassung konnte ich nichts schließen – sie enthielt einfach viel zu wenig Einzelheiten. Als ich Firebolt erhalten hatte, war es ähnlich gewesen. Anscheinend fehlte es bei all meinen magischen Kräften und Skills an den nötigen Erklärungen, sodass ich anfangs nie wusste, welchen Effekt sie entfalten könnten.

»Göttin, weißt du, welche Wirkung dieser Skill hat?«

»Hm? Das kann ich leider auch nur schwer konkret sagen. Es ist aber offenbar kein Skill, der durchgängig aktiv ist. Scheint so, als würde er irgendwie wirken, wenn du eine Aktion, also eine bewusste Bewegung ausführst, oder?«

»Eine bewusste Bewegung?«

»Im Grunde ist damit eine bestimmte Handlung gemeint, zum Beispiel ein Angriff oder so«, erklärte sie und fügte dann hinzu: »Aber ich glaube nicht, dass dieser Skill bei Gegenangriffen wirken wird.«

Hm? Ich war nicht sicher, ob ich es jetzt verstanden hatte oder nicht ... Es ging eben nicht. Ich hatte nicht genug Grips, um wirklich zu begreifen, was hinter diesem Skill steckte.

»Tja, daher musst du ihn wohl einfach bei einem richtigen Kampf ausprobieren, oder? Auch wenn das etwas unverantwortlich von mir klingt.«

»Nein, schon in Ordnung. Es ist ja eigentlich mein Skill ...«

Wir kamen also zu dem Schluss, dass man einfach mal schauen müsste. Auch wenn es mir Magengrummeln bereitete, warf ich noch einmal einen Blick auf das Papier. Ich wusste zwar überhaupt nicht, was ich mir unter dem Skill vorstellen sollte, aber dieser Heldenwunsch wurde auch als Argonaut bezeichnet und diesen Begriff kannte ich. Zumindest glaubte ich, mich daran erinnern zu können, was er bedeutete.

Der Argonaut. So hieß ein Märchen über einen Jüngling, der auszog, um eine schöne Prinzessin zu retten, die von einem Monster in Form eines Bullen entführt worden war. Er wurde ständig von anderen Ohr übers gehauen und ausgenutzt, ohne es zu bemerken. Zwar erreichte er das Monster dennoch nach vielen Strapazen, doch wenn ich mich richtig erinnerte, wurde er zum Schluss von der Prinzessin gerettet, die eigentlich er hatte retten wollen.

Verglichen mit den Protagonisten anderer Heldengeschichten fiel er deutlich aus dem Raster heraus, denn er war irgendwie unfähig. Vielleicht war die Geschichte auch ein wenig als Komödie gemeint, aber als ich sie in meiner Kindheit gelesen hatte, hatte ich das Gesicht verzogen, denn dieser angebliche Held war nicht besonders cool … *Sollte es überhaupt Helden geben, die eigentlich nur davon träumen, welche zu sein?*, hatte ich mich immer gefragt. Meinem Großvater hatte die Erzählung hingegen besonders gut gefallen. »Seine Geschichte geht doch gerade erst los«, hatte er mir gesagt und herzhaft gelacht. Ich hatte jedoch nur erwidert, dass die Geschichte doch schon vorbei wäre, und beleidigt vor mich hin geschmollt.

Dass ich so plötzlich an diese Szene aus meiner Vergangenheit denken musste, verwirrte mich ehrlich gesagt.

»Tut mir leid, Bell«, sagte meine Göttin. »Ich muss langsam los.«

»Wie? Göttin, musst du jetzt etwa arbeiten?«

Als ich aus dem tiefen Meer meiner Erinnerungen auftauchte, sagte Hestia mir, dass sie sich noch vorbereiten müsste. Ich war ganz perplex, weil ich mir eingebildet hatte, dass sie an diesem Tag freihaben müsste.

»Heute ist wie einmal alle drei Monate der Denatustag.«

»Denatus? Hei... Heißt das etwa ...?«

»Ja, genau. Ein Treffen aller Götter, die gerade Zeit haben ... Dort werden auch die Titel derer beschlossen, die einen Rangaufstieg geschafft haben.«

Beim Wort »Titel« verspannten sich meine Schultern. Aiz hatte die Bezeichnung Prinzessin der Klingen erhalten. Auch dieser Name war von den Göttern ausgesucht worden. Und wenn meine Göttin jetzt an diesem Treffen teilnahm ...

»Bell, weil du Level 2 erreicht hast, wurde jetzt auch mir erlaubt, dort zu erscheinen. Wahrscheinlich wird heute dein Titel entschieden.«

Tatsache! Meine Göttin hatte meine Vermutung bestätigt. Zum wiederholten Mal an diesem Tag durchfuhr eine gewaltige Aufregung meinen Körper. »W... W... Was?! Dann werde ich jetzt also genauso wie Aiz einen Zweitnamen erhalten?!«

»Du scheinst dich drauf zu freuen, was?«

»Aber natürlich!«

Ein Titel war sozusagen das Aushängeschild eines ruhmreichen Abenteurers! Nur Personen, die ein Level aufgestiegen waren, erhielten einen und er bewies gleichzeitig, dass man von den Göttern anerkannt wurde! Er war zweifelsohne eine gewaltige Ehre!

Und vor allem ...

»Die Namen, die sich die Götter ausdenken, sind alle so stilvoll und unfassbar cool! Zum Beispiel Dark Angel! Wenn man das nur hört, weiß man schon, dass die Person superstark sein muss!«, sprudelte ich voller Inbrunst los.

»Ach, darum geht's also?« Meine Göttin bedachte mich mit einem verwunderten Blick, bevor sie etwas kraftlos lächelte. Genauer gesagt wirkte ihre Miene ziemlich traurig. Sie kam mir seltsam fern vor.

Hu... Huch? Ich hatte den Eindruck, dass sie mich erneut mitleidig ansah.

»Das mag sein. Für euch Kinder hier unten ist das vielleicht noch so ...«

»Hä? Wa... Was soll das denn jetzt heißen?!«

»Ach, gar nichts. Sicherlich wirst du es irgendwann auch begreifen können, Bell«, sagte sie vage, bevor sie wortlos mit ihren Vorbereitungen begann.

Mein Kopf war nun voller Zweifel. War dieser Denatus etwa komplett anders, als ich es mir vorgestellt hatte? Ich hatte gehört, dass dort die unterschiedlichen Meinungen der ehrwürdigen Götter aufeinanderprallten und eine würdevolle Stimmung herrschte.

»Ich gehe dann mal.«

»O... Okay.«

Meine Stimme überschlug sich, denn nachdem meine Göttin sich vorbereitet hatte, drehte sie sich an der Tür noch einmal zu mir um und sah dabei aus wie eine Kriegerin, die gleich in die Schlacht ziehen würde.

Sie blickte mir noch einmal direkt in die Augen und sagte mit entschlossener Miene: »Bell, selbst wenn ich dabei durch den Schlamm kriechen muss, werde ich für dich einen Titel erstreiten, der dir keine Probleme bereiten wird!« Sie schwor, dass sie dies nur für mich tun würde.

Unter einem lauten Quietschen flog die Tür zu.

War sie einfach nur motiviert oder würde sie sich enorm anstrengen müssen, um einen guten Namen für mich herauszuholen? Ich wusste es nicht und schaute ihr still hinterher, während es mir aus unerfindlichen Gründen kalt den Rücken herunterlief.

Der Denatus war eine Art Versammlung, die von einigen Gottheiten aus Langeweile ins Leben gerufen worden war. Ihre Familias hatten eine gewisse Größe erreicht und sie als ihre Oberhäupter danach gestrebt, sich kurzzeitig von den leidigen Aufgaben des Alltags ablenken zu lassen. Also hatten sie ihre viele Zeit genutzt, um Gleichgesinnte mit ebenso viel davon zusammenzutrommeln und sie sich gemeinsam zu vertreiben. Ursprünglich hatte es sich nur um eine Unterhaltungsrunde gehandelt, bei der allein wichtig gewesen war, dass die Götter sich regelmäßig an einem Ort trafen.

Mit der Zeit hatten jedoch zunehmend mehr Gottheiten teilgenommen, sodass die Versammlung immer größer geworden war. Nach Generationen hatte sich so auch ihr Zweck verändert. Sie diente nun nicht mehr einfach dazu, belanglose Neuigkeiten oder Meinungen über andere Familias auszutauschen. Inzwischen kooperierten die Götter mit der Gilde und ihre Zusammenkunft wirkte sich auf die ganze Stadt aus. Zumindest nominell hatte der Denatus als beratendes Organ eine gewisse Macht und somit auch Einfluss auf die Abenteurer. Die Bestimmung von Titeln war nur eine seiner zahlreichen Aufgaben.

»Diesmal gab es wirklich viele Kinder mit einem Rangaufstieg, oder?«

»Ja, ich habe schon gehört, dass es gut laufen soll. Ich freue mich auf unser Treffen.«

Der Denatus wurde im dreißigsten Stock des Turms Babel im Zentrum der Stadt abgehalten. Die Etage war komplett umgebaut worden, um als Versammlungssaal verwendet werden zu können. So hatte man alle Zwischenwände entfernt und nur die dicken, langen Säulen belassen, die vom Boden bis zur Decke ragten. Möbliert war der Raum allein mit einem gewaltigen runden Tisch und Stühlen rundherum. Zudem ließen die vollkommen gläsernen Wände und die außergewöhnlich hohe Decke fast das Gefühl aufkommen, man befände sich in einem am Himmel schwebenden Tempel.

»Hier zeigen sich auch immer mehr Götter.«

»Hi hi. Aber es gibt auch einige, die es nicht mehr herschaffen, oder?«

Über dreißig Gottheiten saßen in regelmäßigen Abständen um den runden Tisch. Das bedeutete gleichzeitig, dass mehr als dreißig Familias höherrangige Abenteurer zu ihren Mitgliedern zählten – also solche, die mindestens Level 2 erreicht und somit ihren Wert für Orario bewiesen hatten.

Die Anwesenden nahmen jeweils mit ganz unterschiedlichen Mienen teil. Beispielsweise war da ein Gott, der seine Lippen fest zusammengepresst hatte und seine Aufregung nicht verbergen konnte, während dort eine mysteriöse Gestalt mit einer großen Elefantenmaske saß. Wieder woanders hatte eine silberhaarige Göttin die Augen geschlossen und wartete lächelnd auf den Beginn der Veranstaltung.

Von ihrem Stuhl aus betrachtete Hestia gelassen die anderen Teilnehmer. Im Gegensatz zum Bankett der Götter, bei dem feierliche Kleidung vorgeschrieben war, trug hier jeder, was er wollte.

»Du wirkst ja überraschend ruhig«, sprach Hephaistos sie an.

»Warum sollte ich auch aufgeregt sein?«, antwortete Hestia der Göttin neben sich und drehte sich zu ihr um. Ihre leuchtend roten Haare hingen ihr offen über den Rücken und das rechte ihrer ebenfalls roten Augen war verbunden. Zu einem dünnen Oberteil trug sie eine lange, schwarze Hose. Zwar stand ihre männlich anmutende Kleidung leicht im Widerspruch zu ihrer Schönheit, doch vielleicht wirkte diese gerade deswegen nicht nur aufs andere, sondern auch aufs eigene Geschlecht so anziehend.

Hephaistos zuckte locker mit den Schultern und sagte: »Ich dachte, du wärst etwas verbissener und würdest hier wie sonst mit knirschenden Zähnen sitzen.«

»Sollte irgendwas vorfallen, werde ich mich schon beschweren. Aber die anderen Anwesenden würden sich nur ins Fäustchen lachen, wenn ich ihnen so eine Show bieten würde.«

»Damit hast du natürlich recht.«

Hestia spürte genau, wie einige andere sie anstarrten. Die Götter, deren Blicke sie auf sich zog wie ein Sommernachtsfeuer einen Haufen Motten, schienen gar nicht zu versuchen, ihr dreckiges Lächeln zu verstecken. Aber für Hestia war deren Gebaren in gewisser Weise auch eine Art, ihre kleine Familia willkommen zu heißen, die wie durch ein Wunder einen so rasanten Aufstieg hingelegt hatte.

»Ich sage dir aber gleich, dass du nicht erwarten kannst, dass ich mich hier für dich einsetze«, erklärte Hephaistos. »Es ist eine Mehrheitsentscheidung und somit ist meine Meinung auch nicht mehr als eine Stimme wert.«

»Das weiß ich doch.« Hestias Tonfall war etwas rauer geworden.

Plötzlich schallte eine leicht dümmlich klingende Stimme

durch den Saal: »Dann fangen wir mal an.« Sofort verstummte das Brabbeln am Tisch. Die scharlachroten, nach hinten gebundenen Haare der Göttin, der die Stimme gehörte, bewegten sich sanft mit, als sie weitersprach: »Dann wollen wir jetzt mal den tausendsten Denatus eröffnen. Heute werde ich, Loki, die Leitung übernehmen! Auf eine schöne Veranstaltung!«

Mit Jubeln und Klatschen wurde der Beginn der Versammlung begrüßt. Loki kniff die Augen zu Schlitzen zusammen und lachte, während sie einen Arm in die Höhe riss.

Indessen schaute Hestia aus einiger Entfernung missmutig zu ihr hinüber und murmelte unzufrieden: »Warum übernimmt gerade Loki hier die Leitung?«

»Sie hat sich anscheinend darum gerissen«, meinte Hephaistos. »Schließlich sind die meisten Mitglieder ihrer Familia gerade wegen einer Expedition nicht zu Hause. Sicher hat sie sich einfach gelangweilt.«

»Hrmpf. Die hat wohl zu viel Zeit.« Hestia verstand sich nicht besonders gut mit Loki und die Abneigung war ihr deutlich anzuhören.

Zwar war nicht klar, ob die Veranstaltungsleiterin ihr Meckern vernommen hatte, aber sie schaute mit ihren kleinen Augen kurz zu Hestia und Hephaistos herüber, um sich gleich darauf wieder ihrer Aufgabe zu widmen, als würde sie die beiden betont ignorieren. Gerade weil sie nicht wie sonst sofort auf Hestia losging, wurde deren Gesicht noch grimmiger.

»Na gut. Dann wollen wir mal. Lasst uns zuerst neue Informationen austauschen. Gibt es hier irgendjemanden, der spannende Dinge zu berichten hat?«

»Hier, hier!«, meldete sich eine Gottheit zu Wort. »Die Gilde hat Soma verwarnt und ihm sein einziges Hobby genommen!«

»Wie bitte?!«, schrien mehrere Gottheiten gleichzeitig auf, bevor alle wild durcheinanderriefen.

»Aber was ist Somas Hobby überhaupt?«

»Keine Ahnung.«

»Ach, hat Eina etwa was damit zu tun?«

»Wer hätte gedacht, dass es News vom Einzelgänger Soma gibt!«

»Und weiter? Was ist denn dann noch passiert?!«

»Er scheint jetzt einfach nur seine Knie zu umklammern und nicht mehr aus seinem Zimmer kommen zu wollen.«

»Das will ich seeeeeeehen!«

»Vielleicht sollte ich Soma ein wenig trösten gehen.«

»Hey!«

»Du willst doch nur Salz in die Wunde streuen, oder?«

»Es tut mir leid, das hat jetzt zwar nichts mit dem Thema zu tun, ist aber eine ernste Sache: Anscheinend bereitet sich das Königreich Rakia darauf vor, Orario erneut anzugreifen.«

»Das kam jetzt echt plötzlich.«

»Etwa schon wieder Ares?«

»Wegen diesem blöden Gott sollte man irgendwann mal was unternehmen, oder? Der geht mir echt auf die Nerven.«

»Warum hat er in dem Reich eigentlich so viele Anhänger?«

»Anscheinend hat er auch irgendwelche sympathischen Charakterzüge. Die Kinder lieben Typen wie ihn nun mal.«

»Sicherlich nur weil er mit so einem guten Aussehen gesegnet ist. Schöne Gottheiten scharen eigentlich immer viele Anhänger um sich. Ach, ich finde Freya natürlich immer noch viel besser!«

»Du hast ja auch mehr Muskeln als Verstand.«

Wildes Gerede brach am runden Tisch aus, wobei sich amüsante Themen mit ernsthaften abwechselten. Die Stimmung blieb dabei entspannt und die Gottheiten erzählten entweder selbst munter drauflos oder mischten sich in andere Unterhaltungen ein.

Als Hestia, die zum ersten Mal am Denatus teilnahm und sich schon vorher Gedanken dazu gemacht hatte, dieses chaotische Treiben sah, verzog sie genervt das Gesicht. Es schien komplett unkontrolliert weiterzugehen, aber …

»Gut. Jetzt seid kurz still!«, befahl die Leiterin knapp, woraufhin das Stimmengewirr überraschend schnell verstummte. »Okay. Zusammengefasst ist das Königreich Rakia gerade unsere größte Sorge. Ich werde erst mal der Gilde davon berichten. Allerdings wird der alte Uranus sicher bereits darüber informiert sein. Alle hier Anwesenden sollten ihre Familias schon mal auf den Ernstfall vorbereiten. In Ordnung?«

»Einverstanden«, antworteten die Gottheiten wie aus einem Mund.

Nach und nach ordnete Loki die vorgetragenen Informationen und sprach nur die wichtigsten Punkte an. Weil sich beim Denatus die Gottheiten der wichtigsten Familias von Orario versammelten, hatten sie auch eine gewisse Pflicht, von allem zu berichten, was ihnen bemerkenswert erschien. Die Versammlungsleiterin prüfte noch einmal die Themen, die sie sich notiert hatte, und … grinste auf einmal übers ganze Gesicht. »Na gut. Dann wollen wir mal mit der Namensgebungszeremonie weitermachen.«

Anspannung ging durch den Raum. Mit Lokis Aussage verblassten sofort einige Gottheiten, die bisher den Mund gehalten hatten – darunter auch Hestia. An anderer Stelle wurde schelmisch gefeixt. Für viele Stammgäste des Denatus war die besagte Zeremonie so etwas wie ein großes Festmahl.

»Haben alle die Unterlagen erhalten? Dann fangen wir mal an, okay? Der erste Kandidat ist ein Abenteurer namens Seti, der zu Set gehört, nicht wahr?«

»Bi… Bitte seid nicht zu grausam, ja?!«, bettelte Set.

»Bitte abgelehnt«, schallte es von den meisten zurück.

»Nooooooooooo!«

Weil die Götter sich an die Kultur der Bewohner der unteren Welt gewöhnt hatten, unterschied sich ihre Wahrnehmung nicht mehr sonderlich von der ihrer Kinder. Zwar besaßen die Deusdea Sinne, die den normalen Verstand weit überstiegen, doch im Grunde dachten sie nicht wirklich anders als sie.

Die Namensgebung bildete allerdings eine Ausnahme, denn hierfür besaßen die Gottheiten ein besonderes Gespür. Lag es daran, dass sie seltsam waren, oder waren vielmehr ihre Kinder ein wenig dumm? Vielleicht waren die Götter auch zu fortschrittlich und die Bewohner der unteren Welt hinkten noch mehrere Generationen hinterher? Es war nicht ganz klar, was davon nun stimmte, aber während die meisten Titel die Augen der Kinder zum Leuchten brachte, gab es unter ihnen so einige, die sich für die Götter einfach nur *bedauerlich* anhörten.

»Es steht fest. Der Titel des Abenteurers Seti Selty lautet hiermit Burning Fighting Fighter«, hallte Lokis Stimme durch den Raum, nachdem sich die Gottheiten beraten hatten.

»Aaaaaaaaaah!«, schrie Set auf.

Auf diese Weise wurden beim Denatus zahlreiche *bedauerliche* Namen bestimmt. Damit die bösartigen Gottheiten sich über die Abenteurer lustig machen konnten, gaben sie ihnen absurde Titel, die aber bei den Kindern selbst Ehrfurcht weckten. Einige Götter schmissen sich sogar immer wieder gehässig lachend zu Boden, wenn die Abenteurer ehrwürdig ihren Beinamen vortrugen.

Vor allem amüsierte sie, dass die meisten Namen Einzug in die Legenden halten und den Unwissenden somit noch über Generationen hinweg Respekt einflößen würden.

»Das ist purer Irrsinn ...«, murmelte Hestia erschrocken.

»Ich weiß genau, wie du dich fühlst ...«, meinte Hephaistos. »Mir ging es beim ersten Mal auch so.« Ihr unbedecktes linkes Auge schaute weit in die Ferne.

Bei der Namensgebungszeremonie des Denatus wurden die meisten Gottheiten, die zum ersten Mal daran teilnahmen, äußerst brutal behandelt. Die ranghöheren Götter, die die besseren Familias anführten, nutzten ihre Stellung aus, um die Neuen ein wenig zu piesacken. Während die einen unter Schreien zusammenbrachen, lachten die anderen schallend. Nachdem Hestia beide Seiten beobachtet hatte, wandte sie schließlich angewidert den Blick ab.

»Und weiter geht's mit«, fuhr Loki fort, »Takemikazuchis Familia ... Oho, das ist aber eine Süße. Ähm, wie war das bei Namen aus dem fernen Osten noch mal? Der Familienname kommt zuerst, oder? Yamato Mikoto, richtig?«

Sie warf einen Blick auf die Unterlagen in ihren Händen, die die Gottheiten bei der Gilde angefragt hatten. Neben dem Namen und dem Profil gehörte dazu auch ein realistisches Porträt, das bei der Registrierung als Abenteurer erstellt wurde.

»Die ist ... von hoher Qualität«, meinte eine Gottheit.

»Schwarze Haare sind wirklich klasse«, sagte eine andere.

»Hmmm. Bei so einem Mädchen wäre das ja eigentlich ...«

»Das stimmt. Mit so einem süßen Mädel böse Dinge zu machen ... würde mich richtig heiß machen. Nein, nein. Dann hätte ich nur ein schlechtes Gewissen.«

»E... Echt?!«

Es gab mehrere Wege, wie sich ein böswilliger Titel vermeiden ließ. Zum Beispiel konnte man mächtige Teilnehmer schon lange vor dem Denatus mit Geld oder anderen Dingen bestechen. Jedoch war es für neugegründete Familias, die keine größeren Reichtümer besaßen, eigentlich unmöglich, eine ausreichende Summe dafür aufzubringen. Viel öfter kam es hingegen vor, dass sich einflussreiche Gottheiten in Diskussionen wie der, die gerade begonnen hatte, ein Charakteristikum des Abenteurers aussuchten, das ihnen besonders gut gefiel. Aus diesem Grund kamen Frauen häufig besser weg.

Ein Gott, dessen Haare an den Seiten zu Zöpfen gebunden waren, klammerte sich an diesen einzigen Hoffnungsschimmer und sprang aufgeregt auf. Es handelte sich um den eben erwähnten Takemikazuchi. Doch dann ...

»Aber du bist echt ein Schlingel, Takemikazuchi.«

»Ja, voll der Gigolo ...«

»Egal ob Göttinnen oder Kinder, du machst dich wirklich über alle her ...«

»Du kleiner Pädo!«

»Wa... Was redet ihr denn da?!«, fragte Takemikazuchi entsetzt.

»Sicherlich hast du die süße Mikoto auch ...«

»Aber weil deine Gefühle von ihr nicht erhört wurden, ist deine Hand einfach mal ausgerutscht ... Hi hi hi.«

»Ihr Schweine!«

Es gab wohl kaum Wesen, die so wankelmütig waren wie Götter. Takemikazuchis Freude über die positive Bewertung seines Schützlings war sofort wieder verflogen und er biss knirschend die Zähne zusammen.

»Na gut. Dann werde ich bei der süßen Mikoto mal die Führung übernehmen! Wie wäre es mit Fortune Galaxy?!«

»Mikoto, du bist sicher ein liebes Mädchen. Allein dein Gott ist schuld an allem. Ich schlage Last Heroine vor.«

»Hey, stopp. Aufhören!«, rief Takemikazuchi. »Ich habe so viel Liebe in Mikotos Ausbildung gesteckt, ja?!«

»Angel!«

»Das ist es!«, brüllten gleich mehrere.

»Jetzt seid bitte gnädig«, bettelte Takemikazuchi.

Seit Beginn des Denatus hatte sich die Stimmung gewaltig aufgeheizt. Hestia und Hephaistos hatten mehrfach ihre Meinungen abgegeben, aber niemand schien auf sie zu achten.

»Damit steht Mikotos Titel fest ... Es ist *Zetsu Ei*, Ultimativer Schatten.«

»Keine Einwände«, kam der Zuspruch von allen Seiten.

»Uwa... Uwaaaaaaaaaaaaaaaah?!«

Als ihr befreundeter Gott verzweifelt mit beiden Armen seinen Kopf umklammerte, schaute Hestia mitleidig zu ihm hinüber. Sie nahm sich vor, ihm am heutigen Abend einen auszugeben.

Obwohl die Götter diesen Mann, der als Kriegergottheit bekannt war, zum Weinen gebracht hatten, blieb er natürlich nicht ihr letztes Opfer. Das höllische Treiben ging noch eine Weile weiter, bevor nach den kleineren und den mittleren Familias nun die höhergestellten an der Reihe waren. Nach Mitgliedern der Hephaistos-Familia erhielten welche der Ganesha- und der Ishtar-Familias ihre Titel.

»Freya ... Diesmal gab's bei deinen Kindern niemanden mit einem Rangaufstieg?«, meinte eine Göttin. »Dann musst du dich wirklich gelangweilt haben, oder? Ich hätte nicht gedacht, dass die erhabene Freya sich hier dennoch zeigen würde.«

»Ja. Im Himmelsreich war's ja nicht anders, aber die Langeweile bringt mich wirklich fast um. Deswegen bin ich heute wie du einfach mal hergekommen, Ishtar.«

Hatte man einmal am Denatus teilgenommen, durfte man auch bei allen weiteren Sitzungen dabei sein. Zwar ergab dies wenig Sinn, wenn kein Mitglied der eigenen Familia einen Rangaufstieg erreicht hatte, aber manchmal erschienen Gottheiten einfach, um sich die Zeit zu vertreiben. Zum Beispiel jene, die sich gern an der Titelauswahl beteiligten.

Auf ihre spöttischen Worte hin lächelte Ishtar, die Göttin der Schönheit, die ebenfalls hübsche Freya an. »Ach wirklich? Aber nicht nur du, sondern auch deine Kinder scheinen zu viel Zeit zu haben. Eins von ihnen ist doch in den mittleren Ebenen geblieben und hat dort tagein, tagaus gegen einen Minotaurus gekämpft. Fällt der Apfel etwa nicht weit vom Stamm?«

»Hi hi. Das mag durchaus sein.«

»Ach ja! Ich habe gehört, dass sich ein Minotaurus in die oberen Ebenen verirrt hat ... Das war doch nicht etwa irgendein Unsinn, den du getrieben hast, Freya? Denn wenn das der Fall sein sollte, frage ich mich, was die Gilde wohl dazu sagen würde.«

»Dann verrate du mir doch auch mal eins, Ishtar. Als mein Anhänger mit dem Minotaurus gespielt hat, wurde er plötzlich von maskierten Amazonen angegriffen. Anscheinend ist der Minotaurus nur ein bisschen wild geworden, weil die sich eingemischt haben ... Meine Güte. Da scheint jemand wirklich schlecht erzogen zu sein, oder? Mit deren Gottheit würde ich nur zu gerne mal ein paar Worte wechseln ...«

»Grr!«

Ishtar, die ihre braune Haut nur mit sehr wenig und überdies besonders anzüglicher Kleidung bedeckte, verzog kräftig das Gesicht. Gleichzeitig kicherte Freya herzlich, bevor sie beide Augen schloss, weil ihre Unterhaltung damit beendet war.

Die Wahrheit hinter diesem aufwühlenden Vorfall zwischen den Abenteurern, die sich unterwegs begegnet waren, blieb im Dunkeln. Zumindest war es für die hier anwesenden Gottheiten so. Viele von ihnen mussten wegen des kleinen Zwistes zwischen den atemberaubend schönen Göttinnen ein Lachen unterdrücken.

»Amazonen? Dann hat Ishtar Freya also wieder Ärger gemacht?«

»Keine Ahnung. Tja, irgendwas wird's gewesen sein. Man sieht Ishtar deutlich an, dass sie sich bei Freya wegen irgendwas rächen möchte, oder?«

»Und Freya scheint es ganz ähnlich zu gehen ... Aber die Frage, wer von beiden die Schönere ist, könnte sicherlich niemand so richtig beantworten.«

»Lass das bloß nicht Ishtar hören.«

Hestia tuschelte mit Hephaistos, während ihre Augen weiterhin Freya fixierten. Da Bell in den Vorfall mit dem Minotaurus hineingezogen worden war, war sie keine Unbeteiligte ... Aber selbst wenn sie Freyas und Ishtars Worte eigentlich nicht so ohne Weiteres hinnehmen wollte, konnte sie die beiden jetzt keinem Verhör unterziehen. Vor allem wollte sie auch niemanden voreilig falsch beschuldigen. Obwohl ihr das lächelnde Gesicht der anderen Göttin gegen den Strich ging, versuchte sie ihren Argwohn zu zügeln.

»Gut, gut«, meinte Loki. »Das reicht jetzt mit diesem Possenspiel. Kommen wir zurück zum Thema. Die nächste Abenteurerin ... hi hi hi ... ist heute der Star. Meine Aiz!«

»Die Prinzessin der Klingen!«

»Sie ist wie immer wunderschön.«

»Aber ist sie echt schon auf Level 6?!«

Die Namensgebungszeremonie hatte etwas an Fahrt verloren, aber als der Name Aiz Wallenstein genannt wurde, kam wieder Stimmung auf. Die Gottheiten blätterten ihre Unterlagen durch, bis ein gewisses Porträt auf dem Pergamentpapier zu sehen war und sie sich somit voll und ganz dieser Eliteabenteurerin zuwenden konnten.

Die Bewohner der unteren Welt konnten bei einem Rangaufstieg einen neues Titel erhalten. Auch wenn man ihnen zuvor einen lächerlichen Namen gegeben hatte, war es ihnen so möglich, für den nächsten Denatus einen Plan aufzustellen, um ihn wieder loszuwerden.

»Bei Aiz müssen wir den Namen nicht unnötig ändern, oder?«

»Stimmt.«

»Wenn wir ihn doch ändern, könnten wir aber Heilige der Klingen nehmen, oder?«

»Hä?«

»Das würde doch nicht wirklich zu ihrem Image passen, oder?«

»Nun ja. Der letzte Namenskandidat war doch damals Braut für uns alle, nicht wahr?«

»Das ist es!«, schrien einige.

»Ich bring euch um«, ermahnte Loki sie.

»Es tut uns leid!!!«, entschuldigten sich die Gottheiten augenblicklich.

Ein Weg, einen peinlichen Titel zu vermeiden, bestand auch darin, die Macht der eigenen Familia auszunutzen. Man musste seinem Umfeld nur zeigen, dass es eine schlechte Idee wäre, sich mit dieser anzulegen. Denn keine Gottheit wäre so dumm, sich selbst zu erledigen, indem sie einen Vergeltungsschlag provozierte.

Bei Lokis Blick, der scharf wie eine todbringende Klinge war, senkten alle Götter, die sich eben noch kurz hatten mitreißen lassen, schnell ihr Haupt.

»Ts, ts, ts. Ihr solltet besser aufpassen, mit wem ihr euch anlegt«, schimpfte sie. »Aber egal. Weiter geht's ... Hm? Wir sind schon beim Letzten angekommen.«

Hestia atmete tief ein und hielt die Luft an. Ein einziges Dokument war noch übrig und da es erst im allerletzten Moment vor dem Denatus hereingekommen war, enthielt es nur äußerst wenige Informationen über einen bestimmten Abenteurer. Dieser gehörte zur bislang komplett unbekannten Hestia-Familia. Es war Bell.

»Dann ist dein Kind also wirklich auf Level 2 aufgestiegen ...«, meinte Hephaistos und kniff die Augen zusammen, während sie das Siegel der Gilde betrachtete, das den Rangaufstieg offiziell bestätigte.

Hestia achtete nicht auf die Worte ihrer guten Freundin, sondern sah sich stattdessen in der Umgebung um. Bei vielen zeigte sich ein dreckiges Grinsen, als würden sie bösartig darauf lauern, sich auf ein leckeres Dessert nach dem Hauptgang zu stürzen. Für Hestia war dies der ultimative Moment der Entscheidung. Zwar hatte sie Bell versprochen, einen würdigen Titel für ihn zu erwirken, aber einen ordentlichen Plan hatte sie sich nicht überlegt. *Mit unserer Liebe und der Kraft des Muts schaffen wir das,* dachte sie, als sich Loki plötzlich von ihrem Platz erhob.

»Loki?«

»Bevor wir über den Titel entscheiden, musst du mir eins verraten, du Winzling.« Die Blicke der anderen schienen sie nicht im Mindesten zu kümmern und ihr Tonfall war im Gegensatz zu eben spitz wie eine Nadel. Dazu riss sie ihre schmalen Augen weit auf und funkelte Hestia bedrohlich an. »Er hat erst vor eineinhalb Monaten unseren Segen erhalten, aber steigt jetzt schon im Rang auf? Was hat das zu bedeuten?!« Mit der flachen Hand schlug sie laut auf das Papier mit den Informationen über Bell und setzte ihr Gegenüber somit noch mehr unter Druck. »Selbst meine Aiz hat für den ersten Rangaufstieg ein Jahr gebraucht. Ein ganzes Jahr, verstehst du? Und dieser Junge braucht nur etwas über einen Monat? Was für ein Blödsinn!«

Acht Jahre war es nun her, dass ein damals gerade einmal achtjähriges Mädchen trotz seines zierlichen Körpers außergewöhnlich schnell auf Level 2 aufgestiegen war. Die Erinnerung daran war noch frisch, denn die Kleine hatte damit einen neuen Rekord aufgestellt, obwohl sie ein Mensch und somit körperlich schwächer als Angehörige anderer Völker war. Über ihre gewaltige Leistung hatte man über die Grenzen Orarios hinweg auf der ganzen Welt gesprochen.

»So was vermag unser Segen einfach nicht. Wenn sich die Gefäße all unserer Kinder im Nu komplett ändern könnten, hätten wir hier gar keine Probleme mehr. Das ist aber nicht möglich, sonst müssten sich nicht alle so abplagen«, erklärte Loki.

Der Status war nichts weiter als das Abbild des gegenwärtigen Zustands einer Person. Er ließ ihren Weg bis zur Entfaltung ihres vollen Potenzials konkrete Formen annehmen, damit sich daraus klare Kräfte bilden konnten: Statuswerte, Skills, Magie. All diese Dinge waren bereits in ihr angelegt, aber mussten sich erst über die Zeit weiterentwickeln. Indem die jeweilige Person Excelia anhäufte, sorgte sie dafür, dass sich ihre Kräfte von ihrer ursprünglichen Form entfernten, sich also weiter aus-, zurück- oder umbildeten. Das Potenzial war wie eine Blume, die erst vollständig aufblühen konnte, wenn der Samen im Boden ausreichend gekeimt war.

Somit war auch der göttliche Segen – die Falna – nichts, was sich sofort entfaltete, sondern nur ein Beschleuniger, ein Dünger, der der Blume beim Wachsen half. Er war keine allmächtige Kraft, die man von außen erhielt, sondern vielmehr eine Art Schlüssel zum eigenen Kern.

»Hey, Winzling. Erklär mir das.«

Hestia schwieg und schwitze innerlich Blut und Wasser, weil Loki sich so echauffierte. *Nicht gut. Gar nicht gut,* dachte sie. Wenn sie zugab, mit dem Skill Realis Phrase getrickst zu haben, wäre das ein gefundenes Fressen für die anderen. Weil Hestia sich davor fürchtete, hatte sie bisher jegliche Informationen darüber geheim gehalten und selbst Bell nichts davon gesagt. Käme nun alles heraus, könnte dies in Verbindung damit, dass der junge Abenteurer einen Rekord gebrochen hatte, sogar dazu führen, dass alle anwesenden Gottheiten ihn auf der Stelle umbringen wollten.

Sie musste ihre Schutzpflicht erfüllen – allerdings ohne konkret zu sagen, was wirklich mit Bell los war. Das Beste wäre eine Ausrede, mit der sich selbst Loki zufrieden geben würde, aber wie sollte ihr jetzt auf die Schnelle eine einfallen? Hestia sah sich schon wild mit den Armen fuchteln, um dieser scheinbar ausweglosen Situation doch noch zu entkommen.

»Kannst du's mir nicht sagen? Du hast doch nicht etwa unsere Kräfte dafür missbraucht, oder?«

»Da… Das würde ich doch nie machen!«

»Dann erklär's mir. Wenn du dir keiner Schuld bewusst bist, sollte das ja kein Problem sein, oder?«

»Urghs …«

Die göttlichen Kräfte, auch Arcanum genannt, einzusetzen, war streng verboten ... Und Hestia wusste auf den Verdacht, sie könnte Bell verändert haben, um sein Wachstum zu beschleunigen, nichts zu erwidern.

Hephaistos an ihrer Seite mischte sich wie zuvor angekündigt nicht in ihre Belange ein, aber schaute äußerst beunruhigt zu ihr herüber. Auch die Blicke aller anderen Gottheiten am runden Tisch waren auf sie gerichtet, um ja nichts zu verpassen. Hestia schwitzte noch heftiger als eben und gab innerlich schon auf: *Jetzt ist alles vorbei.* Doch im nächsten Moment ...

»Herrje, das spielt doch gar keine Rolle, oder?«, schallte eine bezaubernde Sopranstimme durch den Saal.

»Wie?«

»Häää?!«

Die Blicke lösten sich von Hestia und wanderten zu der Sprecherin. Freya hatte sich tief in ihren Stuhl sinken lassen und bewegte sich kaum. Gelangweilt fuhr sie fort: »Solange Hestia kein Vergehen nachzuweisen ist, besteht kein Grund, sie unnötig zu verhören, oder? In interne Angelegenheiten anderer Familias sollte man sich nicht einmischen und den Status fremder Mitglieder zu erfragen, ist absolut tabu.« Sie strich sich eine Haarsträhne hinter ein Ohr.

Obwohl sie ohne besonderes Interesse einfach nur eine Tatsache genannt hatte, biss Loki angegriffen knirschend die Zähne zusammen. »Aber ein neues Level in nur einem Monat? Verstehst du nicht, was diese Zahl bedeutet, du blöde Sexgöttin?«

»Hi hi. Warum verfolgst du das denn so hartnäckig, Loki? Ich finde gerade eher dein Verhalten verwunderlich ... Bist du etwa eifersüchtig, weil der Rekord deines geliebten Kindes von Hestias übertrumpft wurde?«

»Natürlich nicht«, schimpfte Loki.

Freya lächelte einfach weiter. »Ach wirklich?«

Die Versammlungsleiterin hatte die Augenbrauen wütend hochgezogen und öffnete schon den Mund, um etwas zu erwidern, aber konnte sich im letzten Moment noch zurückhalten. Auch wenn sie die Sache nicht einfach auf sich beruhen lassen wollte, erkannte sie an Freyas Lächeln, dass sie mit weiteren Aussagen nur in eine Falle tappen würde. Sie schnalzte mit der Zunge und warf der altbekannten Göttin einen scharfen Blick zu.

»In der Tat kann man kaum seinen Ohren trauen, wenn man von einem Rangaufstieg in so kurzer Zeit hört ...«, meinte Freya. »Aber das Kind hat wie durch ein Wunder einen Minotaurus bezwungen. Trotz des Levelunterschieds. Vielleicht ist diese Theorie etwas gewagt, aber wenn dieser Minotaurus so was wie eine schicksalhafte Begegnung war, dann wären die Excelia für den Sieg über ihn natürlich auch von besonderer Bedeutung ... Ein Rangaufstieg wäre also durchaus möglich ... Das ist zumindest meine Meinung dazu.« Mit jedem ihrer Worte spielte Freya mit dem Denatus.

In den Unterlagen über Bell Cranel wurden seine zwei Minotaurusbegegnungen als wichtige Ereignisse seines Werdegangs erwähnt. Dass er einen der beiden besiegt hatte, verlieh Freyas Deutung mehr Nachdruck, weswegen ihr einige andere Gottheiten mit einem »Mhm« zustimmten. Allein Loki verzog weiterhin das Gesicht.

Es waren ungefähr tausend Jahre vergangen, seit die Götter den Bewohnern der unteren Welt ihren Segen gegeben hatten. Dennoch konnten die Deusdea nicht abstreiten, dass darin vielleicht noch weitere Möglichkeiten schlummerten, von denen sie nichts wussten. Das plötzliche, starke Wachstum des jungen

Abenteurers war also eventuell doch nicht so verwunderlich. Zumindest hatte Freya über Umwege diesen Eindruck erzeugt.

Es folgten ein paar ereignislose Momente. Zwar interessierten sich alle für Bell Cranels außergewöhnliche Entwicklung, aber die Gründe dafür mussten nicht unbedingt aufgedeckt werden … Besonders weil es gegen die Regeln verstoßen würde, seine Nase zu tief in die Angelegenheiten anderer Familias zu stecken, war dies schließlich die vorherrschende Meinung.

Freya lächelte still, bevor sie mit einer anmutigen Bewegung zu Hestia herüberblickte. Als die silberfarbenen Augen der schönen Göttin auf ihr ruhten, war diese von der Situation ein wenig überfordert und konnte nur mehrfach blinzeln.

Einen kleinen Moment später stand Freya von ihrem Stuhl auf.

»Huch, gehst du etwa schon, Freya?«

»Ja. Ich habe noch was Wichtiges zu erledigen. Ich bitte darum, mich zu entschuldigen.«

»Möchtest du nicht noch kurz dabei helfen, den Titel des Kindes der Lolita-Göttin zu bestimmen? Dann sind wir hier ja auch fertig.«

»Hi hi. Tut mir leid, aber ich kann eigentlich wirklich nicht. Aber nun ja …« Im Stehen nahm Freya die Unterlagen noch einmal zur Hand und begutachtete Bells Porträt. »Gebt ihm bitte einen niedlichen Namen, ja?«

»Okay«, stimmten die männlichen Gottheiten allesamt zu, als die bezaubernde Göttin ihnen ihr strahlendstes Lächeln schenkte. Indessen sahen die weiblichen die Männer an, als wären sie Abschaum, und verdrehten die Augen.

Freya lächelte ein letztes Mal, bevor sie sich vom runden Tisch entfernte.

»Na gut. Dann machen wir jetzt Ernst und denken uns einen Titel aus.«

»Ganz genau.«

»Aber dieser Junge … hat überhaupt keine Besonderheiten.«

»Beeindruckend, dass er überhaupt nicht auffällt.«

»Wir kennen weder Gerüchte noch Berichte oder irgendwas anderes über ihn.«

Plötzlich berieten sich die Götter todernst über einen Titel für Bell. Hestia schwieg eine Weile, weil sich die Stimmung beim Denatus plötzlich komplett geändert hatte. Mit ihren Augen fragte sie Hephaistos neben sich, was gerade passiert war. Diese jedoch schaute etwas genervt zurück und zuckte mit den Schultern, als wollte sie sagen, dass sie es auch nicht wusste.

»Wir haben jedenfalls zu wenig Informationen, so bringt das alles nichts. Warum ist die Gilde so nachlässig gewesen?«

»Sein Rangaufstieg war direkt vor dem Denatus und er ist einfach noch reingerutscht. Da war eben nichts zu machen.«

»Aussehen und besondere Merkmale … Weiße Haare und rote Augen … Wie ein Häschen … Häschenglück – oder so?«

»Nein, den Namen gibt's schon. Ein Schmied namens Wel-irgendwas hat ihn für so eine Rüstung verwendet.«

»Er kam uns Göttern also zuvor?«

»Dieser Wel-irgendwas … scheint es voll draufzuhaben.«

»Hm. Ganesha, hast du irgendeine Idee?«

»Ich bin Ganesha!«

»Jaja. Ganesha dies, Ganesha das.«

»Wenn man einen guten Namen auswählen muss, fällt einem echt nichts ein, was?«

Die männlichen Gottheiten diskutierten und kamen auf diesen oder jenen Namen, doch keiner passte so recht.

Hestia senkte den Kopf, weil sie jetzt zumindest der gröbsten Gefahr entkommen war, als sich ein Schatten über sie legte. »Loki?«

Direkt neben ihr stand Loki, die ihren Platz verlassen hatte, um jetzt von hier aus auf sie herabzusehen. Grimmig und eindeutig sehr schlecht gelaunt murmelte sie: »Pass bloß auf, du Zwerg.«

»Hä?«

»Halt ja die Augen offen, sag ich dir. Eigentlich widerstrebt es mir, dich Winzling zu warnen, aber ... Ich halte kaum noch aus, dass diese Idiotin immer tun und lassen kann, was sie will. Sie hat mich zum Narren gehalten«, spuckte Loki aus und hob den Kopf. Ihr Blick folgte dem wallenden silberfarbenen Haar von Freya, die just in diesem Moment den Saal verließ.

»Je... Jetzt mal langsam. Ich soll aufpassen? Aber was meinst du denn überhaupt damit?«, fragte die ahnungslose Hestia reflexartig.

Loki schaute mit hochgezogenen Augenbrauen vorwurfsvoll auf sie herab, weil sie ihre Warnung offenbar nicht verstanden hatte. Dann kam sie mit ihrem Gesicht bis auf wenige Zentimeter an Hestias heran. »Hör zu, du Idiotin. Diese Frau klaut die männlichen Kinder anderer.«

»Hngh?« Hestia kam immer noch nicht mit und musste es dabei belassen, ein paar Sekunden lang Lokis durchdringenden Blick zu erwidern.

Schließlich richtete sich ihr Gegenüber wieder auf und schnaufte resigniert durch die Nase. »Pah. Kapierst du's echt nicht? Mann, musst du ein glückliches Leben haben ... Aber egal. Mich geht die ganze Sache sowieso nichts an.« Nach einem kurzen Fluchen, wie idiotisch sie das alles fand, kehrte sie an ihren Platz zurück.

Während Hephaistos, die die ganze Unterhaltung beobachtet hatte, weiterhin zu Hestia hinübersah, schaute diese erst Loki hinterher und dann zur Tür, durch die Freya hinausgegangen war. Sie ließ sich die Worte der Versammlungsleiterin durch den Kopf gehen und erinnerte sich daran zurück, wie die schöne Göttin sie lächelnd angesehen hatte.

Will Loki mich etwa beschützen? Mich und Bell?

Gerade als sich diese Möglichkeit in ihrem Kopf breitmachte, wurden ihre Gedanken von einem *Rums* auf dem runden Tisch unterbrochen.

»Wir haben uns entschieden«, schrien die Gottheiten.

Es war keine Besonderheit, aber in einem der großen Zimmer des Hauptquartiers der Gilde herrschte eine äußerst angespannte Stimmung.

»Die sehen alle aus, als würden sie jemanden umbringen wollen«, flüsterte Misha ihrer Kollegin und Freundin in ihr spitzes Ohr.

Eina erwiderte leise: »Ich glaube nicht, dass sie so was denken.«

Sie waren nicht an ihrem typischen Arbeitsplatz im Empfangsbereich, sondern befanden sich in Büro Nummer zwei, einem Raum mit vielen Schreibtischen, der in diesem Moment anders als sonst sehr still war.

»Frau Tulle, hören Sie mir überhaupt zu?«

»Äh ... E... Entschuldigung, Herr Abteilungsleiter.«

Eina wurde von ihrem Chef jäh aus ihren Gedanken gerissen. Auch Misha neben ihr stellte sich aufgeregt wieder ordentlich hin.

Vor den beiden Beamtinnen saß ein Tiermensch, der mit eiskaltem Blick mehrere Dokumente begutachtete, die Eina erstellt hatte.

»Ich wiederhole mich, aber das hier … würde den Abenteurern auf Level 1 direkt sagen, dass sie sich in den Tod stürzen sollen.«

»Das mag sein …«

»Tut mir leid, dass Sie sich die Mühe gemacht haben, aber die Gilde kann solche Informationen auf keinen Fall veröffentlichen … Die Idee, dass dieser Abenteurer namens Bell Cranel ein Vorbild für andere sein könnte, wird erst mal aufgegeben.«

»Damit haben Sie wohl recht«, meinte Eina und sackte im Stehen ein wenig zusammen.

Bell ging als Solo-Abenteurer auf Erkundungstour, jagte Monster und bekämpfte größtenteils Killerameisen, nur um am Ende den direkten Zweikampf gegen einen Minotaurus zu suchen und zu gewinnen. Besah man sich die Fakten, schien dies Bells Weg gewesen zu sein, um Level 2 zu erreichen. Wenn also öffentlich wurde, dass ihm so in kürzester Zeit ein Rangaufstieg gelungen war, würden ihm zahlreiche Abenteurer nacheifern wollen und sich in den Tod stürzen.

Bin ich etwa zu blauäugig rangegangen?, fragte Eina sich.

»Diesen Vorfall sollten wir möglichst geheim halten. Ich werde die Führung davon überzeugen«, sagte ihr Vorgesetzter.

»Ja. Ich bitte vielmals um Entschuldigung …«

Er ging die Informationen, die Eina zusammengetragen hatte, ein letztes Mal aufmerksam durch, bevor er das Schriftstück in seinem Schreibtisch verstaute. Sicherlich würde es nie wieder jemand zu sehen bekommen. Der Abteilungsleiter kratzte sich an seinen felligen Tierohren und seine fein geschnittenen Gesichtszüge wirkten, als wollte er lieber nichts mehr dazu sagen. »Frau Tulle, noch eine Sache«, meinte er dann aber doch.

»Was denn?«

»Handeln Sie bitte nicht mehr so leichtfertig.«

»Jawohl ... Ich werde in Zukunft besser aufpassen.«

Eina ließ den Kopf hängen, als sie ganz zum Schluss noch wegen des Vorfalls am Morgen zurechtgewiesen wurde, bei dem sie plötzlich Privatinformationen eines Klienten durch den Empfangsbereich gebrüllt hatte. Zwar war sie gleichzeitig dankbar, dass ihr Vorgesetzter noch einmal ein Auge zugedrückt hatte, aber ein Seufzer entfuhr ihr dennoch.

Dann wandte sich der Mann Misha zu. »Kommen wir zu Frau Flott.«

»J... Ja.«

»Die Unterlagen für den Denatus waren mangelhaft. Besonders das letzte Dokument zu Bell Cranel.«

»He... Herr Abteilungsleiter. Der Rangaufstieg wurde erst direkt vorher angemeldet und ich hatte einfach keine Zeit! Ich habe trotz der chaotischen Situation wirklich mein Bestes gegeben. Also behaupten Sie bitte nicht, ich hätte schlechte Arbeit geleistet.«

»Ich weiß, was Sie sagen wollen ... Aber es geht nicht nur um dieses eine Dokument – alle waren etwas konfus. Wenn die Götter sich deswegen beschweren kommen, müssen Sie sich um sie kümmern. Ich kann Ihnen da auch nicht helfen.«

»Uwäääh! Einaaa!«, heulte Misha und klammerte sich an ihrer Kollegin fest, woraufhin diese erneut seufzen musste. Ihr Vorgesetzter drehte sich auf seinem Stuhl von ihnen weg und sagte: »Sie können jetzt gehen.«

Die beiden Frauen verließen das Büro, kehrten aber nicht sofort in die Lobby zurück, sondern schauten kurz in der Teeküche vorbei. Wie gewohnt nutzten sie die Magiesteinmaschine, um sich schnell zwei Tassen schwarzen Tee zuzubereiten, von dem heißer Dampf aufstieg.

»Hach. Dein kleiner Bruder macht nichts als Ärger, Eina ...«, jammerte Misha.

»Kleiner Bruder? Aber an deiner Ermahnung ist doch nicht Bell allein schuld, oder?«

»Ich höre dich nicht. Ich höre dir gar nicht mehr zu!«

Eina blickte resigniert drein, denn ihre Menschenfreundin hatte sich zackig von ihr abgewandt. Deren rosafarbene Haare schwangen mit, als sie sich leicht zu ihrer Tasse hinunterbeugte und an ihrem Tee nippte. Beim Gedanken, dass ihre Kollegin sich seit der Zeit in der Akademie überhaupt nicht verändert hatte, konnte sich Eina ein Lächeln nicht verkneifen.

»Aber mal was anderes. Die Abteilungsleiter kommen wirklich nie zur Ruhe, oder? Die wirken immer so angespannt«, wechselte Misha das Thema.

»Ja, aber eben war's trotzdem anders als sonst ...«

Als die beiden von der Teeküche aus hinüber ins Büro spähten, wirkten dort alle irgendwie aufgeregt. Viele gingen an einem Ort auf und ab, andere saßen zwar wie gewohnt auf ihren Stühlen, aber schauten ständig auf die Uhr. Auch das leise Kratzen der Füllfederhalter auf Papier, das eigentlich immer zu hören war, fehlte heute komplett.

Eina und Misha ahnten, was hinter dieser Stimmung steckte.

»Es ist schon nach drei ... Der Denatus ist sicher vorbei, oder?«

»Wahrscheinlich schon. Ich glaube, der Bericht sollte eigentlich schon hier sein, aber ...«

Denatustage waren fast immer von einer unruhigen Atmosphäre geprägt, denn die Gildenangestellten waren begierig zu erfahren, welchen Titel die Abenteurer wohl erhalten hatten. Diese von den Göttern verliehenen Zweitnamen klangen für die Bewohner der unteren Welt stets ehrwürdig und respektabel, weswegen alle so gespannt auf die Ergebnisse der Namensgebungszeremonie warteten, als würden sie sie persönlich betreffen. Das nervöse Treiben ihrer Vorgesetzten unterschied sich dementsprechend nicht von dem, das Eina und Misha rund um die Versammlung der Götter auch im Empfangsbereich regelmäßig erlebten.

»Eina, interessierst du dich denn nicht dafür, welche Titel diesmal rausgekommen sind?«, fragte Misha.

»Ich? Hm, mal überlegen. Dieses Mal habe ich vielleicht schon ein klein wenig Interesse.«

»Hab ich's mir doch gedacht! Ich freue mich auch immer auf die Ergebnisse, wenn einer der Abenteurer, für die ich zuständig bin, im Rang aufgestiegen ist.«

Während die beiden sich locker unterhielten, knallte plötzlich jemand ohne Vorwarnung die Tür zum gegenüberliegenden Büro auf, woraufhin sich alle Anwesenden zu ihm umdrehten. Ein Angestellter stand komplett außer Atem und mit einem Haufen Zettel in den Händen im Türrahmen.

»Er ist da! Der Bericht vom Denatus!«

»Endlich!«

»Zeig mal her!«

Die Beamten reagierten prompt. Sie warfen ihre aktuelle Arbeit hin und versammelten sich am Büroeingang. Schließlich bildete sich eine Menschentraube und zahlreiche Hände liefen über die Pergamentblätter mit den Zweitnamen. Sofort erklangen hier und dort begeisterte Ausrufe.

»Hey, schaut euch mal diesen Titel an!«

»Oh, krass …«

»Hervorragend.«

»Ja, das ist unschlagbar gut.«

»Die Götter spielen in einer ganz anderen Liga. Violante … Bei dem Namen kriege ich eine richtige Gänsehaut.«

»Ich zittere förmlich.«

»Und die Gottheiten können sich so leicht solche tollen Namen ausdenken? Da wird man ja richtig neidisch.«

Das Hauptquartier war in heller Aufregung – allen voran die männlichen Beamten. Es war nicht ganz klar, woran es lag, aber alle waren sich einig. Einas Vorgesetzte jubelten und eine Frauengruppe, die aus einem anderen Zimmer hinzugekommen war, schrie grell auf.

Misha stand ein wenig abseits, aber als die vielen Stimmen über sie hereinbrachen, zitterten plötzlich ihre Schultern. »Wi… Wir sind zu spät dran! Komm schon, Eina!«

»Äh, ja.« Die Halbelfin folgte ihrer Kollegin und stellte sich kurz Bells Gesicht vor, als sie sich in dem Trubel einen Weg zu den Namenslisten bahnte. *Hm. Ich hoffe, dass er keinen zu brutalen Namen erhalten hat.* Was wäre zum Beispiel, wenn er fortan Blutiger Halunke hieße? Sie stellte sich vor, wie sie bei der nächsten Besprechung mit ihm schweißgebadet wäre, während er ihr mit stolzgeschwellter Brust gegenübersitzen würde. Es war zwar nicht mehr als ein Name, aber so einen Titel würde ganz sicher nicht zu Bell passen. Eina lächelte verlegen, um sich zu beruhigen, doch wünschte sich ehrlich, dass sein Name nicht in diese Richtung ging.

»Eina, ich hab sie! Komm schnell!« Misha winkte sie zu sich und reichte ihr die Liste.

Die Titel der Abenteurer waren über mehrere Pergamentblätter verteilt. Eina ging die erste Seite von oben nach unten durch, dann die zweite und die dritte. An der letzten Stelle der letzten Seite fand sie schließlich seinen Namen.

»Ah ha ha!« Unwillkürlich musste sie lachen.

»Und? Wie lautet Bells Titel?«

Einas Wangen entspannten sich und ihre Lippen formten ein breites Lächeln. Während Misha ihr über die Schulter schaute, las sie Bells Zweitnamen vor: »Hier steht: Little Rookie.«

Kapitel 2: Veränderte Gegebenheiten, neue Beziehungen

Verträumt schaute ich zur weißen Decke hinauf. Ich war allein im geheimen Zimmer unter der Kirche und lag müßig mit dem Rücken auf dem Sofa, ohne wirklich etwas zu tun. *Tick. Tack. Tick. Tack.* Nur das Ticken der Uhr zeigte nüchtern an, dass weiterhin Zeit verging.

Seit meinem Duell gegen den Minotaurus waren drei Tage vergangen. Ich hatte es mir irgendwie angewöhnt, einfach nur verträumt herumzuliegen und die Zeit verstreichen zu lassen. Nach dem Kampf hatte ich zwei volle Tage im Krankenzimmer von Babel verbracht. Als Preis für meinen Sieg … hatte ich gewaltige Schmerzen im ganzen Körper und mein Verstand war erschöpft. Ich war körperlich und geistig so erledigt, dass ich fast schon aufgegeben hätte. Anscheinend hatte ich wie ein Toter oder ein Stein geschlafen. Das Einzige, woran ich mich noch klar erinnern konnte, waren die erleichterten Gesichter meiner Göttin und Lilis, als ich mit einem Auge geblinzelt hatte und wieder erwacht war. Danach war ich einen halben Tag von den beiden ausgeschimpft worden, bevor ich mich ungefähr in meiner jetzigen Haltung einen weiteren halben Tag ausgeruht hatte.

»Level 2 …«

Ich hatte den nächsten Level erreicht und war ganz ehrlich glücklich darüber. Als ich von dem Rangaufstieg gehört hatte, hatten sich meine Mundwinkel gehoben. Schließlich war so heiß in meinen Rücken eingraviert worden, dass ich mich jener Person angenähert hatte.

Aber der Kampf gegen dieses Monster, diesen Minotaurus, saß mir immer noch in den Knochen. Ganz anders als die Hitze in meinem Inneren schallte er noch klar durch meinen Körper. Es war keine Kraftlosigkeit. Vielmehr ließ ich mich wie auf der ruhigen Oberfläche eines Sees einfach nur von diesem seltsamen Gefühl treiben.

Es wäre zu simpel gewesen, es nur als Erfolgsgefühl zu bezeichnen, und es war auch leicht anders als ein Gefühl der Befreiung. Vielleicht ein Verlust …? Nein, auch das kam mir nicht richtig vor.

Ich konnte es nicht wirklich in Worte fassen, aber zumindest war klar, dass dieser Minotaurus in meinem Bewusstsein einen großen Platz eingenommen hatte. Mein Sieg über diese mächtige Bestie schien für mich irgendwie viel entscheidender gewesen zu sein als mein Rangaufstieg.

Ich kramte in meiner Gürteltasche herum, ergriff das gesuchte Objekt und hob es hoch, um es mir anzuschauen. Es war ein scharfer Auswuchs. Ein Horn, das zwar zerbrochen und rissig war, aber nun ungefähr die Form eines Dolches angenommen hatte. Das Beute-Item Minotaurushorn. Allein dieses Horn und ein Magiestein waren übrig geblieben, nachdem der Körper des Monsters zu Asche zerfallen war. Ich hatte den Magiestein bereits verkauft, aber dieses Objekt behalten.

Im Schein der Magiesteinlampe kratzte ich leicht über die Oberfläche des Horns. Weißer Staub rieselte davon herab. Hatte es darunter schon immer so ausgesehen oder war dies das Ergebnis meiner Magie? Jedenfalls kam ein purpurroter Kern zum Vorschein.

Dies war die Waffe, mit der der Minotaurus mich bis zum bitteren Ende angegriffen hatte. Das wilde Brüllen dieser Bullenbestie war in jenem Moment direkt hinter mir erklungen, aber jetzt schien es mir seltsam weit weg.

»Hm …«

Ich stand auf und mein Körper fühlte sich leicht an. Nach einem letzten Blick auf das purpurrote Horn presste ich meine Zähne fest aufeinander, um mich wieder zusammenzureißen. Lange genug hatte ich mich meinen Rührseligkeiten hingegeben.

Ich musste in die Gänge kommen. Zuerst schaute ich zur Uhr hoch, denn ich war zu einer Party eingeladen worden. Sie würde in der Schenke Hostess of Fertility stattfinden, die ich ab und an besuchte. Dort sollte mein Rangaufstieg gefeiert werden ...

Als ich Syr am Morgen ihren Korb zurückgebracht hatte, hatte ich ihr von ebendiesem erzählt, woraufhin sie verkündet hatte, eine Feier für mich veranstalten zu wollen. Wahrscheinlich hatte sie es einfach darauf abgesehen, dass ich dort Geld ausgab. Aber selbst wenn, momentan könnte ich es mir gut leisten ... Dennoch fühlte ich mich irgendwie seltsam.

Ich wünschte, meine Göttin könnte auch kommen ... Aber das konnte sie nicht. Denn auch die Götter hatten sich zum Trinken oder Trösten oder so verabredet und würden daher unter sich bleiben. Hestia hatte mir davon berichtet, als sie mir nach ihrer Heimkehr mitgeteilt hatte, dass mein Titel Little Rookie lautete.

Little Rookie ... Hm. Meine Göttin hatte mich glücklich in die Arme geschlossen und gemeint: »Ich hab's geschafft, Bell. Ein hinnehmbares Ergebnis!« Und wenn sie so glücklich war, konnte ich damit natürlich nicht unzufrieden sein. Nein, nein. Ich war nicht unzufrieden. Überhaupt nicht.

Während ich so meinen Gedanken nachhing, verrieten mir die Zeiger der Uhr, dass es nun schon sechs war – ein guter Zeitpunkt, um aufzubrechen. Ich stieg die Stufen aus dem Geheimzimmer nach oben und verließ die halb eingestürzte Kirche.

Als ich nach draußen trat, war der Himmel im Westen schon orange gefärbt. Die Nacht war nicht mehr fern. Ich folgte dem Trampelpfad, der von der Kirche wegführte, und erreichte die belebte Hauptstraße.

»Gefundeeeeeeeeeeeen!!«, schrie mich plötzlich jemand an, als ich mich gerade ins Getümmel stürzen wollte.

»Hä?« *Wa... Was?*, wunderte ich mich, aber mir blieb keine Zeit, mich umzusehen, denn schon wurde ich von mehreren Gottheiten umzingelt. *Gö... Götter?!*

»Wir hatten ganz schön Ärger, weil wir das Zuhause der Lolita-Göttin nicht finden konnten ...«

»Es hat sich gelohnt, hier Wache zu stehen ...«

»Sich auf die Lauer zu legen, gehört zu jeder guten Jagd.«

»Da bist du ja endlich, du kleines Häschen ☆.«

Mir lief es kalt den Rücken herunter. So von forschenden Blicken umgeben, musste ich unwillkürlich zittern. Und nachdem die letzte Gottheit mich auch noch angezwinkert hatte, wurde ich kreidebleich. Ich verstand die Situation und die Aussagen der Götter überhaupt nicht und geriet immer mehr in Panik.

»Der frühe Vogel fängt den Wurm! Bell, möchtest du nicht in meine Familia kommen?! Wir alle würden dich wirklich herzlich willkommen heißen.«

»Hey, du! Übertreib's mal nicht! Das überschreitet ja jedes Maß! Deswegen hast du also die kleinste und schwächste Familia ...«

»Du Gesindel hältst jetzt einfach mal die Klappe! Bell Cranel, komm zu mir!«, rief ein Gott. »Du hast mir mein Herz gestohlen! Du kleines, sündiges Kaninchen, du!«

»Was dichtest du dem Jungen denn da an?«

Weil die Gottheiten immer näher kamen, entfuhr mir ein ängstliches Keuchen. *Si... Sie laden mich in ihre Familias ein? Aber warum denn gerade jetzt?* Bei meiner Ankunft in dieser Stadt hatten mich doch noch alle direkt an der Eingangstür abgewiesen. »Ä... Ähm, ich habe schon eine Schutzgöttin ... Ich gehöre zur Familia der Göttin Hestia, okay?!«

»Andere Personen spielen doch überhaupt keine Rolle, wenn man verliebt ist, oder?«

»Du bist viel zu schade für diese Lolita-Göttin!«

Si... Sie hören mir ja gar nicht zu!

»Aber jetzt mal ehrlich. Was ist das Geheimnis deines rasanten Wachstums? Ein Skill? Oder steckt irgendein falsches Spiel dahinter?«

»Ein Skill? Ah, ein seltener Skill! J... Jetzt sag schon! Ist es ein seltener Skill?!«

»Ich würde mir nur zu gerne mal den Rücken des Jungen ansehen.«

»Könntest du dich vielleicht kurz für uns ausziehen? Es müsste auch nur der Oberkörper sein und wir würden dir dafür ein bisschen Geld geben, okay? Hm?«

»Oder soll ich dich lieber ausziehen?«

»Ich stehe ja eigentlich voll darauf, anderen gewaltsam die Kleider vom Leib zu reißen.«

»Hi hi hi.«

Im nächsten Moment rannte ich mit aller Kraft davon.

»Oh, da bist du ja endlich, miau!«

»Ah ha ha, du bist spät dran, Abenteurer.«

Als ich das Hostess of Fertility erreichte, strahlten bereits der Mond und die Sterne am Nachthimmel. Ich stützte mich an einer Säule am Eingang ab und war immer noch komplett aus der Fassung. Keuchend versuchte ich durchzuatmen. Ich hatte mir einen Weg durch die Seitengassen gebahnt und die Gottheiten, die mich bedrängt hatten, erst im allerletzten Moment abschütteln können.

Eigentlich hätte ich ihnen körperlich überlegen sein müssen, doch irgendwie hatte mich die Begegnung erschüttert ... Was war da gerade passiert? Zwischendurch hätten sie mich beinahe geschnappt und es kam mir vor, als ob ich nur knapp mit dem Leben davongekommen wäre. Zum ersten Mal hatte ich aufrichtig Angst vor Gottheiten gehabt. Was war denn so plötzlich mit ihnen los?

»Syr und die anderen haben schon auf dich gewartet, miau. In der Küche ist echt viel zu tun und die Leute haben sich dort extra deinetwegen angepasst. Beeil dich, miau.«

»E... Es tut mir leid ...«

»Ohne die Hauptperson können wir ja nicht anfangen, also komm schnell rein.«

Die Katzenfrau und Angestellte Anya beschimpfte mich und hieß mich gleichzeitig willkommen. Neben ihr lachte eine Menschenfrau ... Wenn ich mich nicht irrte, lautete ihr Name Lunoire. Ich wischte mir den Schweiß von der Stirn und riss mich zusammen, bevor ich die Schenke betrat.

»Meister Bell! Hier drüben!«

Alle Tische waren vollständig besetzt und das Geschäft schien wie immer zu florieren. Weiter hinten im Trubel sah ich Lili mit großen Armbewegungen winken. Sie sprang von ihrem Stuhl auf und freute sich offensichtlich. Ich hatte die Party für eine gute Gelegenheit gehalten, sie einzuladen, und Syr und die anderen hatten sofort zugestimmt und sich darum gekümmert.

Hach, es wäre schön, wenn Aiz auch hier wäre, schlug ich innerlich über die Strenge. Sie war gerade zu einer Expedition in die Tiefen des Dungeons aufgebrochen, weshalb ich sie natürlich nicht hatte einladen können. Um meine egoistischen Träumereien loszuwerden, schüttelte ich kurz den Kopf.

Man hatte meinen angestammten Platz in der Nähe des Tresens für mich vorbereitet. An dem Tisch saßen neben Lili noch Syr und Ryu, die aber weiterhin ihre Arbeitsuniformen trugen. Syr lächelte mich an und Ryu begrüßte mich mit einem Blick. Um zurückzugrüßen und auch weil ich zu spät gekommen war, senkte ich kurz mein Haupt.

»Bell?«

»Von der Hestia-Familia?!«

Als ich zu den Frauen hinübereilte, spürte ich, wie viele in der Umgebung mich anstarrten. Auch wenn der Laden genauso belebt war wie immer, ging ein seltsames Raunen hindurch. Leicht verwundert legte ich den Kopf schief und blieb stehen.

»Ein Junge mit weißen Haaren … Es besteht kein Zweifel. Wie war das noch mal? Little Rookie, oder?«

»Etwa so ein kleiner Bengel?«

»Er ist jetzt wohl der Rekordhalter.«

»Hey, steht das überhaupt schon fest? Vielleicht machen die Götter nur unnötig viel Aufhebens darum? In nur einem Monat wäre das doch absolut unmöglich.«

»Das stimmt wohl.«

»Aber er scheint echt gegen einen Minotaurus gewonnen zu haben. Ihr habt doch von dem auf Ebene 9 gehört, oder?«

»Der hat doch nur ein einfaches Monster besiegt. Kommt mal wieder runter.«

»Konntest du auf Level 1 etwa einen Minotaurus bezwingen? Und zwar als Solo-Kämpfer?«

»Hirghs. Wer würde denn auf so eine kranke Idee kommen?!«

Während ich von mehreren Tischen solche Unterhaltungen hörte, wurden mir von hier und dort immer wieder schielende Blicke zugeworfen, auf die heimliches Getuschel folgte. Meine

Nackenhaare stellten sich auf, weil ich die Aufmerksamkeit so vieler erregt hatte. Ich zögerte. Schließlich hielt ich es nicht länger aus und drehte mich argwöhnisch zur Seite, wo sich ein Abenteurer überrascht die Hand vor den Mund schlug. Nervosität überkam mich und ich machte mich klein wie eine Maus, als ich zum Tisch am anderen Ende des Raums floh.

»Auf einen Schlag bist du voll beliebt, Meister Bell«, rief Lili.

»Wi... Wirklich?«, fragte ich. »Irgendwie fühle ich mich jetzt unwohl damit ... Eben wurde ich auch von irgendwelchen unbekannten Gottheiten bedrängt.«

»Das ist nun mal das Los eines Abenteurers, der sich einen Namen gemacht hat. Das geht nicht nur dir so, Meister Bell. Du musst dich eben ein wenig zusammenreißen.« Lili lächelte mich an, während ich mich etwas erbärmlich fühlte und wohl auch so aussah. Sie legte mir den rechten Arm um die Schulter und schüttelte mich leicht.

»Hi hi. Da Bell jetzt auch hier ist, können wir ja anfangen, oder?«, meinte Syr.

»Ähm, müsst ihr nicht im Laden helfen?«

»Du hast uns reserviert und sollst jetzt ordentlich Spaß haben. Das hat zumindest Mama Mia gesagt. Und du sollst viel ausgeben«, erklärte Ryu mit ruhiger Stimme, woraufhin ich nur verschmitzt lächeln konnte.

Hinter dem Tresen stand die Schenkeninhaberin Mia und winkte mir mit siegessicherem Lächeln und ausladenden Armbewegungen zu. Anscheinend wollte sie, dass ich es zumindest an einem Tag wie diesem ein wenig krachen ließ.

Und in diesem Sinne hoben wir alle zum Prosit unsere Gläser und stießen an. Mia ermunterte mich dazu, es mal mit Alkohol zu versuchen. Kurz darauf hatte ich einen Bierkrug vor mir stehen und Syr einen zitronengelben Fruchtcocktail. Lili meinte, sie würde keinen Alkohol vertragen, und nahm daher nur einen Saft, und Ryu bat einfach um etwas Wasser. Am Ende hatten also nur Syr und ich alkoholische Getränke ...

Erst als uns auch das Essen gebracht wurde, nahmen die neugierigen Blicke allmählich ab. Ich atmete erleichtert auf. Nachdem ich ein paar Höflichkeiten mit Anya und Chloe ausgetauscht hatte, genoss ich einfach den Moment.

Weil Lili früher eine Diebin gewesen war, hatten die anderen eigentlich kein besonders gutes Bild von ihr, aber zumindest jetzt zeigten sie davon nichts. Syr trug ein Lächeln auf den Lippen und Ryu passte sich ihr an. Während ich Lili von der Seite anschaute, fragte ich mich, ob vor meiner Ankunft hier wohl irgendetwas gewesen war.

»Los, Bell«, meinte Syr. »Trink ordentlich. Du bist doch heute die Hauptperson. Oder möchtest du vielleicht lieber was essen?«

»Ach, danke ...«

Sie hatte sich irgendwann plötzlich direkt neben mich gesetzt und bemühte sich leidenschaftlich, sich um mich zu kümmern. Immer wieder schenkte sie mir nach, füllte mir Essen auf einen kleinen Teller, sprach mich an und machte erst dies und dann jenes ...

Ein wenig beängstigend fand ich allerdings, wie gleichgültig Lili lächelte, während Syr äußerst glücklich zu sein schien, es mir so angenehm wie möglich machen zu können.

»Irgendwie ... scheinst du heute sehr gut gelaunt zu sein, Syr«, sagte ich.

»Ach wirklich?« Sie hatte sich vielleicht ein wenig zu sehr hineingesteigert, weswegen sie sich kurz die geröteten Wangen hielt und sich genierte. »Es wäre übertrieben von mir zu denken, dass

ich auch einen kleinen Teil zu deinem Erfolg beigetragen habe … aber vielleicht war ich dir dennoch eine Hilfe, weil ich dir das Buch gegeben habe, Bell. Und dieser Gedanke macht mich irgendwie sehr glücklich.«

Mit dem Buch meinte sie wahrscheinlich das Grimoire. Mit glühendem Blick schaute sie mir direkt ins Gesicht. Wie sie mich so von unten anlächelte, war wirklich überwältigend. Aber auch wie Lili sich neben mir ausstreckte, war mächtig schön. Aus unterschiedlichsten Gründen verspannte sich mein Körper. Ich fragte mich, wie ich wohl in diesem Moment aussah.

»Aber ich gratuliere wirklich von Herzen, Herr Cranel«, sagte Ryu. »Du hast echt ganz alleine einen Rangaufstieg geschafft … Anscheinend hatte ich dich ein wenig unterschätzt.«

»Ni… Nicht doch …« Auch von gegenüber wurden mir Worte der Gratulation ausgesprochen. Ryu hatte zwar überhaupt keine Miene verzogen, aber ein bisschen peinlich berührt war ich dennoch. »I… Ich hatte die Hilfe vieler anderer. Nur deswegen habe ich es geschafft. Ryu, selbst du hast mir doch …«

»Kein Grund, so bescheiden zu sein. Selbst unter den Monstern, die als Level 2 kategorisiert sind, ist ein Sieg über einen Minotaurus wirklich eine gewaltige Leistung. Herr Cranel, du kannst ruhig stolz auf dich sein«, sagte Ryu ernst und schaute mich mit ihren elegant geschwungenen Augen fest an.

Erst jetzt bemerkte ich, dass ich überhaupt nicht gut mit Komplimenten umgehen konnte. Mein Gesicht rötete sich und ich senkte den Blick. »Ja …«, brachte ich nur mit Müh und Not heraus, woraufhin Syr kichern musste …

»Ich habe mir wirklich unfassbare Sorgen gemacht«, meinte Lili. »Allein dir zuzusehen, hat mir mehrfach fast das Herz zerrissen …«

»Tu… Tut mir leid, Lili …«

»Aber … du warst richtig cool, Meister Bell!«

Je… Jetzt reicht's aber … Ich presste mein Kinn so eng wie möglich an meine Brust. Lilis süßes Lächeln hatte mir meine letzte Kraft geraubt.

Ihre Wangen waren leicht gerötet und ihre großen kastanienfarbigen Augen schauten ganz aus der Nähe zu mir auf. Vielleicht war der Alkohol schuld, aber mir wurde dabei ganz heiß.

»Herr Cranel, was hast du ab jetzt vor?«, fragte Ryu.

»Hm?«

»Ich frage mich, was du als Nächstes unternehmen wirst.«

Nach der lockeren Unterhaltung mit Lili sollte ich jetzt eine so ernste Einschätzung abgeben, obwohl ich weiterhin mit dem Alkohol zu kämpfen hatte, aber Ryu hatte mich nun einmal darum gebeten. Ich dachte nicht groß darüber nach und erklärte einfach, was ich am darauffolgenden Tag vorhatte: »Ähm, erst mal möchte ich morgen mit Lili meine Ausrüstung erneuern. Meine alte wurde im Grunde komplett zerstört.«

»Meister Bell«, mischte Lili sich ein. »Was das angeht …«

»Was denn, Lili?«

»Ich muss leider plötzlich in meiner Unterkunft aushelfen … Deshalb werde ich dich morgen nicht begleiten können.«

»Hä? Wirklich?«

Lili machte sich vor Scham ganz klein. Aber in ihrer Unterkunft wurde sich hervorragend um sie gekümmert, also ließ sich das nun mal nicht ändern … Ich sagte ihr, dass es mich nicht stören würde, und überdachte meine Pläne für den nächsten Tag.

Ich wollte möglichst bald wieder mit der Erkundung des Dungeons beginnen, aber dafür musste ich unbedingt Rüstungsteile kaufen. Natürlich wäre ich dazu auch allein in der Lage. Vielleicht hätte ich keinen guten Blick dafür, aber ganz sicher würde das schon klargehen ... Dabei könnte ich bestimmt etwas lernen.

»Dann«, sagte Syr, »wirst du morgen also alleine einkaufen gehen, Bell?«

»Ich glaube, dass es darauf hinauslaufen wird.«

»Aber dann könnte ich dich ja begleiten, oder?«

»Was?!«, schrie ich bei ihrem Vorschlag fast hysterisch auf. Neben mir zuckte Lili zusammen, bevor sie wütend die Augenbrauen hochzog. Mir kam diese Lage höchst gefährlich vor ... »Wi... Wieso denn?«, fragte ich.

»Ich müsste auch langsam mal wieder neue Sachen kaufen ... Ich hoffe, dass ich dir damit nicht zur Last falle, Bell, aber wenn du nichts dagegen hast, würde ich das gerne mit dir zusammen erledigen.«

»Das geht doch nicht, Meister Bell!«, rief Lili. »Meisterin Syr möchte doch ganz sicher nur jemanden haben, der ihre Einkäufe trägt! Ja, ich durchschaue ihre List ganz genau! Sicherlich hebst du dir dabei noch einen Bruch. Du solltest lieber auf der Stelle Nein sagen!«

»Je... Jetzt übertreibst du aber ...«, erwiderte ich. Irgendwie trat mir kalter Schweiß auf die Stirn, weil Lili so Widerstand leistete. Aber als ich zu Syr hinüberblickte, stellte ich fest, dass sie sich von den Worten der kleinen Pallum nicht beeindrucken ließ und einfach weiterlächelte. Ihre dunkelgrauen Augen waren direkt auf mich gerichtet, als wollte sie mir sagen: *So was würde ich doch niemals tun, oder?*

Wa... Was mache ich denn nun? Sie dabeizuhaben, würde mich überhaupt nicht stören und es wäre auch irgendwie seltsam, wenn ich sie einfach so abweisen würde ... Aber es stimmte natürlich, dass Syr mich schon einmal reingelegt hatte, als sie mich das erste Mal in diese Schenke eingeladen hatte ... Neulich hatte ich ihr auch beim Abwasch helfen müssen. Von Lilis Widerstand und Syrs Lächeln in die Enge getrieben, musste ich schnell eine Entscheidung fällen. *Hngh.*

Doch dann tauchte hinter Syr ein großer Schatten auf. »Laber mal keinen Blödsinn.«

»Urghs?!« Mit einem Scheppern zog der jungen Frau jemand ein Tablett über den Kopf.

Es war Mia. Sie hatte Syr rücksichtslos geschlagen und schaute nun auf ihre Angestellte hinab, die sich die schmerzende Stelle rieb. »Glaubst du wirklich, dass du hier einfach so frei kriegst, du freches Gör? Übertreib es ja nicht mit mir«, schimpfte die Schenkenbetreiberin. »Oder wolltest du mir lieber nichts davon erzählen und einfach blaumachen?«

Syr war benebelt auf dem Tisch zusammengesackt, aber richtete sich langsam wieder auf, um zu Mia hinaufzuschauen. Sie drehte uns ihren Hinterkopf zu, sodass nur ihre zu einem Dutt gebundenen grauen Haare zu sehen waren. Aber ich konnte ungefähr erahnen, wie sie ihre Chefin mit Groll im Gesicht anfunkelte.

»Du brauchst gar nicht so zu gucken«, meinte Mia jedoch ruhig. »Ich bin hier nun mal das Gesetz. Ryu, du wirst morgen ein Auge auf Syr haben, ja?« Sie schnaufte durch die Nase und wartete nicht aufs Syrs oder Ryus Antwort, bevor sie sich umdrehte und hinter den Tresen zurückkehrte.

Während die anderen Gäste sich weiter amusierten, wurde es an unserem Tisch still. Eine ganze Weile herrschte betretenes Schweigen, aber dann drehte sich Syr endlich wieder zu uns um. »Bell, ich bin schwer verletzt. Würdest du mir bitte den Kopf streicheln und mich ein wenig trösten?«

»Sag schon, Meister Bell!«, rief Lili. »Du wirst es morgen doch sicher *alleine* schaffen, dir was Schönes auszusuchen, oder?! Ich glaube fest an dich!«

Ich machte mir Sorgen, dass Lili und Syr sich gleich an die Kehle springen würden.

»Herr Cranel, und was dann?«, fragte Ryu.

»Wie bitte?«

»Ich möchte wissen, was du vorhast, nachdem du dir die Ausrüstung besorgt hast.«

»Was genau ... meinst du damit?«

»Stimmt. Ich sollte lieber konkreter fragen. Herr Cranel und Frau Arde, werdet ihr bei der erneuten Erkundung des Dungeons sofort in die mittleren Ebenen gehen?«

Als ich es so direkt hörte, verstand ich endlich, was sie eigentlich wissen wollte. Ich schaute kurz meinem einzigen Gruppenmitglied Lili in die Augen, bevor ich erneut zu Ryu blickte. »Zuerst möchte ich in Ebene 11 prüfen, wie es meinem Körper geht. Sollte die Erkundung bis dahin gut verlaufen sein, würde ich gerne bis in Ebene 12 vordringen.«

»Ja, das ist eine weise Entscheidung«, befand Ryu.

Um meine eigenen Kräfte nach dem Rangaufstieg auszutesten, plante ich, mich zunächst an Ebene 12 zu versuchen, die das Ende des oberen Bereichs darstellte. Wir wollten sehen, wie ich dort zurechtkam, bevor wir in den mittleren Bereich gingen. So hatte ich es mit Lili abgesprochen.

Wahrscheinlich hatte Ryu sich ein wenig um uns gesorgt. »Vielleicht mische ich mich damit zu sehr ein, aber ... ihr solltet den mittleren Bereich erst mal meiden. Das ist zumindest meine Meinung, wenn ich eure aktuelle Lage betrachte.«

»Meisterin Ryu, dann denkst du also«, erkundigte sich Lili, »dass Meister Bell und ich dort noch keine Chance hätten?«

»Das würde ich so nicht sagen, aber der mittlere Bereich unterscheidet sich entscheidend von den oberen Ebenen«, erklärte Ryu. »Aber ich glaube, es ist eigentlich gar nicht notwendig, das zu erwähnen. Es ist keine Frage der persönlichen Fähigkeiten. Dort wird es nur sehr schwer, alleine klarzukommen. So ein Ort ist der mittlere Bereich nun mal. Ich bin mir nicht sicher, wie stark du dort aushelfen kannst, Frau Arde, aber Herr Cranel wird als Solo-Kämpfer wenig gegen die Monster und den Aufbau des Dungeons unternehmen können.«

»Meisterin Ryu, aber dann ...«

»Genau. Ihr solltet eure Gruppe vergrößern.«

Es war allgemein anerkannt, dass eine Drei-Personen-Einheit am effektivsten war, wenn man den Dungeon erfolgreich erkunden wollte. Zumindest riet die Gilde zu dieser Gruppengröße. Die drei Mitglieder übernahmen dann unterschiedliche Aufgaben: Angriff, Verteidigung und Unterstützung. Die Person ganz vorn griff an, während die in der Mitte Gegenangriffe abwehrte oder beim Angriff aushalf und die ganz hinten aus der Ferne angriff oder die anderen beiden anderweitig unterstützte. Häufig war hinten auch jemand, der Verletzungen versorgen konnte. Ergriff die Gruppe nicht selbst die Initiative, sondern wurde angegriffen, war es ähnlich. Das hintere Gruppenmitglied musste vor allem Monster abwehren können, während die anderen zwei sie besiegten. So konnten im Grunde die meisten Situationen bewältigt werden.

War man hingegen nur zu zweit unterwegs, musste jeder eine umso größere Last tragen, und als Solo-Kämpfer war es fast undenkbar, weit zu kommen. Kurz gesagt brauchte man mindestens drei Personen, weil die Erkundung des Dungeons sonst unfassbar schwer beziehungsweise unmöglich wäre. Entscheidender als die bloße Steigerung der individuellen Fähigkeiten der vorhandenen Kameraden war somit, weitere zu finden. Ryu war daher zu dem Schluss gekommen, dass eine erfolgreiche Erkundung der tieferen Ebenen für unsere Gruppe so gut wie undenkbar war, solange sie nur aus Lili und mir bestand.

»Ryu, wäre es für Bell und Lili aber zu zweit nicht viel einfacher, schnell davonzulaufen?«, fragte Syr. »Wenn man zu viele in der Gruppe hat, kann's immer passieren, dass jemand nicht rechtzeitig wegkommt, oder?«

»Was du sagst, ergibt zwar Sinn, aber wenn man von vornherein nur an die Flucht denkt, lässt man sich ohnehin zu sehr in die Enge treiben. Anstatt sofort über so eine Notlage nachzudenken, wäre es viel gesünder, sich erst gar nicht in eine zu begeben«, erklärte Ryu locker. Da sie früher selbst einmal Abenteurerin gewesen war, waren ihre Worte ziemlich überzeugend. »Man sollte zwar auf alles vorbereitet sein, aber erst mal ist wichtig, dass ihr euch mindestens einen weiteren Kameraden sucht.«

Ich konnte gut begreifen, was sie uns damit sagen wollte. Auch Lili neben mir gab mir mit einem Nicken zu verstehen, dass wir darüber nachdenken sollten.

Jedoch ... kannte ich niemanden, den ich als Kameraden anwerben könnte. Gäbe es da jemanden, hätte ich schließlich von Anfang an eine Gruppe mit ihm gebildet. Nein, genau deswegen hatte sie gesagt, dass wir jemanden *suchen* müssten ...

Ryu, die hier direkt vor mir saß, konnte aus unterschiedlichen Gründen ausgeschlossen werden. Sonst kannte ich nur Naaza aus der Miach-Familia, aber ... das würde auch nicht gehen.

Sie schien durch eine schreckliche Monsterbegegnung ein Trauma erlitten zu haben und konnte sich nicht auf andere Familias einlassen.

Vielleicht wäre es besser, jemanden in unsere Familia einzuladen? Ich rieb mir leicht die Schläfen.

»Ha ha. Hast du etwa Probleme wegen deiner Gruppe, Little Rookie?«

»Hä?« Überrascht sah ich mich um und entdeckte an einem anderen Tisch den Gast, der mich angesprochen hatte. Weil ich so idiotisch dreinschaute, kam der Abenteurer zusammen mit seinen beiden Kameraden zu unserem Tisch. Sie bauten sich direkt hinter Ryu auf. *Die sehen aber … kr… krass aus.* Sie hatten heftige Narben auf der Stirn und den Wangen. Vor lauter Ehrfurcht wäre ich fast vor ihnen zurückgewichen.

»Wir haben mitgehört. Du suchst also Kameraden? Willst du dann nicht einfach bei uns mitmachen?«

»Hä?!« Jetzt war ich wirklich baff. Komplett fremde Gestalten hatten mich plötzlich in ihre eigene Gruppe eingeladen. »Wa… Was soll das denn bedeuten?«

»Wir sind einfach nur gutmütig«, erklärte der Mann. »Wenn ein Kollege solche Probleme hat, dann sollte man ihm doch großherzig 'ne helfende Hand reichen, oder? Ha ha. Passt das etwa nicht zu uns?«

»N… Nein, das wollte ich damit nicht sagen …«, stammelte ich.

»Sicher. Betrachte es als eine Art Hilfeleistung. Wir helfen uns gegenseitig aus. Und da du grad das Stadtgespräch bist, hätten wir nichts dagegen, dich in unserer Gruppe zu haben … Verstehst du?«

»Ähm?!« *Er stinkt nach Alkohol!* Weil der bissige Mundgeruch bis zu mir reichte, lehnte ich mich unwillkürlich zurück.

Syr neben mir lächelte verlegen, aber Lili konnte ihren Missmut nicht verstecken. Ach ja. Hatte sie nicht sowieso eine regelrechte Abenteurerallergie? Da die Typen direkt hinter Ryu standen, war ihr Leid sicherlich noch um einiges größer als unseres, aber vielleicht war sie auch daran gewöhnt, denn sie verzog keine Miene.

»Und wie wär's? Dafür, dass wir dich in den mittleren Bereich mitnehmen ...« *Hm?* Es kam mir vor, als würde die Stimmung gerade kippen. »... leihst du uns die jungen Frauen hier doch mal aus, oder?! Besonders diese echt hübsche Elfenfrau, ja?!«

Oje ... Ojemine!

»Ich will auch, dass mir 'ne liebe Elfenfrau nachschenkt. Kapiert? Ich hab keine Ahnung, was du dafür bezahlt hast, aber es versteht sich doch, dass man seinen Kameraden hilft, oder? Stimmt's oder hab ich recht?!«

Nun ja. In der Tat würde ich an diesem Abend viel Geld hierlassen ... aber das spielte doch keine Rolle.

Die beiden Männer hinter dem Anführer in der Mitte schauten neben Ryu auch Syr und Lili unfassbar lüstern an. Letztere zeigte deutlich, wie angewidert sie davon war.

Das geht nicht. Auf gar keinen Fall ... Zu Kerlen, die Frauen auf diese Art anschauten, hatte ich überhaupt keinen Draht. Ich konnte nicht gut mit solchen Situationen umgehen, aber da es sich hier um Syr und die anderen handelte, musste ich jetzt einfach beweisen, dass ich ein Mann war. Zwar fiel mir nicht sofort eine gute Antwort ein, aber ich würde fürs Erste zumindest ihre Forderungen ablehnen.

»Nein, schon gut. Er braucht eure Hilfe nicht«, kam mir Ryu jedoch zuvor, die bis dahin geschwiegen hatte.

»Oho? Was denn, du kleine Elfe? Glaubst du etwa nicht, dass wir den Burschen beschützen können?«

»Genau. Also geht jetzt.«

»Hi hi. Hey, habt ihr das gehört?! So krass soll der kleine Rookie sein, dass wir ihm nur ein Klotz am Bein wären?! Dabei ist's in Wahrheit andersherum?! Ha ha!«

Die Männer lachten dreckig. Ich hatte meine Chance verstreichen lassen, rechtzeitig aufzustehen. Außerdem fehlten mir die passenden Worte. Ich konnte mich nicht mal entscheiden, ob ich weiter sitzen bleiben oder mich doch noch erheben sollte.

»Mädel, wir sind übrigens schon seit Ewigkeiten im mittleren Bereich unterwegs, klar?«, prahlte der Mann.

»Ach wirklich?«, erwiderte Ryu ungerührt.

»Ja, wir sind Level 2. Wir alle.«

»Verstanden. Dann verzieht euch jetzt. Ihr seid seiner nicht würdig.«

Mit einem Zucken erstarrte das Grinsen auf den Gesichtern der Männer. Nachdem es einen Moment ganz verschwunden war, kehrte es sofort wieder zurück, doch es wirkte nur noch wie das künstliche Lächeln einer Maske mit halb zugekniffenen Augen.

Ich spürte genau, dass diese Situation immer ungemütlicher wurde.

»Mädchen, sehen wir etwa weniger vertrauenswürdig als dieser Drecksbengel aus?« Der Abenteurer kam einen Schritt näher und legte seine rechte Hand aufs Ryus Schulter.

Ich wollte aufschreien und von meinem Platz aufspringen, aber dann erinnerte ich mich an eine bestimmte Sache: *Elfen erlauben nur Personen, die sie akzeptiert haben, sie zu berühren.*

»Fass mich nicht an.« Ryu reagierte so schnell wie ein Blitzschlag. Mit atemberaubender Geschwindigkeit schnappte sie sich meinen großen Bierkrug und schwang ihn über die rechte Schulter nach hinten.

Es folgte ein *Flumps.* Die Hand, die eben noch ihre Schulter berührt hatte, steckte nun in dem Trinkgefäß.

»Hä?« Der Mann riss seine Augen weit auf.

Mit ihrer Bewegung beim Aufstehen drehte Ryu den Krug herum.

»Au... Auaaaaaaaaaa?!«, schrie der Mann unter gewaltigen Schmerzen auf, als sein Arm in einem fürchterlichen Winkel herumgedreht wurde.

»Tut mir ja wirklich leid. Das ist natürlich auch nur meine ganz persönliche Meinung, aber ich möchte nicht, dass Herr Cranel mit euch eine Gruppe bildet«, schimpfte Ryu, als sie sich vor dem gepeinigten Halunken aufstellte. »Außerdem werde ich nicht zulassen, dass er herablassend behandelt wird. Er ist nun mal ein Freund von mir.«

Sie schaute den Abenteurer scharf an, der sich krümmte, bevor sie den Krug erneut herumdrehte. Er schrie noch lauter als zuvor. Aufgeregt kamen seine Kameraden ihm zu Hilfe und schafften es endlich, seine Hand aus dem Trinkgefäß zu befreien. Mit einem *Plumps* landete der Mann mit dem Hintern auf dem Boden.

»D... Du miese ...!«

»Du Schlampe!«

»Was soll der Mist?!«

Ryu hatte mich mit ihrer Aussage direkt ins Herz getroffen, aber die aufgebrachten Männer wollten sich wutentbrannt auf sie stürzen. Augenblicklich zückte die Elfenfrau einen Dolch, um die drei abzuwehren, aber bevor es dazu kam ...

Karumms!

... krachte etwas gegen ihre Hinterköpfe.

»Hargarghs?!«

Die Kameraden des Anführers fielen zu Boden. Er selbst stellte schockiert fest, dass hinter ihm zwei Katzenmenschen aufgetaucht waren, die kaputte Stühle über ihren Köpfen hielten.

»Mja ha ha. Augen im Hinterkopf müsste man haben, was?! Miau!«

»Warum machen Männer immer solche Probleme, miau?!«

Chloe grinste wie eine junge Göttin und Anya wackelte genüsslich mit ihren Fellohren. Es war klar, dass sie die beiden Typen von hinten überrascht hatten ... Aber mit nur einem Schlag Abenteurer auf Level 2 niederzustrecken ...?!

»Werter Kunde, diese Elfenfrau hier ist echt brutal, also sollten wir es lieber dabei belassen, okay?«, sagte Lunoire dem letzten Mann ganz ruhig, während sie gerade große Mengen an benutzten Tellern und Krügen zur Küche trug.

Auch wenn die Frauen alle nicht aussahen, als ob sie so kämpfen könnten, wirkten sie auf mich in diesem Moment irgendwie grausam und blutdurstig. Stimmte vielleicht mit meinen Augen irgendetwas nicht?

»Oh, da hat jemand Mist gebaut«, konnte ich einen der Gäste in der Umgebung murmeln hören. Andere lachten, weil sie schon erwartet hatten, dass es so ausgehen würde. Ihre Blicke waren auf den nun einsam dastehenden Mann gerichtet.

»We... Wer oder was seid ihr deeeeenn?!«

Er zog eine Klinge aus der Scheide an seinem Gürtel. Das Kurzschwert glänzte im Licht der Magiesteinlampe. Man wusste natürlich nie genau, wann ein in die Enge getriebener Abenteurer seine Waffe ziehen würde. Als die Mitarbeiter des Hostess of Fertility bemerkten, dass es so weit war, kniffen sie alle die Augen leicht zusammen. Ein Kribbeln lief mir den Rücken herunter. Würde den Abenteurer etwa gleich ein grässliches Ende erwarten?

Doch im nächsten Augenblick war aus einer anderen Richtung ein gewaltiger Knall zu hören. *Wa... Was denn jetzt noch?!* Ich konnte den Ereignissen gar nicht mehr folgen und drehte mich halb panisch um ... Nun fehlten mir komplett die Worte.

Am Tresen stand eigentlich ein schmaler, langer Tisch, dessen Platte jetzt jedoch V-förmig verbogen war. Die Gäste, die um ihn herum saßen, starrten ihn mit offenen Mündern an. Direkt in der Mitte hatte die Tischplatte sich in den Boden gebohrt und auf ihr ruhte Mias geballte Faust. Lunoire und die anderen Mitarbeiterinnen fingen mit einem Mal an zu zittern.

»Wenn ihr Krach macht, dann macht das draußen. Dieser Ort ist zum Essen und Trinken da.«

In der Schenke herrschte komplette Stille. Lunoire und die anderen wandten den Blick von der hochgewachsenen Zwergenfrau ab und widmeten sich wieder ihren Aufgaben.

Zum Schluss funkelte ihre Chefin noch einmal den Mann böse an, der leichenblass wie angewurzelt dastand. »Und du blöder Vollidiot. Sammle die beiden Trottel vom Boden auf und verschwinde von hier. Solltest du hier noch einmal Ärger machen, werde ich dich unter diesem Laden verbuddeln.«

Bei dem Gedanken, was sie mit ihm anstellen würde, bevor sie ihn dort verscharrte, lief es mir kalt den Rücken herunter und auch der Abenteurer brachte kein Wort mehr heraus, sondern nickte einfach nur. Er nahm seine Kameraden auf die Schultern und schlurfte, so schnell er konnte, zum Ausgang.

»Du Vollidiot! Du wirst gefälligst bezahlen!«, schrie Mia wütend.

»J... Jawohl!« Aufgrund der Ermahnung ließ der Mann sämtliches Geld da, das er dabei hatte. Er warf den prall mit Valis-Goldmünzen gefüllten Geldbeutel auf den Boden und stolperte hinaus.

Nachdem er weg war, wurde es wieder gewohnt laut unter den Gästen. Als wäre gar nichts passiert, hörte man einige Pallums fröhlich beim Trinken plaudern. Eine Schenke, in der Abenteurer auf Level 2 voller Scham in die Flucht geschlagen wurden …

Ich hingegen hatte die ganze Zeit nur zuschauen können …

»Es tut mir leid, dass ich bei dieser seltenen Gelegenheit so die Stimmung verdorben habe«, entschuldigte sich Ryu.

»N… Nein. Schon gut …«

»Hi hi, Meisterin Ryu ist echt stark …«, meinte Lili. »Es wurmt mich nur, dass ich selbst nichts machen konnte.«

Während ich weiterhin komplett perplex dasaß, scherzten die anderen schon wieder miteinander. War ich etwa der Einzige, der so etwas nicht gewohnt war?

Nach diesem ärgerlichen Vorfall war die Stimmung etwas gedrückt, aber Syr sprang auf und klatschte laut in die Hände. »Wollen wir dann einfach noch mal ganz von vorn anfangen?«

Sie ist auch echt stark, dachte ich.

Nachdem wir neue Getränke bestellt und angestoßen hatten, lächelte Syr zufrieden, aber ich brachte nicht mehr zustande, als ein bisschen wehleidig zu grinsen. Erneut war ich Zeuge davon geworden, wozu die Angestellten des Hostess of Fertility in der Lage waren.

Danach genossen wir gemeinsam bis tief in die Nacht das leckere Essen und den Alkohol.

Der Himmel war blau und es wehte ein angenehmer Wind. Die Gratulationsfeier war vorüber und ein neuer Tag angebrochen. Ich schirmte mit einer Hand meine Augen ab, um sie vor der

Sonne zu schützen, während ich zu dem Gebäude aufsah, das vor mir weit in die Höhe ragte. Es war ein großer weißer Turm. Der Turm Babel.

Um mir neue Ausrüstung zu kaufen, wollte ich erneut den Service des Waffenladens der Hephaistos-Familia in Anspruch nehmen. Die dort angebotene Ware war von garantierter Qualität und da ich eh kein Auge dafür hatte, gab es keinen Grund, schlechte Erfahrungen bei anderen Geschäften zu machen. Darüber hinaus hatte ich den Laden schon einmal mit Eina besucht und somit keine Scheu hineinzugehen.

Auch der Preis spielte an diesem Tag keine entscheidende Rolle. Ich hatte eine gehörige Summe angespart und vor allem hatte der Magiestein des Minotaurus mir sage und schreibe 50.000 Valis eingebracht. Der Wert des Steins hatte selbst die Person am Tauschschalter der Gilde ziemlich überrascht. Anscheinend war der besiegte Minotaurus irgendwie besonders gewesen ... Immerhin hatte er auch ein Großschwert als Waffe geführt.

Jedenfalls hatte ich insgesamt über 100.000 Valis und trat mit selbstgefälligem Grinsen durch das Tor des Turms Babel. Statt in den magiesteinbetriebenen Fahrstuhl zu steigen, nutzte ich die Treppe, um mein Ziel im achten Stockwerk zu erreichen. In regelmäßigen Abständen konnte ich durch die Fenster die Aussicht auf Orario und den strahlend blauen Himmel genießen.

Ich bin da. Das achte Stockwerk. Mit einigem Abstand zum Fahrstuhl in der Mitte reihten sich hier kreisförmig zahlreiche Läden aneinander. Ihre Aushängeschilder oder Eingänge waren mit verschiedensten Waffen wie Schwertern oder Speeren dekoriert. Vor jedem Geschäft blieb ich kurz stehen, bis ich schließlich den Rüstungsladen erreicht hatte.

Meine leichte Rüstung, die meinen Körper ordentlich geschützt hatte, war im Kampf komplett zerstört worden. Daher müsste ich zuerst Ersatz dafür finden. Im Laden gab es so viele Rüstungen wie Bäume im Wald und auch diverse, die den ganzen Torso umgaben. Aber im Vergleich zu meinem letzten Besuch wirkten sie alle etwas langweiliger und farbloser. Zum Großteil waren sie schwarz oder grau.

Das Meiste auf diesem Stockwerk sollte in meinem Budget liegen, oder? Ich schaute mir zur Kontrolle die Preisschilder in meiner Umgebung an. 21.000, 35.000, 64.000 ... Ja, das sollte passen. Aber da ich nicht nur wegen einer Rüstung hier war, müsste ich dennoch bedachtsam vorgehen. Noch vor kurzer Zeit hätte ich mir kaum ausmalen können, dass ein Tag wie dieser irgendwann kommen würde.

Wird sie etwa nicht mehr verkauft? Neben solider Handwerksarbeit wurden hier genauso feiner ausgearbeitete Rüstungen angeboten, die meist auch mehr ins Auge fielen. Jedoch suchte ich eigentlich nach dem Werk eines bestimmten Schmieds. Bis der Minotaurus sie zerstört hatte, hatte ich eine Rüstung mit der Bezeichnung Pyonkichi getragen. Ihr Name war vielleicht etwas seltsam, aber sie war leicht und stabil gewesen und mein Körper hatte perfekt hineingepasst.

Ich ging den Laden komplett ab, aber die Rüstung war nicht wie zuvor irgendwo am Rand aufgehängt. Ich schaute sogar in einer Kiste nach, in der sich zahlreiche Rüstungsteile stapelten – jedoch ohne Erfolg.

»Hm ...« Mein Magen grummelte. *Der Name des Schmieds war Welf Crozzo, oder? Vielleicht frage ich einfach mal nach.* Eigentlich hätte ich nicht so an der Rüstung hängen müssen; schließlich fanden sich hier sicherlich mehr als genug andere, bessere

Modelle. Aber ich wollte mich einfach nicht geschlagen geben und begab mich zur Ladentheke. Vielleicht war ich schlicht ein Fan dieses Schmieds geworden.

»Wa… denn das?!«

»Hm?« Als ich ein paar Schritte weiter in Richtung der Kassen ging, hörte ich jemanden brüllen. An einer der beiden war es anscheinend zu einer Auseinandersetzung zwischen einem Angestellten der Hephaistos-Familia und einem Kunden gekommen. Offensichtlich stritten sie sich lautstark über irgendetwas.

»Warum … jedes Mal so weit am Rand?! Habt ihr etwa was gegen mich?!«

Als ich näher kam, konnte ich die Stimmen besser verstehen. Vor dem eingeschüchterten Angestellten stand ein Menschenmann. Er trug einen schlichten schwarzen Kimono … der bei genauerem Hinsehen zerrissen war. Seine Haare waren rot wie loderndes Feuer. Er wirkte etwas älter und war auch größer als ich, jedoch von normaler muskulöser Statur.

Auf dem Tresen stand eine Kiste mit verschiedenen leichten Rüstungsteilen. So wie er sich beschwerte, handelte es sich bei dem Mann anscheinend um einen Abenteurer. War die gekaufte Ware etwa mangelhaft gewesen?

»Mein Leben hängt nun mal davon ab, ja?! Ihr müsst doch wenigstens dafür sorgen, dass das Zeug gekauft werden kann …«

»Die Entscheidung kam nun mal von oben … Außerdem muss es zumindest Ware sein, die man hier auch verkauft bekommt …«

»Hey, was soll der Unsinn?! Dann muss ich jetzt also doch …«, schrie der Abenteurer im Kimono sich in Rage.

Der Verkäufer am benachbarten Schalter sah seufzend zu den beiden hinüber, aber dann bemerkte er mich und begrüßte mich mit einem »Herzlich willkommen«. Auch wenn mich der Trubel an der anderen Kasse irgendwie interessierte, wandte ich mich lieber an den Verkäufer vor mir.

»Kann ich irgendwie helfen?«, erkundigte er sich.

»Ja, ich wollte fragen, ob Sie noch Rüstungen von Welf Crozzo anbieten.«

Just in diesem Moment verklangen die anderen Stimmen. Der Verkäufer vor mir schien überrascht zu sein, aber auch die beiden Streithähne schauten bestürzt zu mir herüber.

Hä? Wa... Was?! Weil ich von drei Seiten mit Blicken durchlöchert wurde, war ich plötzlich verunsichert.

»Ä... Ähm, suchen Sie wirklich nach einer Rüstung von Welf Crozzo?«, fragte der Angestellte, mit dem ich gesprochen hatte, etwas ängstlich.

»J... Ja«, erwiderte ich leicht eingeschüchtert. »Ich würde gerne eine Rüstung von Welf Crozzo verwenden ...«

Die nächste Reaktion kam nicht vom Verkäufer vor mir, sondern von dem jungen Mann, der sich eben noch lautstark beschwert hatte. »Hi Hi ... Mu ha ha ha ha ha ha ha ha! Schau mal einer an! Selbst ich habe hier zumindest einen willigen Abnehmer!!« Er hatte mit einem etwas schrillen Lachen begonnen, aber sich dann langsam dem Verkäufer zugewandt und eine Hand auf den Tresen geknallt. Sein Gegenüber konnte nicht wirklich etwas erwidern und schaute nur verlegen hin und her.

Ich konnte meine Verwunderung nicht verbergen, da ich überhaupt nicht verstand, was hier gerade vor sich ging. Auf einmal drehte sich der Schreihals geschwind zu mir um: »Junger Abenteurer, natürlich gibt's hier Rüstungen von Welf Crozzo!«

»Wie?!«

»Hier«, sagte er, bevor er seine Kiste direkt vor mir auf den Tresen packte. Darin befanden sich zahlreiche leichte Rüstungsteile aus glänzendem Metall. In den Feinheiten unterschieden sie sich von meiner bisherigen Rüstung, aber zweifelsohne war dies genau das, wonach ich gesucht hatte!

»Was ist?«, fragte er. »Möchtest du sie verwenden?«

»Wie? Da... Das sind doch deine, oder?«

Ich wusste nicht, wie er diese Frage aufgefasst hatte, aber er blinzelte kurz und grinste dann wie ein kleiner Junge, bevor er sagte: »Ja, das sind meine ... Ich habe sie selbst geschmiedet.«

»Wie?«

»Dann stelle ich mich meinem allerersten Fan mal vor. Ich bin Welf Crozzo und noch ein ganz niederer Schmied der Hephaistos-Familia. Möchtest du ein Autogramm haben?« Er lachte mich wie ein großer Bruder an. Welf Crozzo hatte mich mit seinem Blick eiskalt erwischt.

»Dann bist du also Little Rookie?! Du bist doch jetzt der neue Rekordhalter!«

»Schr... Schrei nicht so ... Und was meinst du mit Rekordhalter?«, entgegnete ich etwas verwirrt.

Wir waren im Foyer des achten Stocks, einem kleinen Raum in der Nähe des Fahrstuhls. Welf hatte sich kurz mit mir unterhalten wollen und mich hergeführt. Ich erfuhr, dass bisher nur zweimal von ihm gefertigte Stücke verkauft worden waren und ich der Einzige war, der erneut nach einem seiner Produkte gesucht hatte. Dementsprechend groß war nun sein Interesse an mir.

Er berichtete mir von seinem Leid bei der Arbeit. Zwar habe er von der Betriebsleitung gute Bewertungen erhalten, aber werde nun in den Geschäften so stiefmütterlich behandelt. Einmal habe jemand außer mir etwas aus seiner Herstellung gekauft, es jedoch sofort wieder zurückgebracht. Zudem seien seine eigenen Familia-Kameraden allesamt hinterlistige Gestalten ... Kurz gesagt: Er erzählte mir eine ganze Menge.

Welf war ganz aus dem Häuschen, weil plötzlich jemand aufgetaucht war, der explizit nach seinen Produkten gefragt hatte. Sein Lachen wirkte irgendwie erwachsen und obwohl ich ihn gerade erst getroffen hatte, machte er auf mich den Eindruck eines tüchtigen Handwerkers.

»Nun ja, bei Abenteurern spielt das Alter ja keine große Rolle, oder?«, meinte der junge Schmied, nachdem ich mich kurz vorgestellt hatte. Er legte den Kopf leicht schief, wobei seine roten Haare mitschwangen.

Sein Gesicht würde man weniger als schön denn als männlich bezeichnen. Er schien einen starken Willen zu haben. Ein Handwerker, der felsenfest zu seinem Wort stand. Sein Blick und seine zusammengezogenen Augenbrauen wirkten auf mich sehr entschlossen und cool. Zwar war er nicht besonders kräftig, sogar eher dürr, aber sein Hals und seine Brust, die durch die weiten Ärmel seines Kimonos zu sehen war, ließen deutlich erkennen, dass er den trainierten Körper eines Schmieds hatte.

»Ähm, wie alt bist du denn, Herr Crozzo?«, fragte ich

»Mit diesem Jahr bin ich siebzehn Jahre alt. Und nenn mich bitte nicht bei meinem Familiennamen. Ich kann den ehrlich gesagt nicht leiden.«

»Ähm ... Herr We... Welf? Was möchtest du denn von mir?«, fragte ich etwas verlegen, weil ich es nicht gewohnt war, Ältere beim Vornamen zu nennen.

»Hey, das Herr kannst du auch weglassen, ja? Na ja, auch egal. Ich möchte, dass du mir kurz zuhörst.« Welf erhob sich von der Bank, auf der wir nebeneinandersaßen, und schaute von oben auf mich herab. Zu seinen Füßen stand die Kiste mit seinen neuen Rüstungen. »Da ich sie geschmiedet habe, kann ich sie jetzt ja auch wieder mitnehmen, oder?«, hatte er im Laden gesagt. Nun meinte er: »Ich bin mal ganz direkt: Ich wollte dich nicht gehen lassen.«

»Hm?«

»Egal ob es nun ein Schwert oder eine Rüstung ist – meine Produkte verkaufen sich überhaupt nicht. Das mag jetzt ein wenig eingebildet klingen, aber ich bin sicher, dass es ganz gute Ausrüstungsgegenstände sind. Dennoch will sie einfach keiner haben. Und als doch mal jemand was gekauft hat, hat er es sofort wieder zurückgebracht. Ich verstehe es nicht.«

Ich schwieg. Zwar kam mir der Gedanke, dass ein Grund dafür sein könnte, dass er seinen Rüstungen seltsame Namen wie Pyonkichi gab, aber ich behielt meine Amateurmeinung lieber für mich.

»Jedoch bist du nun vor mir aufgetaucht. Du bist Abenteurer und bestätigst den Wert meiner Ware.«

»Ähm, und nun?«

»Du bist zu diesem Laden gegangen, um zum zweiten Mal ein Produkt von mir zu kaufen. Somit bist du ein echter Stammkunde, nicht wahr?«

Wenn er das so sagte … stimmte es vielleicht. Obwohl ich von einem Wald aus Rüstungen umgeben gewesen war, hatte ich irgendwie nur an die von Welf denken können.

»Am Ende müssen wir niederen Schmiede ständig um unsere Kunden kämpfen«, erklärte er. »Sobald man sich einen Namen gemacht hat, kaufen viele was, aber wenn man noch unbekannt ist, klappt das natürlich nicht. Stattdessen muss man darauf hoffen, dass ein unerfahrener Abenteurer mit seinem wenigen ersparten Geld zu irgendeinem der eigenen Produkte greift. Anders geht es leider nicht. Verstehst du das so weit?«

Mit Müh und Not schaffte ich es zu nicken. Ein Kampf um die Kunden ... Wie bei Handelsgeschäften üblich ging es darum, eine feste Kundschaft für sich zu gewinnen. Brachte es ein Abenteurer zu Rang und Namen, der loyaler Kunde eines bestimmten Schmieds war, konnte auch dieser in Ruhm baden, da er seine Ausrüstung hergestellt hatte – und zwar unabhängig davon, wie bekannt er zuvor gewesen war. Erfolgreiche Abenteurer waren die beste Werbung und die Verbindung eines Schmieds zu ihnen daher anscheinend viel wichtiger, als ich gedacht hatte.

»Ein Abenteurer kann einen Anfänger wie mich also großartig unterstützen, indem er sich für eine Rüstung von ihm entscheidet. Wie eben schon gesagt, gibt es für mich keine größere Freude, als dass jemand meine Arbeit zu schätzen weiß. Du bist mein erster Kunde und deswegen will ich dich nicht gehen lassen ... Nein, ich *darf* dich nicht gehen lassen.« Während Welf das so entschieden sagte, hatte er weiterhin ein freundliches Lächeln auf den Lippen. Auch wenn es leicht aufgesetzt wirkte, fand ich irgendwie Gefallen an seinem Charakter. Er war ganz sicher ein guter Mensch.

»Dann möchtest du also, dass ich auch weiterhin dein Kunde bleibe, ja?«

»Zweifelsohne ... Ich würde dich sogar gerne was fragen«, sagte Welf, nun mit einem wirklich unschlagbaren Strahlen im Gesicht. »Möchtest du nicht einen Direktvertrag mit mir eingehen, Bell Cranel?«

Direktvertrag? Weil mir schleierhaft war, was dieses Wort bedeutete, erklärte Welf es mir kurz und bündig. Es handelte sich um ein Abkommen zwischen Schmied und Abenteurer, durch das beide Seiten noch intensiver miteinander kooperierten als bei einer reinen Anbieter-Stammkunden-Beziehung. Der Abenteurer brachte dem Schmied Beute-Items aus dem Dungeon mit, die dieser für ihn zu mächtigen Waffen und Rüstungen verarbeitete und ihm günstig verkaufte. Es war ein wortwörtliches Geben und Nehmen. Und vor allem bestand die Chance, dass die Ausrüstung, die der Schmied für eine bestimmte Person herstellte, besondere Kräfte entfaltete. Ich musste kurz an etwas zurückdenken, das Eina mir einst gesagt hatte.

»Wie? Wä... Wäre das denn in Ordnung?!«, fragte ich aufgeregt.

»Hey, hey. Das sollte ich eher dich fragen. Du bist schon auf Level 2 und ich bin komplett unbekannt und habe noch nicht mal den Schmieden-Statuswert. Eigentlich passe ich also gar nicht zu dir, oder?«

Als er mich auf unseren Rangunterschied hinwies, stellte ich nach kurzem Überlegen fest, dass er recht hatte. Es einfach abzustreiten, wäre zu bescheiden und würde Welf wahrscheinlich missfallen. Ich spürte ein Kribbeln auf meinem Rücken und hielt einfach den Mund.

Still und etwas niedergeschlagen saß ich da. Auf einmal legte der junge Schmied mir einen Arm um die Schulter und rückte lächelnd ein Stück näher. »Sieh mal zu den Läden dort, die Schwerter, Äxte und Schilde verkaufen. Da sind eine Menge Leute, die uns ganz interessiert anschauen, oder?«

»Äh, ja ...«

Es waren unterschiedliche Völker vertreten, aber besonders einige Halbmenschen schauten argwöhnisch in unsere Richtung. Sie wirkten irgendwie ziemlich genervt.

»Die haben es alle genauso auf dich abgesehen wie ich. Sie wollen genauso einen Direktvertrag mit dir.«

»Hä?«

»Aber nicht nur mit dir. Ich weiß nicht, ob das jetzt gut oder schlecht ist, aber sie haben ein Auge auf alle Abenteurer geworfen, die auf Level 2 aufgestiegen sind. Denn das ist der entscheidende Unterschied zwischen niederen und fortgeschrittenen Abenteurern.«

Wi… Wirklich? Ich schaute Welf mit immer größer werdenden Augen an und bemerkte, wie er den anderen Schmieden ein siegessicheres Lächeln zuwarf.

»Ha ha! Tja, so sieht's aus.« Er löste den Arm von meiner Schulter. »Ich wünsche mir wirklich, dass du exklusiv bei mir bestellst. Die anderen hinterlistigen Schmiede werden dich sicherlich auch ansprechen, aber ich möchte dich auf keinen Fall als Kunden verlieren und unbedingt einen Vertrag mit dir eingehen. Es würde mir echt viel bringen, wenn ich mit einem Abenteurer kooperieren könnte, der so viel Potenzial wie du besitzt.« Welf lachte herzhaft. Vielleicht glaubst du mir das jetzt nach all dem nicht mehr, aber ehrlich gesagt war mir dein Level komplett egal. Du hast unter diesen zahllosen Rüstungen meine ausgewählt und sogar klar gesagt, dass du gerne eine weitere Rüstung von mir tragen würdest … richtig?«

Ich schwieg.

»Es ist so, als würde irgendwas aus mir rauskommen wollen, weißt du? Vielleicht so was wie Schmiedekarma«, meinte Welf und lächelte etwas beschämt.

Aus seinen Worten war für mich genau herauszuhören, dass er von Anfang an – noch bevor er meinen Namen gehört hatte – ein Abkommen mit mir hatte schließen wollen, und das machte mich irgendwie glücklich. Ich hätte gerne gesagt, dass er mich überschätzte, aber wir waren ja beide noch unerfahren und bei der Vorstellung, dass wir fortan Hand in Hand arbeiten würden, bekam ich ein wohlig warmes Gefühl in der Brust.

»Verstanden … Welf, lass uns einen Vertrag eingehen.«

»Sehr gut! Abgemacht! Ich hatte schon Angst, du würdest ablehnen!« Er nahm meine ausgestreckte Hand und stand auf. »Auf gute Zusammenarbeit, Bell«, sagte er schüchtern und lachte. Seine Hand war etwas größer als meine und fühlte sich glühend heiß wie ein Schmiedeofen an. »Den offiziellen Vertrag werde ich dann bis zum nächsten Mal vorbereiten …«, erklärte er und schüttelte meinen Arm auf und ab.

Als er den Schmieden in der Umgebung zeigte, dass er mich als Vertragspartner gewonnen hatte, zogen sie mit enttäuschten Gesichtern ab. Welf ließ erneut den Blick schweifen, um sich zu vergewissern, dass seine Konkurrenten gegangen waren, bevor er meine Hand wieder losließ und sich leicht verlegen am Hals kratzte.

»Und das kommt jetzt vielleicht ein wenig schnell … aber ich hätte da noch eine etwas egoistische Bitte …« Als er meine verblüffte Miene sah, beteuerte er: »Natürlich zeige ich mich erkenntlich. Ich werde deine komplette Ausrüstung kostenlos herstellen.«

»Häää?!«

»Sei nicht so überrascht. Als Schmied stattet man Abenteurer doch selbstverständlich ordentlich aus, oder?«

Ich hätte mir nie träumen lassen, dass er unentgeltlich für mich tätig werden würde. Das würde ja bedeuten, dass ich keinen Grund mehr hätte, Geld für den Rüstungs- und Waffenkauf zurückzulegen … Wie ein Dummkopf schaute ich ihm verwirrt ins Gesicht, ohne etwas zu antworten.

»Ich komme dann mal zum Thema«, sagte er.

Ich schluckte und wartete darauf, dass er weitersprach.

»Lass mich bitte Teil deiner Gruppe werden.«

Kapitel 3: Die Umstände des Schmieds
Suzuhito Yasuda

»Endlich haben wir Ebene 11 erreicht!«, sagte Welf fröhlich, während er seine Waffe auf der Schulter ablegte.

Tatsächlich waren wir über eine breite Treppe in die Mitte des Raums gelangt, der den Startpunkt von Ebene 11 des Dungeons darstellte. Genauso wie auf Ebene 10 breitete sich hier ein Nebel aus, durch den wir bis auf den besagten Raum nur wenig erkennen konnten. In unserer unmittelbaren Umgebung wuchs Gras, das meine Stiefel halb bedeckte. Außerdem war das Gebiet von großen Trümmerteilen – sogenannten Landformen – umgeben, wie man sie im Dungeon häufiger fand.

»Welf, Ebene 11 war bisher auch deine tiefste, oder?«, fragte ich.

»Ja, genau. Tut mir übrigens echt leid, Bell. Ich habe gestern und heute wirklich zu viel von dir verlangt, oder?«

Als Welf mich am Vortag gebeten hatte, ihn in meine Gruppe aufzunehmen, war ich zunächst überrascht gewesen, aber als er mir seine Beweggründe erklärt hatte, hatte ich sofort zugestimmt. Da wir einen Direktvertrag eingegangen waren, hätte ich ohnehin keinen Grund gehabt, ihm seinen Wunsch zu verwehren. Außerdem hatte ich sowieso nach Verstärkung für meine Gruppe gesucht, weswegen seine Bitte mir natürlich sehr gelegen gekommen war.

»Schon gut«, meinte ich. »Wenn es um den Schmieden-Statuswert geht, ist das ja auch für mich von Vorteil, oder?«

»Danke, dass du das so sagst.«

Welfs Anliegen rührte daher, dass er unbedingt den entfalteten Statuswert Schmieden bekommen wollte. Allein sein Besitz hatte einen gewaltigen Einfluss auf das Können eines Schmieds. Es war nicht übertrieben zu behaupten, dass er sogar dessen ganzes Leben zu verändern vermochte. Die Kollegen des jungen Mannes, die zur gleichen Zeit wie er zur Hephaistos-Familia gestoßen waren, hatten längst einen Rangaufstieg geschafft und waren ihm somit um einiges voraus. Zumindest hatte er mir das so erzählt. Eigentlich war es normal, dass man das Labyrinth mit Mitgliedern der eigenen Familia erkundete, aber ...

»Ich möchte meine Familia natürlich nicht beschämen ... aber wenn die anderen in den Dungeon ziehen, lassen sie mich irgendwie immer außen vor. Unglaublich, oder?«

Im Grunde sah es so aus: Welf konnte nicht in die tieferen Ebenen vordringen, um die für einen Rangaufstieg benötigten höheren Excelia zu erhalten, weil er von seinen Familia-Kameraden ignoriert wurde und es solo viel zu gefährlich wäre. Ihm blieb also nichts anderes übrig, als mit jemandem aus einer anderen Familia zusammenzuarbeiten.

Da die Hephaistos-Familia größtenteils aus Schmieden bestand, die entscheidungs- und leistungsstark sein mussten, herrschte unter ihren Mitgliedern ein ausgeprägtes Rivalitätsdenken. Um den Schmieden-Statuswert zu erhalten und zu erhöhen, hatten sie keine andere Wahl, als im Dungeon ihre Leben zu riskieren, weswegen sie sich wohl oder übel so kameradschaftlich wie nötig verhielten und ihn gemeinsam erkundeten. Jedoch mit einer Ausnahme ...

Welf hatte die Tatsache, dass er von den anderen ausgeschlossen wurde, ein wenig beleidigt damit erklärt, dass sie auf seine versteckten Fähigkeiten neidisch seien. Aber entsprach das wirklich der Wahrheit?

Vielleicht hatte er bemerkt, wie ich ihn ansah, aber Welf strich sich durch die Haare und lächelte mit gesenktem Blick. »Tja, jedenfalls bin ich dir sehr dankbar, Bell. Eigentlich bleiben Familias lieber unter sich, aber vielleicht gibt es für mich doch noch Hoffnung, nicht wahr?«

»Ä… Ähm … Wenn ich dafür so was wie die hier kriege, kann ich ja schlecht Nein sagen …« Welfs Dankbarkeit und sein glückliches Lächeln machten mir beinahe ein schlechtes Gewissen. Schließlich war ich reichlich dafür entlohnt worden, ihn in meine Gruppe aufzunehmen: Mein Körper steckte in einer fast nigelnagelneuen Rüstung, die ordentlich glänzte.

»Du hast mir erzählt, dass du einen neuen Kameraden gefunden hast, Meister Bell. Aber davon, dass du dich einfach hast bestechen lassen, wusste ich nichts«, erklang eine etwas mürrische Stimme neben uns.

Sie hörte sich so vorwurfsvoll und unzufrieden an, dass mir der Schweiß auf der Stirn stand. Ich drehte mich um und begegnete dem scharfen Blick meiner Kameradin Lili, die mit beiden Händen die Gurte ihres großen Rucksacks festhielt. Ich wollte ihr sagen, dass sie das Ganze falsch verstanden hätte, aber vielleicht hatte ich mich aus ihrer Sicht doch ein wenig kaufen lassen.

Welf hatte eine leichte Rüstung für mich geschmiedet, die sich kaum von meiner vorherigen unterschied: Schutzplatten an den Knien, ein Brustpanzer und von den Handrücken bis zu den Ellenbogen reichende Armschützer, in die kleine rote Edelsteine eingesetzt waren. Nun gut, vielleicht war meine neue Rüstung etwas schicker als meine alte. Doch sie war auf jeden Fall genauso leicht. Welf hatte zwar gesagt, dass er dickeres Material dafür verwendet hatte, aber ich konnte keinen Gewichtsunterschied spüren. Eigentlich musste man sich an eine neue Ausrüstung immer erst eine Weile gewöhnen, aber hier fühlte sich alles wie vorher an. Offensichtlich hatte es sich gelohnt, auf eine Rüstungsart zu setzen, die mein Körper bereits gewohnt war. Zu behaupten, diese Ausrüstung hätte mich nicht fasziniert, wäre gelogen gewesen.

Lili schaute mich aus halb zugekniffenen Augen misstrauisch an, worüber ich nicht einfach hinwegzulachen vermochte. »Hach, das macht mich echt traurig«, meinte sie. »So unfassbar traurig. Weil ich dich nicht begleiten konnte, hast du uns mit deinem Einkauf – genau wie erwartet – eine Last aufgebürdet ... Meister Bell, du bist viel zu freundlich. Da kommen mir echt die Tränen.«

Ihr scharfer Sarkasmus versetze mir mehrere schmerzhafte Treffer. Selbst Welfs Rüstung schützte mich nicht davor! Aber als Last hätte ich den jungen Schmied dennoch niemals bezeichnet ... »Jetzt übertreibst du aber, Lili! Welf hat doch überhaupt nichts Böses gemacht ... Du hast da wohl was missverstanden! Er ist keine Last!«

»Von wegen missverstanden!« Auf meine Gegenrede reagierte Lili mit einem messerscharfen Blick. »Er hat gesagt: ›Nur bis ich einen Statuswert erhalten habe‹! Er nutzt damit also einfach unsere Situation für seine eigenen Vorhaben aus! Dieser komische Schmied bleibt nur temporär in unserer Gruppe und sobald er seine Ziele erreicht hat, ist es wieder so wie vorher und du gehst wieder allein mit deiner Supporterin in den Dungeon! Das klingt für mich, als würdest du einen Schritt nach vorn und zwei zurück machen! Das ist doch lästig! Ja, ich sehe wirklich schwarz für dich!«

Anscheinend hatte ich in ein Wespennest gestochen, denn nun überhäufte sie mich mit Vorwürfen. Ich konnte nichts mehr erwidern und gab mich angesichts ihrer wütenden Miene geschlagen. Dabei kam ich mir unfassbar erbärmlich vor ... Wie würde ich jetzt wohl vor Welf dastehen?

»Wieso hast du komplett alleine ein neues Mitglied in die Gruppe aufgenommen, ohne ein Wort mit mir zu reden, Meister Bell?!«, schimpfte Lili weiter.

»Da... Darf ich das etwa nicht?«

»Natürlich darfst du das. Aber dennoch hätte ich mir gewünscht, dass du vorher mit mir sprichst! Göttin Hestia hat mir nun mal den Auftrag gegeben, auf dich und dein Umfeld Acht zu geben, Meister Bell!«

Sti... Stimmt ja. Dann hatte meine Göttin sie also wirklich darum gebeten? Vertraute sie mir etwa so wenig? Diese Erkenntnis versetzte mir einen herben Schlag. Bedrückt schaute ich Lili an, die sich weiter echauffierte, und hatte das seltsame Gefühl, dass der Grund für ihren Zorn nicht wirklich Welf war. Es kam mir vielmehr vor, als würde sie sich gerne besser um mich kümmern können ... Aber vielleicht lag ich damit auch falsch. Sicher war nur, dass sie mich irgendwie im Zaum halten wollte, damit ich keinen gefährlichen Unsinn anstellte.

»Was denn? Bin ich dir etwa so ein Dorn ihm Auge, Knirps?«, mischte sich Welf schließlich ein, der uns bis dahin nur zugehört hatte.

Lili schien ohnehin schon keine gute Meinung von ihm zu haben, aber als er sie als Knirps bezeichnete, wurde ihr Blick noch um einiges schärfer als zuvor.

»Ich bin kein Knirps! Ich habe einen Namen und der lautet Liliruca Arde!«

»Ach so. Dann auf gute Zusammenarbeit, Mini-Lili.« Welf hielt sich den Bauch, als würde er hämisch über sie lachen (nein, wahrscheinlich tat er das sogar wirklich ...).

Daraufhin wandte Lili einfach den Blick ab. »Ach egal ... Es ist Zeitverschwendung, mich um dich zu kümmern!«

Welf schaute noch genauso amüsiert wie eben ... aber irgendwie sagte sein Blick, dass er in Zukunft noch viele Gefahren vor uns sah.

»Ähm, Lili …«, meinte ich. »Darf ich euch jetzt noch mal richtig vorstellen? Das ist Welf Crozzo, ein Schmied der Hephaistos-Familia.« Ich nannte ihr erst einmal die wichtigsten Eckdaten. Als Welf an diesem Morgen beim Treffpunkt aufgetaucht war, hatte sich Lilis Stimmung so schlagartig verschlechtert, dass ich bisher keine Chance dazu gehabt hatte. Sie hatte ihren eigenen Namen eben erst gesagt, sodass ich ihn nicht wiederholen musste. Ich erwartete keine Antwort, aber mit dem Rücken zu uns murmelte Lili: »Crozzo?« Dann drehte sie sich blitzschnell um.

Mit dieser Reaktion hatte ich nicht gerechnet, weshalb mir unwillkürlich ein lautes »Hä?« entfuhr.

»Etwa aus der Familie der verfluchten Magieschwertschmiede? Dieser adligen Schmiedesippe auf dem absteigenden Ast?«

Magieschwertschmiede? Adlige Schmiedesippe?! Lilis Worte warfen mich fast aus der Bahn. Ich schaute zu Welf hinüber, der unbehaglich das Gesicht verzog, und fragte: »Wa… Was … sind denn die Crozzos für eine Familie?« Ich sah zwischen den beiden hin und her, deren Mienen vollkommen unterschiedlich waren.

Lili starrte mich mit weit aufgerissenen Augen an, als würden ihr komplett die Worte fehlen. »Weißt du denn überhaupt nichts, Meister Bell?«

»Ähm, also … N… Nein«, antwortete ich ehrlich, weil es nichts gebracht hätte, etwas anderes zu behaupten.

Lili stieß einen Seufzer aus und erklärte: »Die Crozzo-Familie hat einem König vor langer Zeit ein magisches Schwert überreicht und ist so zum Adel aufgestiegen. Zu ihr gehört eine ganze Reihe bekannter Schmiede. Man hat sich erzählt, alle Produkte der Crozzos seien magische Schwerter … Über Generationen hinweg sollen sie Tausende oder gar Zehntausende Schwerter für die Königsfamilie angefertigt haben.«

»Zehntausende?!«

»Sie sind Vorreiter auf dem Gebiet der magischen Schwerter. Man könnte sie sogar als Autoritäten in diesem Bereich bezeichnen. Manche sagen sogar, ihre Waffen seien so mächtig, dass sie ganze Meere in Brand stecken können …« Lili hielt kurz inne und warf Welf einen fragenden Blick zu. Sie zögerte, als ob es sich um etwas handelte, das man lieber nicht ansprechen sollte, doch fügte dann ein wenig leiser hinzu: »Aber eines Tages haben sie das Vertrauen der Königsfamilie verloren und sind seitdem fast komplett zugrunde gegangen.«

Lilis Erzählung endete nicht gerade angenehm, weswegen ich nicht wusste, wie ich darauf reagieren sollte, und einfach nur zu Welf hinübersah.

Er wuschelte sich durch die roten Haare, bevor er wild mit den Händen abwinkte. »Tja, das spielt doch jetzt überhaupt keine Rolle, oder? Wir sind in den Dungeon eingedrungen und hier gibt es nur eins zu tun. Stimmt's?«

»Äh … J… Ja.«

Der junge Schmied, der leicht von oben auf uns herabschaute, lachte laut, um vom Thema abzulenken. Er nahm seine Waffe von der Schulter – ein Großschwert mit breiter, langer Klinge – und rammte es mit einem *Rums* in den Grasboden.

Ich nickte etwas perplex, aber Lili fixierte weiterhin Welfs Gesicht.

»Hm?«

Dann passierte es. Alle zur selben Zeit hörten wir, wie ein *Knircks* durch den Dungeon hallte. Nur einen Moment standen wir still da. Wer sich schon ein wenig an diesen Ort gewöhnt hatte, begriff sofort, was hinter diesem Geräusch steckte: Ein Monster wurde geboren.

»U… Uwah!«, rief ich.

»Das ist aber groß«, murmelte Welf.

»Ein Ork, oder?«, fragte Lili.

Wir reagierten alle unterschiedlich darauf, wie sich in der Wand des Dungeons Risse bildeten und sie kurz darauf aufbrach. Sofort ragte ein riesiger brauner Arm mit fetten Fingern daraus hervor. Wie eine Eierschale fielen die Wandtrümmer von dem Wesen ab. Erst kam der linke Arm, dann der rechte. Es folgte ein gewaltiger Schweinekopf.

»Gru… Groooooonz!« Mit einem heftigen Schrei landete der Ork nun in kompletter Gestalt auf dem Boden.

Ich sehe zum ersten Mal, wie ein Ork geboren wird … Im Augenblick seines Erscheinens musste ich laut schlucken. Den Anblick, wie der mächtige Körper aus der Wand herausbrach, konnte ich einfach nur als überwältigend bezeichnen. Der Ork stand auf allen vieren vor uns, aber richtete sich nun gemächlich auf.

»Geht es noch weiter? Wegen so was ist es ab Ebene 10 echt gruselig«, schimpfte Welf.

Tatsächlich war es damit noch nicht vorbei. Aus der Umgebung schallten überall ähnliche Geräusche und in allen Richtungen krochen Monster aus den Wänden hervor.

Ab Ebene 10 kam es häufiger vor, dass in kurzer Zeit im selben Gebiet eine Vielzahl an Monstern entstand. Durch dieses Phänomen konnte ein Bereich, der vorher leer war, plötzlich komplett vor Monstern überquellen. Solche Augenblicke wurden auch *Monster Partys* genannt.

Natürlich war das gefährlich – besonders wenn man mitten in einer Kammer stand und auf diese Art fast augenblicklich von unzähligen Monstern umringt war. Aber beinahe reflexartig hatte ich ein Grinsen im Gesicht.

»Tja, so schlimm wird es schon nicht werden. Zum Glück ist der Nebel hier nicht ganz so dicht und wir haben ziemlich viel Platz. Wir sollten also nicht sofort umzingelt werden. Im Notfall können wir uns einfach auf Ebene 10 zurückziehen«, erklärte Lili ruhig und zog sich den Rucksack mit einem *Puh* fester. Sie war bereits mit vielen Abenteurern unterwegs und somit schon öfter auf Ebene 11 gewesen. Zwar hatte sie von uns dreien den schwächsten Status, aber dafür umso mehr Mumm.

Ihre Worte halfen mir, meinen Impuls zu unterdrücken, mich sofort bei der Treppe zu verschanzen, und meine Aufregung legte sich ein wenig.

»Okay. Überlasst den Ork mir«, rief Welf.

Ich machte große Augen. »Wie? Wirklich?«

Orks waren beeindruckend stark. Abenteurer auf Level 1 und vielleicht auch auf Level 2 würden sofort kampfunfähig, wenn sie einen direkten Schlag von einem einstecken müssten.

Welf reagierte auf mein überraschtes Gesicht mit einem verwirrten Blick und sagte, als wäre es ganz selbstverständlich: »Ich übernehme den gerne. Er bewegt sich langsam und ist ein großes Ziel. Ich kann den also locker besiegen.«

Na gut, so gesehen … Ich wusste nicht, ob ich einfach nur ein Angsthase oder viel eher Welf tollkühn war, aber anscheinend war ein Ork für ihn ein leicht zu bezwingender Gegner. Als er nach vorn schaute, hoben sich seine Mundwinkel zu einem Grinsen.

Die Hephaistos-Familia bestand zwar zum Großteil aus Schmieden, aber ihre Kampfkraft war dennoch enorm. Die meisten von ihnen waren gleichermaßen Handwerker und Krieger. Welf bildete da keine Ausnahme. Zwar hatte er gemeint, dass er sich nur notgedrungen für den Schmieden-Statuswert in den

Dungeon begeben wollte, aber wie ich aus seinen Kämpfen auf dem Weg hierher schließen konnte, würde er mir bis Ebene 10 sicherlich kaum in etwas nachstehen. Für jemanden auf Level 1 war er definitiv stark.

»Meister Bell, beweg dich einfach, wie es dir gefällt«, rief Lili. »Ich werde den Schmied bestmöglich unterstützen. Aber es wäre gut, wenn du zwischendurch ein Auge auf uns hättest.«

»Oh, wie bitte? Ich dachte, du kannst mich nicht ausstehen, Mini-Lili«, scherzte Welf.

»Natürlich kann ich dich nicht ausstehen, aber ich will nicht, dass wir Meister Bell irgendwie zur Last fallen.«

Mit einem Lächeln rannte Lili Welf hinterher, der selbst breit grinste. Ich kam nicht umhin, etwas gequält über die beiden zu lachen.

Lili hatte berücksichtigt, dass ich nun über Level-2-Fähigkeiten verfügte. Sie nahm an, dass ich nach meinem Rangaufstieg ohne Probleme klarkommen würde. Da wollte ich ihr natürlich nicht widersprechen. Vielleicht war es etwas unbesonnen, aber mir stand der Sinn danach, bei dieser Gelegenheit meine Kräfte auszutesten.

»Dann lasst uns mal schnell loslegen, bevor die Imps sich zusammenrotten«, meinte Welf.

»Das versteht sich doch von selbst«, schimpfte Lili. »Meister Bell? Du versteht es doch sicher auch, oder?«

»Ja, keine Angst«, antwortete ich. »Ich werde schon aufpassen.«

Kampfbereit hielten wir unsere Waffen in den Händen. Ich streckte mich kurz, bevor ich meinen Verstand umschaltete und losrannte.

»Hijäh!«

»Higrargh!«

Schnell wie der Wind rannte ich über den Grasboden in Richtung der Imps, die sich schon zu einer Gruppe zusammengerottet hatten. Bei den Kämpfen gegen die Monster, denen wir auf dem Weg hierher begegnet waren, hatte Welf die Hauptarbeit übernommen, weswegen dies für mich der erste richtige Kampf des Tages war. Ich zog zahlreiche mordlustige Blicke auf mich und wurde bedrohlich angeschrien. Es waren bereits fünf gegen einen und ständig kamen neue Monster hinzu. Zahlenmäßig war ich ihnen unterlegen. Zudem wusste ich nicht, wie viele hier im Dungeon noch entstehen würden. Während ich sie zurückschlug, wurde die Anzahl der Imps immer größer statt kleiner.

Heute werde ich mal ordentlich auf den Putz hauen. Ich lehnte mich noch weiter nach vorn. Die Entfernung zwischen mir und den Gegnern nahm stetig ab und ich stieß mich mit dem rechten Bein kraftvoll vom Boden ab.

Im nächsten Moment platzte der Grasboden auf.

»Hiärgh?«

Plötzlich tauchte ein Imp direkt vor mir auf. Nein, vielmehr war es umgekehrt. Blitzschnell hatte ich die Entfernung zu ihm überbrückt. Ich war so rasant gewesen, dass mir der Wind beinahe die Tränen in die Augen getrieben hätte. Doch ich war nicht nur mit meinem Körper pfeilschnell herangerast, auch mein Verstand lief auf Hochtouren.

Der Imp machte große Augen, als ich auf einmal direkt vor ihm stand und mit dem Hestia Knife ausholte. *Zramms,* erklang ein befriedigendes Geräusch. Der Kopf des Imps wirbelte hoch durch die Luft.

Die Hälfte seiner Kameraden schaute seinem fliegenden Schädel hinterher, während die andere Hälfte vom Glanz meiner pechschwarzen Klinge wie verzaubert war. Aber auch wenn die Monster einen Moment wie angewurzelt stehen blieben, verlangsamte ich meinen Angriff natürlich nicht, sondern hieb weiter auf sie ein.

Mein Körper fühlte sich federleicht an und ich zischte wie ein Blitz zwischen den Gegnern hindurch. Immer wenn ich an einem Imp vorbeikam, durchschnitt ich seinen Leib und er fiel zu Boden. Für jeden Gegner brauchte ich nur einen Schlag. Das Kurzschwert und das Hestia Knife glitzerten weiß und schwarz, als ich die Körper der Imps diagonal zerteilte und sie so zur Strecke brachte.

Sie sind langsam ... Nein. Ich bin nur schneller geworden! Ich wurde von Mal zu Mal flinker und ließ den Imps keine Chance für einen Gegenangriff. Es war gar nicht so, dass sie sich besonders träge bewegten. Sie waren einfach nicht imstande, rechtzeitig auf mich zu reagieren ...

Es war anders als früher. Vollkommen anders. Ich war in einer komplett anderen Sphäre! Meine Angriffe, meine Geschwindigkeit und meine Reflexe waren ihren weit überlegen! Das machte also einen Rangaufstieg aus! Das war der Segen der Götter!

»Aaaaaaaaah!!«

»Gahirghs?!«

Ich machte einen Roundhouse-Kick, wie ich ihn mir von Aiz abgeschaut hatte, und traf die Brust eines Imps, der daraufhin mit atemberaubender Geschwindigkeit fortgeschleudert wurde. Er prallte mehrfach heftig auf dem Grasboden auf, bevor er dort liegen blieb und jegliche Kraft verlor. Der Schwarm aus weit über zehn Imps war im Handumdrehen ausgelöscht.

»Groooooooh!«

Mit einem Brüllen kamen zwei weitere Monster angelaufen. Sie waren ungefähr so groß wie ich, gingen auf zwei kurzen Beinen und hatten kräftige Krallen an den Vorderpfoten. Fast wie eine Rüstung umgab ein Plattenpanzer ihren ganzen Körper. Ihre Schuppen erstreckten sich bis über den Kopf, sodass es aussah, als würden sie gehörnte Helme tragen.

Ich zitterte am ganzen Körper, als die beiden Gürteltiermonster direkt auf mich zuliefen. Diese Art tauchte ab Ebene 11 auf und wurde Hard Armored genannt. Zum ersten Mal damit konfrontiert, versuchte ich, im Kopf all die Informationen zu wälzen, die Eina mir so eifrig eingeprügelt hatte. Diese Monster ähnelten in gewisser Weise Riesenameisen. Aber obwohl sie genau wie diese über einen harten Panzer verfügten, war der an Bauch und Brust weniger stark ausgeprägt. Im Vergleich zu den Ameisen hatten sie somit eine Schwachstelle, die man leicht anvisieren könnte ...

Jedoch schien die Härte ihres Panzers überhaupt nicht mit der schwächerer Monster vergleichbar zu sein. Um nicht so einfach in die Enge getrieben zu werden, besaßen die Monster auf den Ebenen 11 und 12 eine entsprechend hohe Verteidigungskraft. Ihr Panzer war hart wie Eisen und könnte selbst dem kräftigen Angriff eines Zwerges standhalten. Man erzählte sich, dass ein normaler Krieger auf Level 1 kaum in der Lage wäre, so ein Monster allein zu bezwingen. Sofern man seine Grundstatuswerte nicht alle auf B bis S gesteigert hätte, würde man es wegen dieser Hard Armored äußerst schwer haben, die Ebenen 11 und 12 zu meistern.

»Puh!« Ich stand den Gegnern gegenüber und als sich unsere Blicke trafen, war der Startschuss gefallen. So schnell meine Beine mich trugen, stürmte ich auf die Monster zu. Einer der

Hard Armored hatte sich komplett zusammengerollt, um mich mit einer schnellen Drehbewegung zu rammen. Der dicke Schuppenpanzer auf seinem Rücken war nicht nur ein Schild, sondern auch eine Waffe. Mit ausreichender Beschleunigung wäre so ein Gegner stark genug, ganze Abenteurergruppen zu zermalmen. Selbst wenn ich mich ihm mit Gewalt entgegenstellen würde, könnte ich ihn nicht aufhalten.

Die riesige Kugel raste mit enormer Geschwindigkeit auf mich zu, sodass die Entfernung zwischen uns im Nu geschmolzen war. Beinahe wäre ich direkt tödlich gerammt worden, aber es gelang mir im letzten Moment auszuweichen. Ich beschloss, mich zuerst dem anderen Hard Armored zu widmen, der sich noch nicht zusammengerollt hatte.

»Groooooh!«

Mit ausgefahrenen scharfen Krallen kam er auf mich zu. Auch ich rückte so nah wie möglich an ihn heran. Doch dann machte ich einen Sprung zur Seite und ließ das Monster verwirrt zurück. Ich verschwand in einem Bogen direkt vor seiner Nase. Zwar war ich nur einen kurzen Moment aus seinem Sichtfeld verschwunden, doch der Hard Armored hatte mich komplett aus den Augen verloren. Schräg von hinten zielte ich auf die Schwachstelle des Monsters. Ich stürmte los, blieb dann abrupt stehen und nutzte den Schwung aus, um mein umgedreht gehaltenes Hestia Knife in die Brust des Hard Armored zu stoßen und über die Seite herumzuziehen.

»Gaarghs?!«

Der riesige Schnitt zerteilte den Oberkörper des Monsters. Überrascht stellte ich fest, dass selbst der härteste Panzer der oberen Ebenen durchschnitten werden konnte. Ich umfasste den Griff meiner Klinge noch fester und ließ mehr Kraft in die Waffe fließen.

»Grooooh!!« Der andere Hard Armored rotierte weiter und unternahm einen erneuten Versuch, mich zu rammen.

Doch nachdem ich auf dem Boden gelandet war, schwang ich meinen rechten Arm sofort zu der schnell rollenden Bestie herum. »Firebolt!« Es entstand eine Feuersäule, aus der sich – begleitet von einem noch nie da gewesenen Donnern – ein viel schnellerer und größerer Flammenball als sonst entwickelte, der auf das Monster zuraste.

Die darauffolgende Explosion verwandelte das Wesen augenblicklich in eine schwarze Kugel. Erst fielen einige Schuppen seines Rückenpanzers ab, dann zerbrach es komplett und sackte kraftlos auf dem Boden zusammen. Während von mehreren Körperteilen des Hard Armored schwarzer Rauch aufstieg, hauchte er sein Leben aus.

Meine Magie ist auch stärker geworden … Ich sah zu, wie zahlreiche Funken durch die Luft stoben und hob meinen ausgestreckten rechten Arm langsam zu meiner Brust. Die Kraft des Feuerballs war auf einem ganz anderen Level als zuvor. Seine Größe ebenso. Und das galt nicht nur für ihn. Ich fühlte mich, als wäre ich selbst innerlich gewachsen und hätte nur einen kleinen Teil meiner Kräfte eingesetzt …

Ich bin ihr nähergekommen. Ganz sicher! In meinen Gedanken stellte ich mir die junge Ritterin vor. Auch wenn sie immer noch in weiter Ferne war, hatte ich das Gefühl, mich ihrem goldenen Glanz etwas angenähert zu haben. Euphorisch jubelte etwas in meinem Herzen auf, aber ich versuchte energisch, es zu unterdrücken.

»Grooonz!«

Das laute Brüllen des Orks, mit dem Welf sich beschäftigte, riss mich aus meinen Gedanken und ließ mich wieder zu

Verstand kommen. Ich erinnerte mich an Lilis Worte und hob schnell den Kopf. In der Richtung, aus der der Kampfschrei gekommen war, erblickte ich den jungen Schmied und den Ork, die sich gerade aufeinanderstürzten.

»So schnell …«, staunte Welf.

Flink wie ein Wiesel kam Bell zu ihm herangesprungen. Von seiner Reaktion über seine Angriffsbewegungen bis hin zur Aktivierung seiner Magie war seine Geschwindigkeit kaum zu fassen. Der Schmied wusste nicht, was wirklich dahintersteckte, aber konnte nun verstehen, warum Bell manchmal auch Häschen genannt wurde.

»Hi hi. Steh bitte nicht so gedankenverloren rum«, rief Lili ihm von hinten zu. »Meister Bell wäre sehr traurig, wenn du einfach zu Mus verarbeitet wirst.«

»Mini-Lili, ich habe kapiert, wie du so drauf bist.« Er drehte sich nicht zu ihr um. In nur wenigen Sekunden würde er mit seinem Gegner zusammenstoßen – einem gewaltigen, grässlich brüllenden Monster. Als er bemerkte, dass Bell in seine Richtung schaute, hob er grinsend das Kinn. »Gut. Dann wollen wir mal Nummer zwei erledigen.« Neben Lili hinter ihm lag schon der Leichnam eines anderen Orks. Welf hob sein Schwert hoch über die Schulter.

»Groooooooonz!« Wamms, wamms, wamms, näherte sich der Ork mit riesigen Schritten.

Mit einem breiten Lächeln verkürzte auch Welf die Entfernung.

»Gruaaarghs!!« Als der unbewaffnete Ork erkannte, dass die Beute in Reichweite war, riss er seinen dicken Arm seitwärts herum.

Doch diesen unbeholfenen Streich parierte Welf, indem er sich einfach schnell duckte. Während er sein großes Schwert weiterhin mit der rechten Hand über der Schulter hielt, näherte er sich dem Boden so weit wie möglich und berührte ihn mit der linken Hand. Dabei ähnelte er ein wenig dem heranrasenden Monster.

Doch als sein Gegner seine mächtigen Arme hoch über den Kopf riss, sprang Welf auf und ließ seine Klinge durch die Luft flitzen. »Hejaaah!« Man konnte hören, wie Fleisch zerschnitten wurde. Als das Breitschwert hochgerissen wurde, schoss eine grünliche Blutfontäne empor. Durch den Treffer mit der gewaltigen Waffe stolperte das Monster nach hinten und fiel direkt mit dem Hinterkopf auf den Boden.

»Wart nur ab!« Welf stieß sich kraftvoll von der Erde ab und landete genau neben dem Kopf des Orks. Mit beiden Armen riss er sein Schwert zuerst in die Höhe und dann herunter ins Gesicht des Monsters, dessen Auge mit einem *Bromtsch!* aufgespießt wurde. »Mini-Lili, wo jetzt?!«

»Sie kommen von dort!«

Der junge Mann entfernte sich von der Monsterfratze und lief in die Richtung, in die Lili zeigte. Dort erblickte er einen Ork, der eine natürliche Waffe in Form eines dicken Astes herumschwang. Als die Bestie auf ihn zukam, schnalzte Welf lächelnd mit der Zunge. »Die sind echt lästig.«

»Das weiß ich selber!«, rief Lili zurück. Sie hatte einen großen Bogen gemacht, um passend zur Laufrichtung des heraneilen den Orks in Stellung gehen zu können. Mit ihrer kleinen Armbrust feuerte sie auf ihn. Die schmalen Metallbolzen bohrten sich direkt in seine Schulter.

Der dumpfe Schmerz darin brachte den Ork zum Stehen. Sein Schweinegesicht verzog sich zu einer grässlichen Fratze. Nachdem er bis jetzt Welf im Visier gehabt hatte, wandte er seine Aufmerksamkeit nun Lili zu.

Es passierte in Sekundenschnelle. Welf sprang direkt an den abgelenkten Ork heran und trat kraftvoll mit dem linken Bein auf. Sein Kimono flammte förmlich auf und sein Stiefel bohrte sich kräftig in den Boden. »Verreck!« Dann sauste sein riesiges Schwert durch die Luft. Mit der ganzen Kraft seines rechten Arms grub sich die Klinge tief in den Körper des Orks.

Fast sah es so aus, als würde das Monster komplett entzweigeschlagen. Seine Augen waren blutunterlaufen und anstelle eines Schreis sickerte nur dickes Blut aus seinem Maul, bevor sein Körper an Farbe verlor und zu Staub zerfiel. Welfs Klinge hatte den Magiestein in der Brust des Orks fein säuberlich durchschnitten.

»Meister Crozzo, es ist wirklich ärgerlich, wenn du die Magiesteine auf diese Art ruinierst!«, schimpfte Lili. »Damit verringerst du Meister Bells und meine Einnahmen!«

»Tja, jetzt ist es zu spät und das war sowieso nicht zu ändern. Und nenn mich nicht beim Nachnamen.«

Lili schien bei Welf eine Schwachstelle gefunden zu haben und nutzte sie gnadenlos aus, weswegen dieser genervt das Gesicht verzog. Der junge Schmied rief der kleinen Pallum zu, was denn mit seinem Anteil wäre, doch auf dem Gras fanden sich nur noch kleine lilafarbene Splitter.

»Mei... Meister Crozzo!«

»Nenn mich gefälligst beim Vornamen ... Arghs!« Gerade wollte er sich erneut über Lilis Zuruf beschweren, da bemerkte er es: Zwei Monster einer weiteren Art hatten sich an ihn herangeschlichen.

Es handelte sich um Silberrücken. Sie waren muskulös, hatten weißes Fell und erinnerten an wilde Affen. Von diesen unterschieden sie sich allein darin, dass sich ihre silberfarbene Mähne über den Rücken wie ein Schwanz nach hinten streckte. Bei dem Vorfall während der Monsterphilia hatte Bell einst gegen eine dieser Bestien kämpfen müssen. Sie waren neben den Hard Armored sozusagen das Aushängeschild von Ebene 11. Ihre Stärke und ihre Beweglichkeit überstiegen die eines Orks beträchtlich und wenn sie all ihre Kräfte zusammennahmen, waren sie außerordentlich stark.

Welf verzog das Gesicht, als er hinter sich plötzlich einen großen Ast knacken hörte. *Rumps* war hinter ihm ein weiterer Silberrücken gelandet.

»Griiih ...«

Das sieht übel aus, dachte der junge Mann, ohne es auszusprechen. Er war allein von mehreren Gegnern umzingelt, und das war ein Zustand, den man im Dungeon tunlichst vermeiden sollte. *Jetzt habe ich den Salat ... Das ist ja fast, als wäre ich hier als Solo-Kämpfer aufgetaucht.* Er fühlte, wie sich kalter Schweiß auf seiner Stirn bildete, während er die drei gewaltigen Schatten in seiner Umgebung im Blick behielt. Sofort musste er daran denken, wie er wieder einmal von seinen Familia-Kameraden ignoriert worden und daher mit einer Menge Heiltränken allein bis in Ebene 10 vorgedrungen war ... Aber dort war er im Nullkommanichts fast totgeprügelt worden.

Ich muss weglaufen ... Nein, kann ich überhaupt entkommen? Er spürte genau, wie die Umzingelung immer enger wurde. Angestrengt versuchte er nachzudenken. Seine Kräfte sollten die eines Silberrückens geringfügig übersteigen, aber selbst wenn er einen der Gegner in Schach halten könnte, würden die anderen beiden ihn niederstrecken. Auch Lili, die aus einiger Entfernung zu ihm schaute, wollte nichts Unvorsichtiges probieren.

Ich bin erledigt, kam sein Kopf zu einem Schluss, den Welf jedoch einfach ignorierte. Seine Waffe auf der Schulter, stellte er sich einem der Silberrücken direkt gegenüber. Möglicherweise war es eine Selbstmordaktion, aber er würde die Umzingelung an einer Stelle durchstoßen. Seine Ohren kribbelten. Er war hier im Dungeon schon mehrfach so unangenehm angespannt gewesen, aber nahm dennoch all seinen Mut zusammen.

Die Situation war brandgefährlich. Die Augen des Silberrückens glitzerten, als er Welf anstarrte. Dann bewegten sich die Monster auf ihn zu. Doch im nächsten Moment …

»Hejaaah!«

»Gigroooh?!«

»Hm?!«

Plötzlich mischte sich jemand in den Kampf ein. Bell war mit atemberaubender Geschwindigkeit herangeeilt und traf einen Silberrücken mit seinem Tritt wie ein Wurfspeer an der Seite. Der Kopf des Scheusals drehte sich in eine unmögliche Richtung, während es zu den beiden anderen Monstern geschleudert wurde.

Nach Bells unvorhergesehenem Einschreiten standen Welf und die Silberrücken einfach nur schockiert da, doch der junge Abenteurer hatte schon sein Kurzschwert aus der Scheide gezogen und rief: »Welf!« Sein rubellitroter Blick traf den von Welf, der reflexartig verstand, was zu tun war. Er machte einen Hechtsprung zur Seite, um aus der Schussbahn zu verschwinden. Kaum einen Augenblick später war Bell schon in Bewegung und schleuderte mit der rechten Hand sein Kurzschwert auf eine der Bestien.

»Gjärghs?!«

Die Klinge traf den Silberrücken hinter Welf genau ins Auge. Unter einem lauten Schrei wirbelte er herum, aber Welf drehte sich seinerseits wie ein Kreisel und ließ sein Großschwert auf das Monster hinunterschnellen. Das glänzende Metall grub sich in den Gegner, der daraufhin in die Knie sank und zusammenbrach. Der junge Schmied zog die Klinge heraus und stellte sich fest hin, bevor er den Blick hob und sich umdrehte.

Hinter ihm hatte Bell gerade den letzten Silberrücken besiegt. Nachdem er seinen neuen Kameraden einen Moment gemustert hatte, musste Welf laut lachen und legte sich die Waffe wieder über die Schulter. »Eine Gruppe zu haben, ist echt was Feines.«

Der weißhaarige Jüngling drehte sich ebenfalls um und sein Gesichtsausdruck ließ deutlich erkennen, dass er dieser Aussage aus tiefstem Herzen zustimmte.

»Aber du warst wirklich unfassbar schnell«, meinte Welf. »Ich habe überhaupt nicht mitbekommen, wie du angesprungen kamst.«

»Ei... Eigentlich habe ich sogar ein wenig gezögert ...«

Nachdem wir die große Monsterschar besiegt hatten, konnten wir kurz ein wenig durchatmen. Wir befanden uns weiterhin am Startpunkt von Ebene 11. Die Spuren des Kampfes waren noch deutlich zu erkennen. Der Grasboden war aufgewühlt und an einigen Stellen lagen Bruchstücke der Dungeonwände und dicke Äste herum. Es war ein gewaltiges Chaos.

»Wenn jemand dabei ist, der eine Stufe höher ist, werden die Kämpfe echt viel einfacher. Allerdings möchte ich dir natürlich nicht nur ein Klotz am Bein sein«, erklärte Welf.

»Ja, ich hatte auch das Gefühl, als würde der Kampf mich viel weniger belasten«, bestätigte ich.

»Das ist der Vorteil einer Gruppe. Egal ob körperlich oder geistig, man kann ganz anders agieren, da man so viel freier ist. Auch Monstern zu begegnen, ist einfacher.« Da Welf schon zuvor mit anderen zusammen in den Dungeon eingedrungen war, verstand er das natürlich viel besser als ich. »Obwohl wir diese Gruppe auf die Schnelle gebildet haben, sind wir ganz gut zurechtgekommen«, fuhr er fort. »Zwar waren das noch keine Kombinationsangriffe, aber zumindest haben wir uns gut verstanden ... Das habe ich vor allem Mini-Lili zu verdanken.«

»Mir?«, wunderte sich diese.

»Ja, du hast zwar nur wenig gemacht, aber es war dennoch entscheidend. Du hast zwischen uns vermittelt, damit unsere Aktionen sich nicht überschneiden.«

Er drückte es etwas seltsam aus, aber tatsächlich hatte Lili uns ein Stück weit gelenkt. Oder hatte sie uns eher angeleitet? Weil sie aus einigem Abstand das Kampfgeschehen überblickt hatte, war sie in der Lage gewesen, uns zu koordinieren.

»Du weißt genau, wie Abenteurer sich bewegen«, ergänzte der junge Schmied.

»Ach, das ergibt Sinn«, stimmte ich zu.

Egal ob sie gerade als Supporterin oder Diebin gehandelt hatte, sie hatte die Bewegungen der Abenteurer immer bis ins Detail beobachtet und konnte ihre Erfahrungen hier einbringen.

»Und du hast dich auch selbst toll bewegt, Mini-Lili«, lobte Welf sie erneut.

»Aber in solchen Momenten tun mir Supporter irgendwie leid«, meinte ich.

»Das stimmt wohl.« Welf lachte.

Wir blickten beide zu Lili hinüber, die gerade damit beschäftigt war, die Magiesteine einzusammeln. Die vielen Monster zu besiegen, war für uns wirklich anstrengend gewesen. Dennoch hatten wir unserer Kameradin angeboten, ihr beim Sammeln zu helfen, doch sie hatte uns einfach weggedrückt und gemeint, wir sollten uns lieber ausruhen. Schließlich war genau das ja ihre Aufgabe.

»Jedenfalls sind hier jetzt auch viel mehr Leute, oder? Wollen wir woanders hingehen?«, fragte Welf mich.

»Ja, das können wir machen ...«

Im Umkreis hatten sich inzwischen mehrere Gruppen versammelt, die zuvor nicht hier gewesen waren. An der Treppe kamen viele Personen vorbei und da der Nebel in diesem Raum nicht so lästig war, nutzten ihn einige als Rastplatz. Hier auf die Jagd zu gehen, könnte problematisch werden.

Zudem wäre es bedauerlich, wenn man sich mit anderen um Monster streiten müsste. So etwas führte leicht zu einer offenen Fehde zwischen zwei Familias. Während unseres Kampfes hatte sich eine weitere Gruppe bereits um die restlichen Monster im Raum gekümmert. Beim Erkunden des Dungeons versuchte man, anderen möglichst aus dem Weg zu gehen, weil es eine ungeschriebene Regel war, sich nicht gegenseitig in die Quere zu kommen.

Übrigens war es Lili gewesen, die die Anwesenheit anderer Gruppen als Erste bemerkt hatte. Daraufhin hatte sie die Überreste der besiegten Monster schnell an einer Stelle aufgehäuft. Schließlich würde sie auf keinen Fall zulassen, dass andere sich an unserer Beute bedienten. Sie gab sich keinerlei Blöße, was wieder einmal zeigte, wie erfahren sie als Supporterin war.

»Vielleicht sollten wir hier erst mal Mittag essen«, schlug ich vor. »Bei den vielen Leuten müssten wir uns keine Sorgen wegen Monstern machen.«

»Das klingt sinnvoll. Wir müssen unseren Platz ja auch nicht einfach aufgeben. Dann machen wir das so. Ich stimme zu«, schloss Welf sich mir an.

Somit stand fest, dass wir eine Mittagspause einlegen würden, sobald Lili fertig wäre. *Hier auf Ebene 11 … sehen die Gruppen alle superstark aus …,* dachte ich, als ich mich umblickte. Die Mitglieder der über den großen Raum verteilten Gruppen machten auf mich alle einen gestählten Eindruck. Das galt natürlich auch für ihre Waffen. Sie waren scharf und stabil – das verstand ich, ohne sie berühren zu müssen. Ein Tiermensch trug einen elegant geschwungenen Kompositbogen, neben einer Amazone lag eine besonders große Streitaxt auf dem Boden und ein Elf in einer Robe hatte einen mächtigen silbernen Stab bei sich … Zwar war dies ein ganz alltägliches Bild, aber ich bemerkte, dass hier wirklich viele Halbmenschen unterwegs waren.

Ich frage mich, wie viele von denen schon einen Rangaufstieg hatten … Da sie alle bis hierher vorgedrungen waren, visierten ganz sicher viele von ihnen den mittleren Bereich an und somit sollten auch einige bereits Level 2 erreicht haben. *Aber bin ich wirklich schon auf demselben Niveau wie sie?* Auch ich war seit Kurzem auf Level 2 und kam eigentlich ganz gut zurecht. Und dennoch … Als mir ein stämmiger Zwerg ins Auge fiel, machte ich mich fast reflexartig ganz klein. Dabei hatte ich eigentlich noch viel höhere Ziele und dürfte mich von so etwas nicht einschüchtern lassen.

Ganz bestimmt besaßen die Personen vor mir auch beeindruckende Magie oder Skills … *Stimmt ja. Was ist mit meinem Skill?*

Ich erinnerte mich, dass sich auch bei mir einer entwickelt hatte. Argonaut – Heldenwunsch. Ich hatte ihn bis jetzt komplett vergessen oder zumindest überhaupt nicht daran gedacht … *Der Kampf hat sich, was das angeht, aber nicht anders angefühlt … oder?* Meine schnelleren, kräftigeren Bewegungen sollten auf den Rangaufstieg zurückzuführen sein, sodass ich keine Verbindung zu meinem Skill erkennen konnte. Eine aktive Aktion. Eine bewusste Bewegung. Kein Konter, sondern ein Angriff. Ich erinnerte mich an die Unterhaltung mit meiner Göttin und neigte nachdenklich den Kopf zur Seite.

Im Moment verstand ich es noch nicht richtig. Was genau sollte denn eine bewusste Aktion oder ein bewusster Angriff bedeuten? Hätte ich so etwas nicht in dem Kampf eben spüren müssen? Oder war nichts passiert, weil es nicht reichte, einfach nur irgendwelche Aktionen auszuführen? Musste dieser Skill irgendwie aktiviert werden, wie es zum Beispiel für Magie einen Zauberspruch als Auslöser brauchte? *Und sowieso …* Wieso war der Skill Argonaut überhaupt entstanden? Weil ich einen Rangaufstieg geschafft hatte? Weil ich diesen Minotaurus bezwungen hatte? Weil ich mir aus tiefstem Herzen wünschte, mich vor Aiz nie wieder so erbärmlich zu zeigen?

Ich wollte ein Held werden. So zu sein wie die Helden aus den Märchengeschichten, war mein einziger Wunsch. Furchtlos stellten sie sich komplett wahnsinnigen Feinden entgegen. Sie kümmerten sich nicht um die Gefahr, um möglichst viele Leute zu retten. Genauso wie jene Person mich gerettet hatte. Ich wollte so wie sie werden, mich ihr Schritt für Schritt annähern. Ich hatte einen Heldenwunsch.

»Hey, Bell. Was ist das denn?«

Als ich von der Seite angesprochen wurde, tauchte ich aus den tiefsten Tiefen meiner Gedanken wieder zurück an die Oberfläche. Ich sah auf und stellte fest, dass Welf mich mit zusammengezogenen Augenbrauen anstarrte. Bevor ich fragen konnte, was er meinte, folgte ich seinem Blick, der auf meiner rechten Hand ruhte. Dort flackerte etwas.

»Hä?!«, schrie ich etwas idiotisch auf und machte große Augen. Um mein Handgelenk hatten sich schwache reinweiße Lichter gebildet. Sie waren winziger als Schneeflocken und gerade als ich dachte, dass meine Hand sie aufnehmen würde, entstanden neue Lichtfunken, die wiederum von ihr aufgesogen wurden. Immer wieder sammelte sich das Licht und zog sich zusammen. Es war fast so, als würde es einzig um meine rechte Hand herum schneien. Die Flocken bildeten einen Strudel.

Dann bemerkte ich, dass auch sanfte Geräusche davon ausgingen. *Pling. Pling.* Sie erinnerten an das leise Läuten einer Glocke. Welf und ich schauten uns wortlos an. In meinem Gesicht zeigte sich eine Mischung aus Verwirrung und Zögern. Auf seine Frage vermochte ich natürlich nichts zu antworten. *Wa... Was ist das?!* Ich starrte fast ein Loch in meine rechte Hand, um die sich die weißen Lichter sammelten. Auch Welf sah mich komplett verwundert an und öffnete den Mund, um etwas zu sagen. Doch plötzlich ...

»Groooooooooooooh!!« Ein ohrenbetäubendes Brüllen donnerte durch den Raum.

Welf und ich hoben gleichzeitig den Kopf. Nein, nicht nur wir. Alle Abenteurer hier blickten in die Richtung, aus der das Brüllen gekommen war. Es war der Eingang zu dieser Kammer. Aus einer Passage, die in einen anderen Bereich führte, drang dichter Rauch, durch den bernsteinfarbene Schuppen hindurchschimmerten.

Dann zeichneten sich ein langer Schwanz, scharfe Krallen und unzählige Reißzähne ab. Das Wesen war ungefähr einhundertfünfzig Celti hoch und hatte wohl eine Länge von vier Medol. Es war ein kleiner Drache, der auf vier Beinen über den Boden stapfte.

»Ein Infant Dragon?!«, schrie ein mir unbekannter Abenteurer auf.

Drachen waren als stärkste aller Monsterarten bekannt. Dieses Exemplar hatte keine Flügel, aber sein kräftiger Körper, der von harten Schuppen umgeben war, schien ein gewaltiges Potenzial zu besitzen. Mit blutroten Augen sah sich das Monster grollend um. Infant Dragons erschienen auf den Ebenen 11 und 12 nur selten. Im weiten Gebiet beider Ebenen sollte es zur selben Zeit höchstens fünf Stück davon geben, weswegen man schon großes Pech haben musste, um einem zu begegnen. Manchmal wurde berichtet, wie eine Gruppe niederrangiger Abenteurer von so einer Bestie komplett aufgerieben wurde. Da es in den oberen Ebenen keinen Monster Rex gab, waren diese kleineren Drachen hier sozusagen die Ebenenherrscher.

Der Infant Dragon stieß ein weiteres Brüllen aus und schleuderte mit seinem langen Schwanz einen Elfen in der Nähe durch die Luft. Als dieser gegen eine Wand prallte, riss er kurz die Augen weit auf, bevor er im nächsten Moment wie eine Marionette, der man die Fäden durchgeschnitten hatte, kraftlos zusammensackte. Augenblicklich erklangen überall um mich herum Schreie. Zwar war das Monster jenem Minotaurus unterlegen, aber vermutlich dennoch stark genug, um als Level 2 kategorisiert zu werden. Dessen waren sich alle hier Anwesenden bewusst. Ungeachtet der Gruppenzugehörigkeit wurden sofort mehrere Zauberformeln gesprochen und die Amazonen und die Zwerge rannten mit ihren Großschwertern und ihren Äxten los

»Mini-Lili, lauf weg!«, schrie Welf in diesem Moment fassungslos, während ich mir geistesabwesend dieses Schauspiel ansah.

Lili war tiefer in den Raum gegangen, um die dort herumliegenden Magiesteine aufzulesen, aber der kleine Drache steuerte nun direkt auf sie zu. Als ich erkannte, in welcher Gefahr sich meine Kameradin befand, die wie angewurzelt dastand, bewegte sich mein Körper wie von allein. Ich streckte meine rechte Hand, die immer noch von den weißen Lichtern umgeben war, mit aller Kraft nach vorn und brüllte: »Firebolt!!«

Auf einmal erfüllte ein gewaltiges Donnern den gesamten Raum. Ein schneeweißer Blitzschlag schoss aus meiner Hand. Sein grelles Licht blendete mich und er war mindestens so laut wie das Grollen der gewaltigen Bestie. Es war ein Feuerblitz, wie ich ihn schon so oft losgelassen hatte, jedoch war sein Ausmaß absolut ungewöhnlich. Die orangefarbene Feuerkugel schien die weißen Lichter um meine Hand aufgesogen zu haben und so groß geworden zu sein, dass sie ganze Personen hätte verschlingen können, bevor sie auf den Infant Dragon zugerast war.

Im nächsten Augenblick durchstieß sie den Drachen und krachte mit einer gewaltigen Explosion gegen die Wand hinter ihm. *»Ga...hargh!«* Zahlreiche bernsteinfarbene Schuppen fielen von dem Monster ab, bevor es ein schwaches Geräusch von sich gab und komplett von dem Feuerblitz zerfressen zu Boden fiel. Obwohl seine Haut feuerresistent hätte sein sollen, blieben schließlich nur noch verkohlte Überreste und Rauch von ihm übrig.

Am anderen Ende des Raums waren weiterhin die Krallenspuren des Drachen im Boden zu erkennen und die Dungeonwand, gegen die der Firebolt geprallt war, sah aus, als wäre dort tatsächlich ein mächtiger Blitz eingeschlagen. Polternd fielen Teile davon zu Boden.

Plötzlich war es still in der Kammer. Die Abenteurer hielten inne und starrten mich an. Lili und Welf genauso. Entsetzen, Grauen und ... Feindseligkeit. Ich hatte zahlreiche Emotionen geweckt, aber war außerstande, darauf zu reagieren, und nahm nur etwas zögerlich meinen Arm herunter.

Geistesabwesend blickte ich auf meine Hand. Die weißen Lichter waren verschwunden und sie sah aus wie immer. Ganz so, als wäre überhaupt nichts vorgefallen.

»Puh ...«

Ich streckte meinen Kopf durch mein Oberteil und seufzte laut, als wollte ich meine komplette Erschöpfung abstreifen. Frisch geduscht war ich gerade dabei, in meine normalen Sachen für zu Hause zu schlüpfen. Auf dem lilafarbenen Sofa saß meine Göttin, die sich längst umgezogen hatte.

»Bell, wenn du müde bist, kannst du dich ruhig ausruhen, ja? Ich werde das Abendessen vorbereiten.«

»Nein, schon gut. Ich helfe dir dabei!«

»Hi hi. Wirklich? Dann kochen wir eben zusammen.«

Ihre Arbeit und meine Erkundung des Dungeons hatten sich in die Länge gezogen. Wir waren also beide später als sonst nach Hause zurückgekehrt und machten uns nun tief in der Nacht an die Vorbereitungen fürs Abendessen. Auf Hestias Wunsch hin teilten wir die Hausarbeit so gut wie möglich untereinander auf. Eigentlich müsste eine Gottheit sich die Hände nicht schmutzig machen, aber damals hatte sie einfach gesagt: »Du brauchst nicht so förmlich mit mir zu sein, Bell.« Trotzdem hatte ich deswegen ein schlechtes Gewissen.

»Hör mal, Bell. Kann ich dich was fragen?«, sprach meine Göttin mich ein wenig zurückhaltend an, als ich gerade das Gemüse abwusch und sie das Fleisch kleinschnitt. Sie stand auf einer kleinen Erhöhung, weil sie sonst nicht gut an die Arbeitsplatte herankam.

»Was denn?«

Nun hielt sie inne und schaute mich an. »Kennst du Freya ... Äh, nein. Ist dir mal eine silberhaarige Göttin begegnet?«

»Eine silberhaarige Göttin?« Ich durchforstete meine Erinnerungen. »Nein, ich glaube nicht, dass ich so jemanden schon mal getroffen habe ...« Eigentlich konnte ich an einer Hand abzählen, wie oft mich Gottheiten angesprochen hatten, seit ich in diese Stadt gekommen war. Daher würde ich mich sicherlich an eine Göttin mit so auffälliger Haarfarbe erinnern. »Nein, sicher nicht. Ganz sicher nicht ...«

Meine Göttin sah nachdenklich zur Decke. Was hatte sie nur? Tatsächlich war mir seit dem Denatus häufiger aufgefallen, dass sie über irgendetwas grübelte. Doch auf meine Frage, ob etwas vorgefallen wäre, hatte sie mit einem Kopfschütteln geantwortet: »Es ist gar nichts.« Auch wenn mich interessierte, was mit ihr los war, konzentrierte ich mich wieder auf die Essensvorbereitungen und saß kurz darauf mit meiner Göttin am Tisch.

Wie gewohnt erzählte ich ihr von den Vorkommnissen des Tages. Zuerst von Welf und davon, dass ich mir wegen des Direktvertrags, den wir am Vortag geschlossen hatten, anfangs etwas unsicher gewesen war, aber nun durch meine persönlichen Erfahrungen mit dem jungen Mann ein besseres Verständnis dafür hatte.

»Dann ist der Schmied also ein lieber Junge?«, fragte sie.

»Ja. Er ist sehr aufmerksam und vertrauenswürdig. Ich kann aber noch nicht wirklich sagen, ob er sich mit Lili verstehen wird oder nicht ...«

»Ha ha ha!« Hestia musste lauthals lachen.

Unsere gemeinsamen Mahlzeiten waren in letzter Zeit angenehmer geworden. Vielleicht lag es daran, dass wir nicht mehr so knausern mussten. Wie selbstverständlich hatten wir jede Menge Brot, Salat mit gebratenem Fleisch und wie immer einen Haufen frittierte Kartoffeln. Ich wusste nicht genau, ob wir uns eine kurze oder lange Zeit hatten gedulden müssen ... aber jetzt hatten wir zumindest die komplette Armut endlich hinter uns gelassen.

»Okay«, meinte meine Göttin. »Wenn er ein guter Junge ist, dann habe ich nichts dran auszusetzen. Ich heiße ihn also mit offenen Armen willkommen. Und du passt auf, dass er dir nicht wegläuft, ja?«

»Jawohl. Immerhin ist Welf nicht nur als Schmied eine tolle Ergänzung für unsere Familia, sondern ich habe auch gehört, dass man als Dreierteam deutlich gefahrloser durch den Dungeon gehen kann.«

Weil meine Göttin mich so fröhlich anstrahlte, wurde auch ich ganz euphorisch. Man mochte es ihr wegen ihres kindlichen Aussehens mit den zwei Zöpfen vielleicht nicht anmerken, aber sie schien sich wirklich große Sorgen um uns zu machen.

»Wer hätte gedacht, dass du mit einem Kind der Hephaistos-Familia eine Gruppe bilden würdest? Hi hi. Vielleicht war es Schicksal, dass du in meine Familia gekommen bist, was?« Meine Göttin kicherte.

Hestia und Hephaistos waren schon im Himmelsreich Vertraute und so etwas wie beste Freundinnen gewesen. Seit sie nach

Orario gekommen und hier zu Gottheiten unterschiedlicher Familias geworden waren, war ihr Kontakt leider nicht mehr so ungezwungen wie zuvor. Dennoch schien zwischen den beiden ein unzertrennliches Band zu bestehen, und zwar bis hin zu ihren Familia-Mitgliedern. Meine Göttin amüsierte sich köstlich darüber.

»Ähm, Göttin? Welfs Familienname ist Crozzo. Hast du über diesen Namen vielleicht schon mal was gehört?«, nutzte ich diese Chance, um mich nach der einen Sache zu erkundigen, die mich am meisten beschäftigte, seit Lili ein wenig von der Geschichte der Crozzos und den Magieschwertern erzählt hatte. Eigentlich wollte ich nicht zu sehr in Welfs Vergangenheit herumschnüffeln, die er anscheinend geheim halten wollte, aber ich konnte meine Neugier einfach nicht unterdrücken.

»Die Crozzos sind doch die mit den Magieschwertern, oder? Ein bisschen was habe ich über sie gehört, aber sicherlich weiß ich auch nicht viel mehr als du, Bell.«

»Ach so ...« Ich wusste, dass Hestia erst vor Kurzem aus dem Himmelsreich herabgestiegen war. Sie kannte sich mit den Ereignissen in der unteren Welt also nicht besonders gut aus ... Wenn sie mir nicht mehr dazu sagen konnte, ließ sich das leider nicht ändern. Am Ende wusste ich immer noch nur wenig über Welf.

»Was die Crozzo-Familie angeht, kann ich dir nicht weiterhelfen, aber ich könnte dir verraten, wie dieser Schmied namens Welf bewertet wird.«

»Hä?!«

»Hi hi. Bell, hast du etwa vergessen, wo ich arbeite?«

»Ach!« Als sie das sagte, verstand ich es sofort. Meine Göttin arbeitete in einem Laden der Hephaistos-Familia und dort erfuhr sie natürlich auch die eine oder andere Sache über ihre Mitglieder.

Als wollte sie stolz »Was hältst du davon, Bell?« sagen, streckte sie ihre Brust weit heraus, woraufhin ich schlucken musste und leicht rot im Gesicht wurde. Ich lächelte etwas verlegen und versuchte, die Unterhaltung fortzusetzen.

Nachdem meine Göttin am vorherigen Tag Welfs Namen gehört hatte, hatte sie von sich aus Informationen über ihn gesammelt. »Als Schmied scheint er ziemlich fähig zu sein. Er hat zwar seine Hörner noch nicht abgestoßen, aber Hephaistos erzählt oft von ihm, also fällt er ihr definitiv auf.«

»Gö... Göttin Hephaistos hat von Welf erzählt?«

»Ja. Also eigentlich hat sie nur betrunken irgendwas von ihm gefaselt. Sie meinte so was wie, dass es Verschwendung wäre, weil er so viel Talent hätte.«

Wenn die Schutzgottheit einer Familia, die für ihre Schmiede bekannt war, sein Talent erkannt hatte ... dann war Welf vielleicht einer, der dort noch ganz groß herauskommen könnte?

»Jedenfalls hat er Hephaistos' Aufmerksamkeit erregt. Sie schätzt ihn sehr und meint, dass er ein gewisses Strahlen hätte ... aber sie hat auch gesagt, dass es bedauerlich und wirklich schade um ihn wäre.«

Ich musste an den seltsamen Namen Pyonkichi denken, den Welf auch weiterhin für seine leichten Rüstungen beizubehalten schien. Meine jetzige hatte er lediglich mit dem Zusatz Mk III versehen.

»Und jetzt kommt's«, meinte meine Göttin. »Anders als von Hephaistos wird er von seinen Schmiedekollegen in der Gilde sehr harsch beurteilt.«

»Hä? Was soll das denn heißen?«

»Hm.« Hestia wirkte etwas nachdenklich. »Ich komme mal direkt zum Punkt: Er kann anscheinend Magieschwerter schmieden.«

»Was?!«

»Keine Imitationen, sondern waschechte Magieschwerter. Seine Kreationen sollen sogar die aus der Produktion der Hochschmiede der Familia übertreffen. Er macht dem Namen Crozzo also alle Ehre.«

Er ist ein Magieschwertschmied ... Diese Worte hallten mir durch den Kopf und fühlten sich plötzlich viel realer für mich an. »Aber das ... Moment mal. Magieschwerter sollte man doch nur herstellen können, wenn sich der Schmieden-Statuswert entfaltet hat, oder?«

Genau. Als ich das erste Mal den Laden der Hephaistos-Familia besucht hatte, hatte Eina das klipp und klar gesagt. Magieschwerter würden den Schmieden-Statuswert benötigen und könnten selbst dann nur von wenigen Schmieden angefertigt werden.

»Damit kenne ich mich leider nicht wirklich aus«, erklärte meine Göttin. »Anscheinend kann er aber Magieschwerter schmieden. Hephaistos hat das bestätigt.«

»Aber dann ...«

»Ja, sein Familienname ist echt. Er ist ein Erbe der Crozzo-Familie.«

Ich verstand diese überraschende Wendung nicht ganz. Welf gehörte also wirklich zum Schmiedeadel. Er war von edler Abstammung, selbst wenn seine Familie tief gefallen war. Darüber hinaus war er imstande, auch ohne den entfalteten Statuswert Schmieden Magieschwerter herzustellen.

Hat er etwa einen entsprechenden Skill? Dieser Gedanke kam mir plötzlich. Eventuell besaß Welf durch einen ganz besonderen Skill die Fähigkeit, Magieschwerter zu schmieden. Nein, Lili hatte ja gemeint, dass alle, in denen Crozzo-Blut der floss, dazu in der Lage wären. Besaßen etwa alle Familienmitglieder denselben Skill? *Hm, das wäre dann doch etwas seltsam …* Ich kam zu keiner Lösung. Es brachte einfach nichts, sich jetzt unnötig den Kopf darüber zu zerbrechen. Also unterdrückte ich meine Zweifel und konzentrierte mich lieber auf die Unterhaltung mit meiner Göttin.

»Allerdings«, sagte sie, »stellt er keine Magieschwerter her.«

»Hä?«

»Aus irgendwelchen Gründen macht er es nicht. Schon nur eins würde ihm Ruhm und Reichtum einbringen, aber er schmiedet einfach keins. Er bleibt dickköpfig und möchte wohl noch keinen sicheren Platz als Hochschmied haben.«

Er kann Magieschwerter schmieden, aber macht es nicht? Die Stärke eines Magieschwertes lag darin, dass man es nur zu schwingen brauchte, um genau wie mit Magie eine große Energie zu entfesseln. Zwar hatte es seine Grenzen, aber damit vermochte eigentlich jeder in den Genuss des Segens einer Magie zu kommen und enorme Kräfte freizusetzen. Aus diesem Grund sehnten sich unzählige Abenteurer nach einer magischen Klinge. Wenn man solche mysteriösen Waffen anbot, sollte man im Nu eine ganze Schar an Stammkunden und einen Haufen Geld bekommen können. *Und trotzdem möchte Welf keins schmieden?*

»Im Laden meinen sie, dass er sein ganzes Potenzial verschenken würde. In der Familia gibt es sogar einige, die ihm übel nachreden, er wäre einfach nur ein unfähiger Crozzo. Natürlich kann Hephaistos so was nicht ausstehen, weswegen keines ihrer Kinder es wagt, so was öffentlich zu sagen«, fuhr meine Göttin mit ihren Erklärungen fort.

Doch ich musste gar nicht mehr darüber hören, um es zu verstehen. Die Ladenmitarbeiter empfanden es sicherlich nur als vergeudetes Talent, aber die anderen Schmiede der Gilde und seine Familia-Kameraden waren höchstwahrscheinlich einfach nur neidisch auf Welf. Schließlich könnte er dank seiner Abstammung beinah mühelos Magieschwerter anfertigen und somit den Rang eines Hochschmieds erreichen. Nun begriff ich, weswegen er von seinen Kameraden ausgeschlossen wurde.

»Er hat Talent, aber auch irgendwelche Gründe dafür, es nicht zu nutzen ... So viel weiß ich über den Schmied, mit dem du einen Vertrag eingegangen bist.«

Er hat also seine Gründe ... Welf wollte sicherlich nicht, dass ich um seine Fähigkeit wusste. Jemandem, den man erst seit zwei Tagen kennt, würde man ja auch kaum seine ganze Lebensgeschichte anvertrauen. Aber ganz sicher hätte er es nicht für immer vor mir verheimlicht. Zumindest kam es mir so vor, als ich daran zurückdachte, wie er sich heute verhalten hatte.

»Bell, ein oder zwei Geheimnisse sollte man ruhig mit einem Lächeln akzeptieren, weißt du? Wir Götter haben auch viele Dinge, über die wir mit niemandem sprechen und für die wir uns schuldig fühlen. Ich hoffe, dass du ein großherziger Mann wirst, der über so was hinwegsehen kann.«

»Göttin ...«

So wie Hestia mit mir sprach und mich ansah, wirkte sie irgendwie liebevoll und als wollte sie mich beschützen. Sie hatte beide Ellenbogen auf dem Tisch aufgestützt und ihr Kinn in ihre Hände gelegt. Ich senkte meinen Blick ein wenig und lachte, woraufhin auch sie glücklich grinste.

»Jetzt haben wir aber wirklich lange geredet, oder?«, meinte sie dann, weil unser Essen schon ganz kalt geworden war. »Lass uns aufessen und bald schlafen gehen. Oder hast du noch andere Dinge auf dem Herzen?«

Ich zögerte ein wenig, aber erzählte ihr schließlich doch noch von meinem Skill.

»Dann hat er sich also aktiviert?«

»Ja ...« Als ich sehnsüchtig an all die Märchenhelden gedacht hatte, hatte sich mein Skill plötzlich gezeigt, indem sich kleine weiße Lichter um meine Hand herum gesammelt und meinen nächsten Angriff – also meine nächste bewusste Aktion – gewaltig verstärkt hatten. Wahrscheinlich war es eine Art Aufladung gewesen. Ich hielt nichts davon zurück, sondern erzählte meiner Göttin alles bis ins Detail.

»Bell, kannst du dich kurz hinstellen und mir deinen Status zeigen?«, bat sie mich mit ernstem Blick.

»Äh, j... ja.« Ich sprang von meinem Platz auf, ging zu ihr hinüber und zog mein Oberteil aus.

Angestrengt musterte sie den Status, der in meine Haut eingraviert war. »Hm ...« Hestia legte eine Hand auf meinen Rücken. Dort, wo sie mit ihren weichen Fingern entlangstrich, wurde meine Haut ganz heiß. Eigentlich sollte ich die pechschwarzen Hieroglyphen nicht erkennen können, aber es kam mir vor, als könnte ich sie spüren. Allein das Wort Argonaut erschien mir wie ein Trugbild vor den Augen.

»Das reicht«, meinte meine Göttin nach einer Weile.

Ich drehte mich langsam um und nahm mein Oberteil entgegen, das Hestia zuvor auf den Tisch gelegt hatte und mir nun wieder reichte.

»Ich werde dir einfach meine Deutung sagen, ja? Dein Skill ist die Kraft der Umkehrung«, erklärte sie und hielt ihren Arm ausgestreckt nach vorn. »Die Kraft, einen Feind zu besiegen, der stärker ist als du … Die Fähigkeit, jede Gefahrensituation umzukehren. Nein, viel eher nur die Chance.« Ihre mysteriös glänzenden Augen warfen mein Spiegelbild zurück. »Der Skill ist eine Trumpfkarte, mit der selbst ein dummes Kind, das Helden bewundert, selbst zu einem werden kann.«

Der Argonaut. Die Geschichte handelte von einem Jüngling, der davon träumte, ein Held zu werden. Von der Laufbahn eines Mannes, der seinen Traum am Ende wahr werden ließ und wirklich einer wurde.

»Du kannst alles auf diesen einen Angriff setzen und deine ganze Kraft in ihn hineinfließen lassen, um selbst mit deinen mickrigen Fähigkeiten gegen überwältigende Mächte anzukommen und das Blatt zu wenden.«

Genauso wie die Helden aus den Geschichten, dachte ich.

Meine Göttin fasste zusammen: »Du besitzt jetzt die Kraft eines Heldenangriffs.«

Danach wurde es still im Raum. Wie verzaubert schaute ich meiner Göttin unwillkürlich tief in die Augen, bis sie mir einen Klaps auf die Schulter gab und ich mir der Situation bewusst wurde. Mit knallroten Ohren zog ich mir völlig durcheinander mein Oberteil über den Kopf.

Hestia sah mir von der Seite zu und lachte. Anders als sonst wirkte ihr Lachen in diesem Moment viel entfernter, als käme es von einem höheren Ort. Es war das barmherzige Lachen einer Göttin, das sie einem Kind schenkte, über das sie von oben wachte. Dies war vielleicht das allererste Mal, dass mein Verstand und mein Herz komplett von ihr eingenommen waren.

Während ich weiterhin geistesabwesend dastand, sagte sie: »Präg dir das also gut ein.«

»Graaaaaaarrr!«, brüllte ein Monster aus Leibeskräften.

Immer wieder landeten Tritte auf seinem Kopf, bis er vollkommen zertrümmert war. Die langen Metallstiefel, mit denen sie ihm verpasst worden waren, waren komplett von Blut bedeckt. Doch obwohl sie schon mehrere Hundert Bestienschädel gespalten hatten und rot wie Magma waren, glänzten sie immer noch leicht. Sie dienten nicht dem Schutz der Beine, sondern waren eine brutale Waffe, die Feinde in ihre Einzelteile zerlegte.

»Bete, du nervst! Beschwer dich nicht, wenn ich dich entzweihaue!«

»Deine lahmarschige Waffe würde mich doch niemals treffen!«

»Tione! Wollen wir heute Mittag aufgespießten Wolf essen?! Oh, nein! Der sieht nicht gerade appetitlich aus!«

»Willst du etwa sterben?!«

»Blödmann …«

Es war Ebene 44. Hier im tiefen Bereich des Dungeons hatte sich eine schwülheiße Luft ausgebreitet. Der orangefarbene Boden wirkte, als würde er glühen, und überall lagen scharfe Gesteinsbrocken herum. Die ebenfalls orangefarbenen Wände in der Umgebung waren an mehreren Stellen schwarz verfärbt, als hätte sich dort Kohle gebildet. Aus einem Riss im Gestein drang ein rötliches Leuchten, das vermuten ließ, dass sich dahinter eine weitere unangenehme Präsenz befand.

Es war fast so, als hätte sich die Loki-Familia auf eine Expedition direkt in den Schlund eines Vulkans begeben, wo sie nun heftig gegen einen Schwarm Gesteinsmonster kämpfte, die man Flame Rock nannte.

»Warum sind die eigentlich die ganze Zeit so aufgedreht?«, drang eine resignierte tiefe Stimme an die Ohren von Finn, einem der Anführer der Loki-Familia.

»Gareth«, sagte dieser.

Ein Zwerg war an ihn herangetreten. Er hatte einen kräftigen langen Bart und zwischen den Teilen seiner Rüstung konnte man stahlharte Muskeln erkennen. Zusätzlich trug er einen Mantel und eine große Axt. Er strahlte sowohl Kraft als auch Würde aus, weshalb er den Eindruck eines wahren Bilderbuchkriegers vermittelte.

Der Zwerg namens Gareth schaute mit halb zugekniffenen Augen zu Bete und den anderen, die weiter vorn wild herumwüteten, und murmelte: »Die sind schon seit dem mittleren Bereich so, oder? So können Raul und die anderen nicht trainieren. Die gucken schon ganz verlegen.«

»Hrmpf. Mir gefällt das auch nicht, aber die sind einfach nicht aufzuhalten.«

Bete und die anderen waren nicht nur von einer Horde von Monstern umgeben, sondern auch von ihren Kameraden aus der Loki-Familia. Die zweitklassigen Abenteurer, die größtenteils auf Level 3 waren, schauten mit Schweiß auf der Stirn zu, wie die erstklassigen kämpften.

Bete, Tiona und Tione. Nur diese drei schnappten sich hier in der Tiefe die kostbaren Excelia, während der Pallum Finn sich nur auf einen großen Stein stellen und tief seufzen konnte.

»Sogar Tione hat jegliche Zurückhaltung abgeworfen ... Finn, ist irgendwas vorgefallen, bevor wir zu euch gestoßen sind?«

Eigentlich war eine der beiden Amazonenzwillinge eher ruhig und gelassen, aber nun zeigte sich auf ihrem sonst emotionslosen Gesicht ein leichtes Lächeln. Sie ließ ihrem wilden Kampfstil freien Lauf und wirbelte ihre zwei Kukrimesser stürmisch herum, wobei ihre langen kohlrabenschwarzen Haare heftig tanzten.

Gareth schob seinen tief in die Stirn gezogenen Helm ein wenig hoch und schaute den Felsen hinauf, auf dem Finn stand.

»Wir haben auf dem Weg nur einen Abenteurer getroffen.«

»Hm? Gab es im mittleren Bereich etwa jemanden, der so motivierend war?«

»Nein, es war im oberen Bereich.«

»Wie bitte?« Gareths bernsteinfarbene Augen weiteten sich vor Überraschung leicht.

Es war eine ungeschriebene Regel der Loki-Familia, stets in zwei Teams zu Expeditionen in den Dungeon zu ziehen. Die nachfolgende Einheit war dabei von Gareth angeführt worden. Er war der letzte erstklassige Abenteurer der Loki-Familia und hatte mit seinen weniger erfahrenen Kameraden die Nachhut der besonders kampfstarken ersten Gruppe gebildet. So hatten sich die beiden Teile der Expedition erst am vereinbarten Punkt getroffen und die Gruppe des Zwergs wusste nicht genau, was die andere gesehen hatte.

»Sicherlich hat irgendjemand seine Finger im Spiel gehabt«, erklärte Finn, »aber auf Ebene 9 hat ein Abenteurer auf Level 1 ganz alleine einen Minotaurus besiegt.«

»Jemand auf Level 1 hat einen Minotaurus besiegt? Nein, Moment mal. Woher weißt du, dass er auf Level 1 war?«

»Wir konnten einen Blick auf seinen Status erhaschen und es so überprüfen. Nun ja. Sofern Riveria sich beim Lesen der Hieroglyphen nicht vertan hat.«

»Wie bitte? Zweifelst du etwa an meinen Augen, Finn?«

»Ach, Riveria.«

Von hinten mischte sich die Stimme einer Elfenfrau in die Unterhaltung ein, die sich daraufhin zu den beiden gesellte. Riveria hatte langes jadegrünes Haar und nicht einen Schweißtropfen auf der Stirn, obwohl es auf dieser Ebene glühend heiß war. Ihr Körper war in ein elegantes blaues Kleid gehüllt.

»Finn, das nächste Mal werde ich doch eine Robe tragen. Dieses Undinekleid ist echt lästig.«

»Hm. Loki hat es dir extra besorgt, also solltest du es einfach ertragen, oder?«

»Hmpf. Es steht dir doch so gut.«

»Wenn ich an diese lechzenden Blicke denke, möchte ich es am liebsten sofort ausziehen ...« Die Elfenfrau schaute an dem dünnen Kleid hinab, dass ihre Schutzgöttin ihr mit den Worten »Riveria, ab jetzt ziehst du bitte das hier an!« gegeben hatte.

Auch Finn und Gareth trugen unter ihren Rüstungen eng anliegende blaue Kleider aus dem gleichen Stoff und ihnen war die gewaltige Hitze genauso wenig anzumerken wie Riveria. Ihre Ausrüstung schenkte ihnen den Schutz des Naturgeistes Undine, der sie davor behütete.

»Aber zurück zum Thema: Neben mir kann es auch Aiz bezeugen. Sie hat den Status auf Bell Cranels Rücken ebenfalls gelesen.«

Als Gareth den Namen dieses gewissen Abenteurers hörte, hob er eine Augenbraue und folgte Riverias Blick hinüber zu Aiz, die schweigend dastand.

»Wenn es stimmt, was ihr erzählt ... dann müsste sich Aiz doch eigentlich als Allererste auf diese Monster stürzen wollen, oder?«

»Hm? Stimmt. Ich habe es gar nicht bemerkt, weil sie heute so brav ist. Was hat sie denn eigentlich?«, grummelte Finn.

»Ach, lass sie einfach. Sie wird schon wieder in Stimmung kommen«, besänftigte Riveria ihn mit einem verlegenen Lächeln, weil sie schon ungefähr ahnte, was dahintersteckte.

Aiz ließ ihr Kinn ein wenig hängen und schaute auf den Boden, als würde sie über etwas nachdenken. Ihre Miene war regungslos, doch man konnte sie leise murmeln hören.

»Wenn ich das so höre, klingt das alles komplett unglaublich«, entgegnete Gareth. »Was war so euer Eindruck, als ihr diesen Abenteurer gesehen habt?«

»Er war noch zu wild und ungeschickt ... Aber es stimmt schon. Ich kann verstehen, warum Bete und die anderen jetzt nicht stillsitzen können, nachdem sie ihn so gesehen haben. Der Junge hat uns daran erinnert, dass wir früher auch mal so ähnlich waren.« Finns goldene Haare wehten, als er sich zu Gareth umdrehte. Er hatte ein kindliches Grinsen in seinem unschuldigen Gesicht, das so gar nicht zu seinem Alter passen wollte.

Riveria konnte ihm anscheinend nur zustimmen. »Als Mitglieder einer großen Familia haben wir inzwischen viele Kameraden um uns versammelt und uns so an sichere Kämpfe gewöhnt. Für uns hat dieses Duell auf Messers Schneide ... aus irgendwelchen Gründen richtig gestrahlt.«

»Das klingt ja fast so, als würdet ihr so was vermissen«, meinte Gareth. Er bereute ein wenig, dass er nicht dort gewesen war, und strich sich durch den Bart. Dann wanderte sein Blick wieder zu den drei hitzig um sich schlagenden Frontkämpfern, derentwegen der Rest der Familia wenig unternehmen konnte.

»Riveria ...«

»Ja, Aiz?«, antwortete die Elfenfrau, die schon damit gerechnet hatte, bald angesprochen zu werden.

Aiz wartete einen Moment, bevor sie weitersprach: »Die Grenzen der Statuswerte ... Hast du eine Idee, wie man sie überwinden kann?«

Auf diese Frage hin spitzten Gareth und Finn die Ohren und schauten verwundert zu ihren Kameradinnen. Aber zumindest Finn schien eine Ahnung zu haben, was in Aiz vorging, weswegen sein Blick sofort wieder gelassener wurde.

»Wir betreten ohnehin schon unmögliche Sphären. Wir können zwar weiter trainieren, aber die Grenzen überwinden können wir nicht«, antwortete die Elfenfrau erst einmal.

Nähme man beispielsweise eine Magierin wie sie, dann könnte sie zwar den Statuswert Zauberkraft, der die Wirkung ihrer Magie direkt beeinflusste, bis auf S steigern, aber mit ihrem Elfenkörper wäre es schwierig, sich besonders hohe Stärke- oder Ausdauerwerte zu erarbeiten. Genauso wie Personen meist entweder im Studium oder im Kampf begabt waren, schien es auch bei den Statuswerten ein Maximum für jeden zu geben. Es war schwer, überall die Höchstwerte zu erreichen, und eigentlich unmöglich, die Grenzen des Status zu durchbrechen, der von den Göttern gewährt wurde.

Und das erklärte Riveria ihrer Kameradin ganz deutlich. »Komm also nicht auf dumme Ideen, Aiz. Die Grenzen unserer Gefäße sind durch unser Level bestimmt.«

»Ja ...«

Die Elfenfrau warf ihr einen strengen Blick zu, woraufhin Aiz schwieg. Eine Weile schien sie wieder in Gedanken versunken zu sein, weil sie bewegungslos dastand, aber dann zog sie ihr Schwert aus der Scheide. Die Klinge zischte durch die heiße Luft und die junge Abenteurerin zog in den Kampf. Riveria und die anderen Kameraden schauten ihr hinterher.

»Hey, Riveria ...«, sprach Gareth sie an.

»Es geht nicht. Das Feuer ist nun mal längst in ihr entfacht«, erwiderte sie und musste ein Seufzen unterdrücken, als wäre sie eine erschöpfte Mutter, deren Kind einfach nicht hören wollte.

Aiz rannte mit festen Schritten zu Bete und den anderen. Dabei wehten ihre goldfarbenen Haare im Wind und sie hatte ein Leuchten in ihren ebenso goldenen Augen. Ihr schönes Gesicht blieb jedoch kalt und emotionslos. Auch dies war eine Seite von Aiz Wallenstein. Irgendjemand hatte sie einmal Klingenheilige genannt. Mit einer gewaltigen Sturheit strebte sie nach Stärke und warf sich nun wieder in die Schlacht.

Ich muss noch stärker werden ... Die Hitze des Dungeons um sie herum schien zu verschwinden. Sie wollte das erreichen, was sie gesehen hatte. Schließlich hatte sich ein bestimmtes Bild in ihre Augen eingebrannt. Das Bild des Rückens des Jünglings, der seine Grenzen überwunden hatte.

Es war früher Morgen. So früh, dass die Sonne geradeso über die Stadtmauer hinwegschaute, die ganz Orario umgab. Ich war auf dem Weg zum Dungeon gewesen, aber Syr hatte mich vor der Schenke aufgehalten.

»Es tut mir leid, aber kannst du bitte kurz warten? Das Essen ist mir heute nicht so gelungen ...«

»Ähm, Syr, das muss doch nicht sein ... Ich kriege ja sonst immer was von dir, deshalb kannst du heute ruhig mal drauf verzichten ...«

»Nein, ich werde dir was zubereiten! Also nimm es bitte mit!«

Ich zitterte ein wenig, weil Syr plötzlich so nah an mich herankam, und brachte nicht mehr als ein »O... Okay« und ein knappes Nicken zustande, bevor sie mit leicht gerötetem, verschämtem Gesicht zurück ins Gebäude eilte.

Syr bereitete mir jeden Tag ein Essenspaket vor. Doch heute schien sie bei der Zusammenstellung irgendwie ins Straucheln geraten zu sein. Eigentlich gab sie sich sonst keine Blöße, weswegen ich fast ein wenig glücklich war, sie ausnahmsweise einmal in so einer Lage zu sehen ... Aber wonach würde mein heutiges Mittagessen wohl schmecken? Allein beim Gedanken, was sie mir mitgeben würde, stand mir ein wenig der Angstschweiß auf der Stirn.

»Guten Morgen, Herr Cranel.«

»Ach, Ryu. Guten Morgen.«

»Es tut mir leid, dass du so lange auf sie warten musst. Aber Syr bemüht sich wirklich sehr ... Bitte warte also noch ein kleines bisschen länger, ja?«

Ich langweilte mich gerade ein wenig, als Ryus Stimme untermalt vom Läuten der Türglocke aus dem Gasthaus herausschallte. Sie hatte anscheinend extra ihre Vorbereitungen für das Tagesgeschäft unterbrochen, um sich zu mir zu gesellen und Syr in Schutz zu nehmen, aber ich lächelte einfach und zeigte damit, dass das schon in Ordnung sei.

»Stimmt ja. Du hast jemand Neuen für deine Gruppe gefunden, oder?«, fragte sie, als wir ein bisschen plauderten.

»Schon, aber das ist eventuell nur eine temporäre Lösung ...« Ich berichtete ihr, wie es mit dem neuen Gruppenmitglied gelaufen war, das ich mir auf ihr Anraten gesucht hatte.

Mit ihrem niedlichen Rüschenband auf dem Kopf, das Teil ihrer Kellnerinnenuniform war, stellte Ryu mir eine ernste Frage: »Herr Cranel, ist diese Person denn wirklich vertrauenswürdig?«

»Ä... Ähm?«

»Nein, ich bitte um Entschuldigung. Es ist nicht so, dass ich deiner Einschätzung nicht trauen würde, aber wenn jemand aus einer anderen Familia zu einer Gruppe stößt, ist das doch schon ein wenig seltsam, oder?« Ryu schaute mich mit ihren tiefblauen Augen direkt an und erklärte mir, dass bis auf persönliche Probleme alles mit der Familia besprochen werden sollte.

Es war klar, dass sie irgendwie auf mich aufpassen wollte. Auch bei der Feier an jenem Tage hatte sie mich vor den bedrohlichen Abenteurern beschützt und selbst jetzt machte sie sich noch Sorgen um mich.

Ich freute mich über ihre aufrichtigen Gefühle und antwortete: »Er ist Mitglied der Hephaistos-Familia, also sollte es keine Probleme geben. Unsere Göttinnen sind nämlich gut befreundet.«

Zur Hephaistos-Familia gehörten einige Schmiede, die mit mehreren Organisationen und Einzelpersonen Verträge geschlossen hatten. Solche Kosten-Nutzen-Beziehungen über Familias hinweg sollten für diese zwar eigentlich gefährlich sein, aber zumindest die Hephaistos-Familia schien das in Kauf zu nehmen. Und vor allem würde ich selbst an Welf sicher nichts auszusetzen haben. Da war ich mir komplett sicher.

Ich musste an die Unterhaltung mit meiner Göttin von letzter Nacht zurückdenken. Einen Moment überlegte ich, aber dann nannte ich Ryu schließlich Welfs Namen, um ihre Reaktion darauf zu sehen. Ich erklärte ihr, dass er ein wirklich fähiger Schmied wäre.

Als sie seinen Familiennamen hörte, hielt sie plötzlich inne. Irgendetwas schien sie zu beschäftigen. »Crozzo ...« Sie sprach den Namen so aus, als würde sie sich ihn auf der Zunge zergehen lassen. Eigentlich konnte man Ryu sonst kaum eine Regung ansehen, aber jetzt schien sie überrascht zu sein.

»Wei... Weißt du vielleicht was über seine Familie?«

»Nun ja. Wissen würde ich nicht gerade sagen ... aber ein Teil von uns Elfen kann über den Namen Crozzo nicht einfach hinweghören.«

E... Elfen?! Ich hatte nicht gedacht, dass der Name Crozzo mich zu so einer Art Information führen würde, und schaute sie interessiert an. »Kannst du mir vielleicht mehr darüber verraten. Ich möchte gerne mehr über Welf wissen ...«

»In Ordnung ... Aber was ich dir zu erzählen habe, ist sicher nichts, was du hören willst.« Ryu hielt kurz inne, bevor sie weitersprach: »Du hast bestimmt von den Magieschwertern der Crozzos gehört, oder? Weißt du denn auch, wem die Magieschwertschmiede gedient haben?«

»Nein, das weiß ich nicht.«

»Einem Königreich namens Rakia. Verglichen mit den anderen Reichen ist es Orario am nächsten.«

Rakia ... Bevor ich nach Orario gekommen war, hatte ich auf dem Land einige Gerüchte über dieses Land gehört. Die Leute hatten sich erzählt, dass es schon wieder einen Krieg begonnen hätte, und sich gefragt, wohin es wohl als nächstes Truppen entsenden würde.

»Ganz Rakia wird nur von einer Gottheit beherrscht. Somit gibt es dort eine staatliche Familia. Die Crozzo-Familie hat dem Land und somit seinem göttlichen Herrscher zahlreiche Magieschwerter geschenkt, um dafür Ländereien zu erhalten.«

Bisher deckte sich alles mit dem, was Lili mir erzählt hatte. Ich nickte.

»Rakias Herrscher ist als Gott des Krieges bekannt und dementsprechend kampfeslustig agiert sein Reich. Das war früher schon so und hat sich bis heute nicht geändert. Auch jetzt beginnt Rakia immer wieder Kriege mit anderen Reichen oder unabhängigen Städten.«

Dann stimmt es also wirklich …

»Und in den zahlreichen Kriegen kamen die mächtigen Magieschwerter der Crozzos immer wieder zum Einsatz.«

Ich spürte, wie die Erzählung den entscheidenden Punkt erreichte. Gespannt hielt ich den Atem an und hörte weiter zu.

»Herr Cranel, kannst du dir eine normale Armee vorstellen, die mit Magieschwertern ausgestattet ist?«

»Wahrscheinlich war sie …«

»Ganz genau. Rakia besaß damals durch die Magieschwerter eine atemberaubende Macht. Die Angriffskraft seines Heers war so gewaltig, dass es seine Gegner selbst ohne große Strategie plattwalzen konnten.«

Jede Schlacht ein Sieg. Unerschütterlich und unbezwingbar. Wie aus einer Göttersage. Anscheinend war Rakias Vormarsch wegen der Magieschwerter so gut wie nicht aufzuhalten gewesen.

»Rakia hat zu sehr gewütet. Mit seinem ungezügelten Magieschwertereinsatz hat es ganze Landstriche verändert. In einigen Gebieten sollen sämtliche Wiesen und Felder bis auf die Wurzeln niedergebrannt worden sein. Und natürlich erreichten die Feuer des Krieges auch die Heimat von uns Elfen – den Wald.«

Auch wenn sich der Kontakt zwischen Menschen und Halbmenschen enorm intensiviert hatte, seit die Götter aus dem Himmelsreich herabgestiegen waren, herrschte immer noch viel Engstirnigkeit in der Welt. Ein Beispiel hierfür waren die Elfen. Zwar betraf es nicht alle, aber viele von ihnen galten als äußerst hochmütig und hassten den Umgang mit anderen Völkern. Sie schufen Dörfer nur für ihresgleichen und schlossen sich darin ein.

Das bedeutete dann also … »Wurdet ihr Elfen etwa aus den Wäldern vertrieben, die ihr bis dahin euer Zuhause genannt habt?«

»Um es genauer zu sagen, wurde unsere Heimat einfach niedergebrannt.«

Sie wurde niedergebrannt …! Bei diesen Worten musste ich schlucken.

Ryu erzählte weiter, dass die Elfen nach dem Verlust ihres Zuhauses andere Gottheiten um Hilfe ersucht und deren Falna erhalten hatten. Daraufhin hatten sie sich Familias angeschlossen, um Rakia anzugreifen. Das Königreich hatte damals bereits keine Magieschwerter mehr besessen und somit gewaltigen Schaden erlitten, was den Rachedurst der Elfen ein wenig gestillt hatte.

»Selbstredend ging die Gewalt von den Soldaten aus, die die Waffen geführt haben. Vielleicht war es also ein Fehler, alles auf die Magieschwertschmiede zu schieben und sie dafür zu hassen … Tatsächlich konnten auch viele die Elfen nicht verstehen.«

Ich wusste nichts dazu zu sagen und schwieg einen Moment.

»Aber aus diesem Grund ist Crozzo für uns Elfen ein Name, den wir nicht einfach ignorieren können.«

»Und denkst du auch, dass man die Crozzos hassen sollte, Ryu?«

»Nein, nicht wirklich.«

Dass sie das so direkt sagen konnte, überraschte mich ein wenig. Ich hatte gehört, dass Elfen im Allgemeinen einen gewissen Stolz auf ihre Herkunft empfanden und ihr Volk ihnen wichtig war. Doch Ryu klang, als würde sie nur von irgendeinem historischen Ereignis und nicht von der Vernichtung ihrer Heimat erzählen … Ich konnte nicht verheimlichen, wie beeindruckt ich war. Dass sie so etwas mit mir teilte und sich genau wie Syr um mich sorgte, obwohl wir uns erst seit Kurzem kannten, bedeutete mir wirklich viel.

»Bell, danke, dass du so lange gewartet hast!«, rief Syr vom Eingang der Schenke aus.

»Herr Cranel, ich glaube, es wird Zeit. Na dann. Pass im Dungeon bitte gut auf dich auf.«

»Äh, ja ...«

Als Ryu ihre Kollegin herauskommen sah, nickte sie mir zum Abschied leicht zu. Ich schaute ihr wortlos hinterher, während sie an Syr vorbei zurück an die Arbeit ging.

»Ich bin ganz schön spät dran ...«, murmelte ich, als ich die westliche Hauptstraße entlangsprintete. Von Osten her konnte ich die Glocke läuten hören und die Stadtbewohner kamen langsam aus ihren Häusern heraus. Ich lief in Richtung des Turms Babel, wo Lili und Welf sicherlich längst auf mich warteten.

Während mich meine Beine vorwärtstrugen, waren meine Gedanken noch ganz woanders. Mir ging nicht mehr aus dem Kopf, was Ryu mir erzählt hatte. Daher bemerkte ich erst spät, wer da von vorn auf mich zukam.

»Oh, da bist du ja endlich.« Welf begrüßte mich aus einiger Entfernung mit einem Winken.

»Ach.« Ich wunderte mich darüber und machte große Augen. Eigentlich wollten wir uns doch am selben Ort wie am Vortag treffen ... War er mir etwa extra entgegengelaufen?

»Hey, Bell. Guten Morgen.«

»Guten Morgen. Ähm ... Welf, was machst du denn hier?«

»Ach ja. Ich habe eine Botschaft von Mini-Lili. Sie meinte, sie kann heute nicht mit in den Dungeon kommen.«

»Was?!«

Anscheinend hatte Welf schon beim Turm Babel gewartet, als Lili herbeigeeilt war und ihm Bescheid gegeben hatte. Offenbar hatte sich der Gnom, der ihr Unterschlupf gewährte, in seinem Laden überarbeitet und lag nun flach. Da es sonst niemanden gab, der sich um ihn kümmern könnte, hatte Lili sich unter zahlreichen Verbeugungen für heute entschuldigt. Da sie Welf gesagt hatte, dass ich über die westliche Hauptstraße kommen würde, war er mir entgegengekommen, um mir davon zu berichten.

»Was machen wir nun? Gehen wir zu zweit in den Dungeon?«

»H… Hm …«

Ohne Lili als Supporterin würden wir weniger Magiesteine und Beute-Items in die Finger bekommen, aber ungenutzt lassen wollte ich den Tag auch nicht. *Soll ich mir einfach wie früher bei Solo-Erkundungen einen Rucksack umschnallen und die Arbeit des Supporters mitübernehmen?*

»Bell, falls wir nicht gehen, würdest du mir dann vielleicht ein wenig deiner Zeit schenken?«

»Was?« Verwirrt legte ich den Kopf schief.

Daraufhin hob Welf den seinen und klatschte in die Hände. »Ich hatte dir doch versprochen, dir eine neue Ausrüstung herzustellen, oder?«

»Ei… Eigentlich reicht diese leichte Rüstung doch für mich, Welf …«

»Kein Grund für falsche Bescheidenheit. Ein Schmied hält immer sein Wort.«

Während Welf mit festem Schritt weiterstapfte, trottete ich etwas ratlos hinterher. Auch wenn ich zugesagt hatte, bereitete es mir nun immer größere Gewissensbisse, dass er mir einfach so eine komplette Ausrüstung schenken wollte. Ich hatte schon mehrfach abgelehnt, aber jedes Mal hatte er mir widersprochen und gesagt, ich solle ihn einfach machen lassen.

Sein leichter Kimono schwang hin und her, während er mir vorausging. »Bell, ich verstehe dich zwar irgendwie, aber du kannst ruhig etwas gieriger sein, okay? Als Abenteurer weißt du nie, was morgen sein wird. Für den Fall der Fälle solltest du immer bestmöglich vorbereitet sein. Verstanden?«

»Ähm …« Es ergab natürlich Sinn, was er sagte, aber mir fehlten dennoch die Worte. Auch Eina hatte mir immer wieder gesagt, dass alles umsonst gewesen wäre, wenn ich sterben würde. Zudem hatte ich meiner Göttin versprochen, sie nicht allein zu lassen. Vielleicht war es also unklug, so bescheiden zu sein … Immerhin durfte ich bei einer so wichtigen Sache keine falsche Entscheidung treffen.

Nachdem ich eine Weile gegrübelt hatte, stimmte ich schließlich zu: »Okay, dann bitte ich dich darum und danke dir vielmals.« Verlegen senkte ich den Kopf.

»Klar doch.« Welf lachte.

»Aber sag mal, Welf. Wo gehen wir eigentlich gerade hin?«

»Zu meiner Werkstatt.«

»Werkstatt?«

Der junge Mann erklärte mir, dass es sich um den Ort handelte, an dem er seine Arbeit als Schmied verrichtete. Dort hatte er alle Werkzeuge und Geräte zur Verfügung, die er für die Metallverarbeitung und die Fertigung von Rüstungsgegenständen brauchte. Anscheinend wurde dies alles von seiner Familia gestellt und er hatte von Hephaistos das Sonderrecht auf einen komplett eigenen Arbeitsbereich erhalten.

»Ein Sonderrecht? Dann ist es also nicht normal, dass jeder eine eigene Werkstatt hat?«, fragte ich.

»Anscheinend nicht. Es ist ja auch günstiger, wenn sich mehrere eine Werkstatt teilen. Und außerdem kann man so effektiver arbeiten.«

»Aber warum hast du dann eine nur für dich?«

»Meine Schmiedekameraden sollen wohl nicht sehen, wie ich arbeite. Hephaistos meinte, dass meine Technik allein mir gehört.«

Hing das vielleicht auch in gewisser Weise mit einer Art Berufsstolz zusammen? Ich erinnerte mich, dass Welf mir erzählt hatte, dass die Schmiede aus seiner Familia sich alle als Rivalen sahen.

»Denk bitte nicht, dass ich ein zurückgezogener Einzelgänger bin. Das geschah alles auf Anraten meiner Göttin hin«, scherzte Welf, bevor er seinen Schritt beschleunigte.

Wir gingen gerade die nordöstliche Hauptstraße entlang. Ich schaute mich neugierig in der Gegend um, weil ich noch nie hier gewesen war. Zu beiden Seiten der Straße reihten sich größere und kleinere Läden aneinander, allerdings keine Schenken, sondern größtenteils Geschäfte und Betriebe, die sich aufs Handwerk konzentrierten. Die Leute auf der Straße trugen alle dazu passende unterschiedliche Arbeitskleidung. Anscheinend gehörten die meisten von ihnen keiner Familia an, sondern waren freie Handwerker. Weiter hinten entlang der Straße standen mehrere kastenförmige Gebäude, bei denen es sich offenbar um Werkstätten handelte.

Die Herstellung von Magiesteinprodukten war Orarios wichtigster Wirtschaftszweig. Wurde der Großteil etwa hier im Nordosten der Stadt gefertigt? Dann wäre Handwerksgegend wohl der passendste Begriff für dieses Gebiet.

»An der Ecke biegen wir ab.«

Während ich Welf weiter folgte, wurde ich kurz von einem Zwerg abgelenkt, der schwerfällig einen dicken Baumstamm auf der Schulter trug. Je weiter wir von der Hauptstraße abkamen, desto enger wurden die Gassen. Es war immer noch früh am Morgen und auf den Steinweg fiel kein Sonnenlicht, sodass es etwas kühl war. Hoch über mir sah ich den blauen Himmel und auch einen Zipfel der Stadtmauer konnte ich in der Ferne ausmachen. Anscheinend waren wir schon fast am Stadtrand, als Welf schließlich stehen blieb.

»Wow …«

Nachdem wir noch mehrfach abgebogen waren, hatten wir unser Ziel endlich erreicht. Es war ein kleines Flachdachgebäude mit schwarzen Schmutzflecken hier und da und strahlte einen gewissen Charme aus. Aus dem Dach stieg eine einzelne Rauchfahne auf. Kurzum: Es sah aus wie eine waschechte Schmiede.

»Sicherlich weißt du es schon, aber dieses Gebiet ist sozusagen das Revier der Handwerker. Hier gibt es Werkstätten über Werkstätten und auch unser Zuhause ist nicht weit entfernt.«

Natürlich wusste ich davon gar nichts. »A… Ach so«, murmelte ich und schaute mich in der Umgebung um. Welfs Werkstatt lag ein ganzes Stück von der Hauptstraße entfernt. Die kleine, etwas düstere Gasse erinnerte ein wenig an die, in der sich unser eigenes Zuhause befand.

Ich brauchte nicht genau zu lauschen, um Schläge zu hören … In der Umgebung wurde auf Metall gehämmert, hier waren also eindeutig Schmiede am Werk. Die Hephaistos-Familia schien einen größeren Bereich der Gegend zu nutzen, um ihren Mitgliedern Werkstätten bereitzustellen. Offenbar verwalteten die Handwerker diese selbst … Welfs Familia war echt großzügig.

»Steh da nicht so rum, sondern komm einfach mal rein, ja?«

»Äh, ja.« Ich entschuldigte mich leise für meine Trödelei, bevor ich durch die Tür schlüpfte.

Zuerst fiel mir der beißende Geruch von Eisen auf. Erst als mein Kamerad die Fensterläden öffnete, wurde es drinnen heller und ich konnte mich umschauen. An der Wand hingen zahlreiche Eisenobjekte, vor allem Hämmer und Zangen, aber auch Werkzeuge, die ich noch nie zuvor gesehen hatte. Auf einer Seite stand ein großer Ofen und davor eine Gussplatte. War das daneben ein Amboss? Es gab im ganzen Raum keinerlei Zwischenwände und alles wirkte, als wäre es allein aufs Schmieden ausgerichtet. Dies war also der waschechte Arbeitsplatz eines Schmieds.

»Tut mir leid, dass es so schmutzig ist. Hältst du es trotzdem eine Weile hier aus?«

»J... Ja, schon gut!« Eigentlich wollte ich mir sogar alles noch genauer anschauen, aber ich nickte nur aufgeregt mit dem Kopf.

Verlegen lächelnd brachte Welf mir einen Stuhl und forderte mich mit einer Geste auf, darauf Platz zu nehmen. »Bleib jedenfalls bitte hier, bis ich alle Maße genommen habe. Den Rest kann ich dann ohne dich erledigen.«

»Maße nehmen?«

»Genau. Es ist wie beim Maßschneidern eines Anzugs. Schließlich soll deine Rüstung doch perfekt an dich angepasst sein, oder?«

Die Waren im Rüstungsladen hatten Standardgrößen, um von möglichst vielen Abenteurern getragen werden zu können, weswegen sie oft an manchen Stellen drückten. Welf erklärte mir, dass die Schmiede dies so gut wie möglich zu verhindern versuchten, aber es nun einmal am besten war, wenn man Waffen und Rüstungen genau an eine Person anpasste.

»Ich wollte dir Panzerstiefel anfertigen. Oder hast du andere Wünsche?«

»Hm? Ähm ...«

»Wenn du irgendwelche Vorlieben hast, was deine Ausrüstung angeht, dann setze ich die natürlich um. Vielleicht brauchst du zum Beispiel unbedingt einen Schild oder so ...? Stimmt ja, möchtest du irgendwas Besonderes haben? Sag mir ruhig alles, was du dir vorstellst.« Welf hatte mir den Rücken zugedreht, während er allerlei Werkzeuge von der Wand nahm.

Von meinem Stuhl aus lauschte ich dem Scheppern der Hilfsmittel und dachte nach. Was genau waren denn meine Vorlieben? Etwa nur ein Kurzschwert und eine leichte Rüstung? Natürlich wollte ich auch nicht unverschämt sein. So dazu aufgefordert, mir etwas zu überlegen, fiel mir aber ohnehin einfach nichts Passendes ein. *Hm ... Es muss kein Schild sein, aber ich hätte schon gerne noch mal einen leichten Armschutz. Ach, und ein Großschwert ...*

Mein Blick fiel auf ein Regal an der Wand, an dem mehrere Waffen befestigt waren. Sicherlich hatte Welf sie alle irgendwann einmal hergestellt. Als ich die größte unter ihnen sah, musste ich an meinen Kampf gegen den Minotaurus zurückdenken. »Welf, darf ich das mal ausprobieren?« Wie verzaubert hatte ich mich dem Regal genähert und schaute mir konzentriert das blanke Großschwert an. Es hatte keinerlei Verzierungen und war einfach nur eine Waffe, aber die silberfarbene Klinge faszinierte mich irgendwie. Ich erkannte sofort, dass es genauso wie die Rüstung an meinem Körper von Welf hergestellt worden war.

»Ich habe nichts dagegen ... aber das Schwert kam aus dem Laden zurück, weil es nicht verkauft wurde.«

»Ich würde es trotzdem gerne mal ausprobieren.«

Nach kurzem Zögern nickte Welf langsam.

Ich umfasste den Griff und löste das Schwert mit einem *Tock* aus seiner Befestigung. Als ich die Schneide Richtung Decke hob, glänzte sie silbern. Reflexartig formte sich ein Grinsen auf meinen Lippen. Locker schwang ich das Schwert hin und her. Sein Gewicht war beeindruckend, es fühlte sich leicht wie ein Messer an.

Nachdem ich es zweimal testweise geschwungen hatte, bemerkte ich, dass Welf plötzlich innehielt. »Hm? Ist irgendwas?«

Auf meine Nachfrage hin schaute er zu mir herüber und lächelte verlegen. »Du möchtest kein Magieschwert haben, oder?«, fragte er mich ganz direkt.

»Wie bitte?«

»Ich hätte nie gedacht, dass du lieber einen Ladenhüter als ein Magieschwert hättest.«

Er wirkte irgendwie glücklich, aber ich brachte nur ein »Ach« zustande. Da war ja noch die Sache mit den Magieschwertern der Crozzos ... Ich war so sehr von dieser Werkstatt und den Waffen fasziniert gewesen, dass ich es ganz vergessen hatte. Als er mich daran erinnerte, wurde ich ganz nervös. Ich wusste nicht genau, wie ich darauf reagieren sollte.

Welfs Lächeln verformte sich zu einem schelmischen Grinsen. »Und was hast du gehört? Was hat deine Göttin – Hestia, richtig? – über mich erzählt?«

»Hm?!«

»Die Mitarbeiter in Babel haben es mir verraten. Eine kindlich aussehende Göttin, die in einem gewissen Laden arbeitet, hat sich nach mir erkundigt.«

Welfs Tonfall war ruhig und freundlich, aber mein Gesicht wurde immer blasser. Hatte er etwa sofort durchschaut, dass ich ein wenig herumgeschnüffelt hatte?!

»E… Es tut mir leid! Meine Göttin hat es nicht böse gemeint. Sie hat sich nur um mich gesorgt und sich deswegen über dich schlau gemacht … Das ist natürlich dennoch meine Schuld, aber …«

»Schon gut, mich stört es nicht. Wenn jemand von meinen Kameraden in eine Gruppe einer anderen Familia gehen würde, würde mich natürlich auch interessieren, was das für Leute sind. Deine Göttin ist wirklich fürsorglich«, beruhigte Welf mich.

Ich atmete erleichtert auf.

»Bell, ich hatte etwas Sorgen … dass sich deine Haltung zu mir ändern würde, wenn du mehr über mich erfährst. Tut mir leid, dass ich dich so auf die Probe gestellt habe.«

Obwohl Welf weiter lächelte, konnte man ihm sein schlechtes Gewissen deutlich ansehen. Hatte er also testen wollen, ob ich das Thema Magieschwerter von allein ansprechen würde? Hatte er Angst gehabt, dass ich ihn als Mitglied einer Familie von Magieschwertschmieden nur ausnutzen würde, um an so eine mächtige Waffe zu kommen? Der Name Crozzo war anscheinend ziemlich bekannt und vielleicht hatte ihn das nervös gemacht. Ich versuchte zu ergründen, was hinter seinen Worten steckte, aber mir kam das alles ein wenig seltsam vor.

»Wir sind vom Thema abgekommen. Noch mal von vorn. Gibt es außer einem Großschwert noch was, das du haben möchtest?«

»Äh, ja … Ähm …« Ich dachte erneut darüber nach. Ich wollte ihn auf jeden Fall um ein Kurzschwert bitten, aber schaute noch einmal zu dem Regal mit seinen Werken hinüber, um mich inspirieren zu lassen.

Als ich ihm deswegen den Rücken zudrehte, fragte er mich: »Sag mal, Bell. Ich frag mich das schon die ganze Zeit … Ist das vielleicht ein Beute-Item?«

»Hä? Ach das.«

Welf zeigte auf meinen Gürtel, an dem neben dem Hestia Knife und dem Kurzschwert auch das Minotaurushorn hing.

»Ja, genau. Das ist ein Beute-Item von einem Minotaurus ... Irgendwie wollte ich es bei mir behalten.«

Das scharfe Horn war komplett rot gefärbt. Ich wollte es eigentlich nicht nur als Glücksbringer mit mir herumtragen, aber es einfach so zu verkaufen, kam mir auch irgendwie falsch vor. Vielleicht behielt ich es, um meine Erfahrung mit diesem Monster in Ehren zu halten. Jedenfalls war es immer noch da, obwohl es ja in meinem Besitz keinen wirklichen Nutzen hatte ...

»Soll ich es dann vielleicht verwenden?«

»Hä?«

»Ich kann das Horn als Material verwenden und daraus einen Ausrüstungsgegenstand herstellen. Beute-Items von einem Minotaurus eignen sich gut für Rüstungen und Waffen.«

Ich machte große Augen. Das war es! Ein Direktvertrag! Wenn man einen zuständigen Schmied hatte, konnte man ihm Beute-Items geben, damit er daraus Waffen herstellte! Welfs Vorschlag klang wie ein Geschenk des Himmels. So müsste ich das Horn nicht einfach aufgeben, aber es würde auch nicht ungenutzt mit der Zeit verfaulen. Ich nickte eifrig. »J... Ja, bitte!«

»Dann ist es abgemacht.«

Damit hatten wir uns schon mal für das Material entschieden. Ich übergab meinem neuen Kameraden das Minotaurushorn und er drehte es mit beiden Händen in alle Richtungen, um es ganz genau zu mustern.

»Ist ein Minotaurushorn immer rot?«, fragte er.

»Hm?«

»Ach nichts ... Mal sehen. Es ist kaum beschädigt und außerordentlich hart. Wenn ich es schleife, könnte ich daraus eine ausreichend starke Waffe machen ...« Mit zusammengezogenen Augenbrauen begutachtete er das Horn und murmelte etwas. Nach einer Weile blickte er auf und schaute mich an. »Bell. Kannst du mir die Herstellung komplett überlassen? Sie wird mich etwas Zeit und Mühe kosten.«

»Bi... Bitte sehr. Was die Schmiedearbeit angeht, könnte ich sowieso keine sinnvollen Ratschläge geben ...«

»Tut mir leid und danke. Mit diesem Beute-Item kann ich allerdings nur eine begrenzte Auswahl an Waffen anfertigen ...«

Ein Kurzschwert oder zwei Dolche. Das waren anscheinend die einzigen Wahlmöglichkeiten. Da das Kurzschwert eine ziemlich dünne Klinge hätte, riet Welf mir zu Letzteren.

Ich hatte zwar das Hestia Knife, aber konnte wirklich langsam Ersatz für das Kurzschwert brauchen, das mir von der Gilde gestellt worden war. Es hatte den allerniedrigsten Rang aller Waffen und es war fraglich, ob es bei den kommenden Kämpfen gegen Monster des mittleren Bereichs noch von Nutzen wäre. Ich hielt es also für eine gute Gelegenheit, mich nun nach knapp zwei Monaten von der gewohnten Waffe zu verabschieden, und bat Welf um die Dolche.

»Gut. Verstanden. Ich werde dir erst mal nur einen Dolch herstellen. Das restliche Material kann dann seinen großen Auftritt haben, sobald sich der Schmieden-Statuswert bei mir entfaltet hat.«

»Ah ha ha ...«

Welf schaute etwas überheblich drein, weshalb ich nicht umhinkam, den Blick zu senken und verlegen zu lachen.

Da wir nicht viel Zeit hatten, machten wir uns ans Maßnehmen. Der junge Schmied nahm mehrere Werkzeuge aus einem

Eiseneimer, um meine Körpermaße zu prüfen. Besonders im Gedächtnis blieb mir dabei, dass ich meine Schuhe ausziehen musste und er die Form meiner Füße genau kontrollierte.

»Wenn wir damit fertig sind, kannst du nach Hause gehen.«

»Ähm, Welf? Was das angeht …«

»Hm?«

»Kann ich dir nicht ein bisschen bei der Arbeit zuschauen?«, fragte ich zögerlich, während ich eine Waffe in der Hand hielt, damit Welf überprüfen konnte, ob sie zu mir passte.

Ich hatte ehrliches Interesse zu erfahren, wie ein Schmied arbeitete. Einen Ort wie diesen zu besuchen, hatte in mir eine kindliche Neugier geweckt, die meinen ganzen Körper kribbeln ließ. Ich wollte zu gerne sehen, was sich hier gleich abspielen würde.

Anscheinend war mir meine Spannung genau anzumerken, denn Welf grinste verlegen. »Du bist ein komischer Kerl«, meinte er und erlaubte mir hierzubleiben.

Ich versprach hoch und heilig, dass ich ihm nicht in die Quere kommen würde. Vor lauter Aufregung waren meine Wangen ganz heiß.

»Hier im Raum wird es bald sehr warm werden, also leg deine Ausrüstung besser ab.«

»Was? Äh, ja.« Ich wusste nicht sofort, was Welf meinte, aber folgte seiner Aufforderung und legte meine Rüstung an den Rand des Zimmers. Dann trat ich nur mit meiner dünnen Unterwäsche bekleidet an den jungen Schmied heran, der sich schon dem Ofen zugewandt und damit begonnen hatte, das Feuer anzuheizen.

»Wa… Was machst du denn da?«, fragte ich.

»Ich werde das Beute-Item hocherhitzen.«

»Verbrennt das Monsterhorn dadurch nicht?!«, rief ich laut, obwohl ich vorher noch gesagt hatte, dass ich ihn nicht stören würde.

Waren Tierhörner nicht im Grunde so ähnlich wie Knochen? Nein, das wusste ich nicht so genau ... aber wenn man sie verbrannte, müssten sie doch eigentlich brüchig werden, oder?

»Es gibt einige Monsterklauen und -hörner mit metallischen Eigenschaften«, erklärte Welf.

»Metallisch?«

»Ja. Hast du schon mal von Adamantium gehört?«

Adamantium ... Das Wort kam mir bekannt vor, aber ich war mir nicht sicher. In meinem Kopf formte sich unwillkürlich das Bild eines seltenen Metalls ...

»Das ist ein Erz, das man nur im Dungeon sammeln kann. Es eignet sich von allen Stoffen am besten, um daraus Waffen herzustellen. Sein Härtegrad ist wirklich unvergleichlich hoch.«

»M... Man kann es im Dungeon sammeln?«

»Ja, manchmal fällt es genauso wie die Monster einfach aus den Wänden. Das passiert aber nur sehr selten. Ich habe gehört, dass es auch im oberen Bereich ab und zu rumliegen soll, aber meistens wird es nur von Expeditionen aus den tiefsten Ebenen mitgebracht.«

Wenn man an dieses Erz allein im Dungeon herankam, war es also nur hier in Orario zu finden. Adamantium war demnach so etwas wie eine Spezialität dieser Labyrinthstadt und so schwer aufzutreiben, dass es mindestens so viel wert sein sollte wie Magiesteine.

»Könnte es etwa sein, dass die Monster auch Adamantiumeigenschaften aufweisen, weil sie genauso wie dieses Erz aus den Wänden kommen?«

»Oho. Gut geschlussfolgert. Ganz genau. Nun ja, im Gegensatz zum eigentlichen Erz sind ihre Eigenschaften aber deutlich schwächer ausgeprägt.«

Da die Monster denselben Ursprung wie das Adamantium hatten, war natürlich nicht verwunderlich, dass sie ebenfalls metallische Eigenschaften besitzen konnten. Anscheinend betraf dies nur einen kleinen Teil aller Monster, aber Welf erklärte mir, dass es häufig bei Auswüchsen wie Reißzähnen oder Hörnern vorkam, die von den Bestien als Waffen eingesetzt wurden. *Stimmt eigentlich. Dieses Horn hat selbst das dicke Breitschwert zerbrochen.*

»Minotaurushörner haben auch metallischen Charakter und indem man sie erhitzt, kann man sie veredeln.«

»Interessant«, meinte ich.

Entscheidend war, dass man das Minotaurushorn genauso wie Metall erhitzen konnte, ohne es zu beschädigen ... Damit war der erste Schritt des Schmiedens abgeschlossen. Mir blieb das Bild des Horns im Kopf, das hocherhitzt wie ein roter Bonbon ausgesehen hatte. Genauso wie man es sonst mit einfachem Eisen machte, veredelte Welf jetzt mit seiner Schmiedekunst das Beute-Item.

»Tut mir leid, Bell, aber könntest du die Fensterläden und die Tür bitte komplett aufmachen?«, bat mich der junge Mann, während er sich mit einem Tuch die Stirn abwischte.

»J... Ja!« Wie mir geheißen, öffnete ich die Fensterläden und die Tür bis zum Anschlag.

Als ich zurückschaute, machte Welf im Ofen kräftig Zunder. Dafür nutzte er ein Beute-Item namens Flammenstein, das von einem Monster namens Flame Rock gewonnen werden konnte ... Weil man im Umgang damit sehr vorsichtig sein musste, wurde es nicht an jede Privatperson verkauft.

»Dieses Horn kann man genau wie richtiges Adamantium nur mit gewaltiger Hitze verarbeiten«, erklärte Welf, während sein Blick fest auf den Ofen gerichtet blieb.

In atemberaubender Geschwindigkeit loderte darin ein mächtiges Feuer, durch das die Temperatur im Raum enorm anstieg. Obwohl ich in großem Abstand zum Ofen stand, trieb die Wärme mir den Schweiß auf die Stirn. Anschließend machte Welf sich daran, die Temperatur genau abzustimmen. Ich hatte mich auf einen Stuhl gesetzt und schaute ihm dabei zu.

Es sollte noch lange vor der Mittagszeit sein. Ich hatte mich sicher erst vor knapp einer Stunde von Syr und Ryu verabschiedet und die anderen Abenteurer würden gerade langsam bei Babel in den Dungeon eindringen. Verglichen mit dem hell erleuchteten Raum und den lodernden Flammen wirkte die Seitengasse draußen noch viel düsterer. Wie es hinter der geöffneten Luke des Ofens immer röter wurde, machte auf mich irgendwie einen mysteriösen Eindruck.

Welfs ernstes Gesicht wurde vom prasselnden Feuer angestrahlt. »Du guckst so, als würdest du was fragen wollen«, sagte er plötzlich. Es war eine Weile vergangen. Anscheinend lief alles, wie es sollte, denn der junge Schmied schaute kurz vom Ofen auf.

»Hä?!« Ich riss die Augen weit auf, weil er mich genau durchschaut hatte, obwohl er so auf seine Arbeit konzentriert gewesen war.

»Schon gut. Du kannst mich alles fragen. Da wir einen Vertrag eingegangen sind, möchte ich nichts vor dir verheimlichen.«

Ich durfte ihn also alles fragen … Ja, eines hatte mich die ganze Zeit beschäftigt. Als ich Welfs Erklärungen gelauscht hatte, war mir eine Sache komisch vorgekommen und ich hätte die

Frage aus Versehen fast ausgeplappert. Anscheinend hatte er es bemerkt.

Welf hatte eine freundliche Ausstrahlung und ein lockeres Lächeln auf den Lippen. Sein Blick sagte, dass er mir vertraute … Zumindest kam es mir so vor.

Ich schluckte leicht und überwand mich schließlich zu fragen: »Welf, warum schmiedest du keine Magieschwerter?« Ich erinnerte mich, wie sehr er sich gefreut hatte, in mir einen Kunden gefunden zu haben. Mit Magieschwertern wäre er imstande, so viele Kunden und Geld zu bekommen, wie er sich nur wünschen konnte. Ruhm und Reichtum wären für ihn zum Greifen nah und der wahre Wert des Namens Crozzo käme voll zur Geltung. Deshalb wunderte ich mich, dass Welf die magischen Waffen nicht schmieden wollte.

»Nun ja. Dafür gibt es allerlei Gründe …« Mit verlegenem Lächeln wandte er sich erneut dem Ofen zu. Dann sprach er seine Meinung ganz offen aus: »Ich kann Magieschwerter nicht leiden. Ich habe zwar gesagt, dass meine Waren sich nicht verkaufen würden, aber tatsächlich gab es viele Kaufinteressierte … Nein, es gibt immer noch einige.«

»Was?«

»Es ist so einfach, dass es kaum zu fassen ist. Die Abenteurer sehen in einem Laden eine Rüstung oder eine Waffe von mir und sobald sie meine Unterschrift entdecken, kommen sie hierhergelaufen und bitten mich, ein Magieschwert für sie herzustellen.« Welf fischte ein Werkzeug vom Boden, um damit Luft in den Ofen zu blasen. »Sie werfen meine Produkte einfach hin und wollen Magieschwerter, Magieschwerter und nichts als Magieschwerter …

Du bist der Einzige, der das Thema nicht angesprochen hat. Nun ja. Ich weiß ja, dass meine Fähigkeiten noch unausgegoren sind ... aber das ist irgendwie echt deprimierend, verstehst du?« Im tiefroten Schein des Ofens verzog Welf traurig das Gesicht.

Selbst das Meer sollten diese beeindruckend starken Waffen einst verbrannt haben. Natürlich wollten die Kunden lieber ein Magieschwert der Crozzos statt eines normalen Produkts aus Welfs Hand. Alle Kaufwilligen, die extra dafür hergekommen waren, sahen in dem jungen Schmied selbst wenig Wert ... Ihr einziges Interesse galt dem Blut in seinen Adern. Sie wollten nur Magieschwerter haben.

»Welf, aber dann ... Ähm. Nun ja ...«

»Tja, ich bin die letzten Male echt wütend geworden. ›Niemand würde einen Auftrag von Schweinehunden wie euch annehmen‹, habe ich sie angeschrien und fortgejagt.«

»Ha ... Ha ha ha ...« Mir fehlten die Worte, also lachte ich einfach leicht aufgesetzt. Ich konnte ihn gut verstehen. Selbstredend wies er Personen ab, die seinen Werken überhaupt keine Beachtung schenkten. Nein, vielleicht wehrte er sich damit sogar gegen sein Crozzoblut. Das fand ich nachvollziehbar, aber ... »Ähm ... ist das wirklich schon alles?« Irgendetwas kam mir daran noch seltsam vor. Er hatte gesagt, dass er Magieschwerter nicht ausstehen konnte, und dafür schien es einen triftigen Grund zu geben.

Ich bekam nicht sofort eine Antwort. Welf löste den Blick vom Ofen und stand auf, um das Minotaurushorn von seiner Werkbank zu holen. Mit einer Art Meißel und einem Hammer begann er, das Beute-Item zu zerteilen. Nach zahlreichen Schlägen brach das Horn schließlich entzwei. Er nahm die vergleichsweise kleinere Hälfte und setzte sich wieder vor den Ofen. »Weißt du, wie die Crozzo-Familie Magieschwerter erschaffen hat?« Aus einiger Entfernung hielt er den Hornklumpen mit einer speziellen Zange in den Ofen.

Ich schaute ihm zu und konnte nur »Nein …« antworten.

»Ursprünglich war Crozzo der Name eines Mannes. Erst seine Nachfahren haben seinen Vornamen als Familiennamen geführt. Wir nennen ihn den Gründer. Das war, noch lange bevor die Götter in die untere Welt herabgestiegen sind.«

Das Zeitalter vor der Ankunft der Götter in unserer Welt wurde in der Regel als Antike bezeichnet. Mehr als tausend Jahre waren seitdem nun schon vergangen. Ich war ein wenig überrascht, dass der Ursprung der Crozzo-Familie so weit in der Vergangenheit lag.

»Der Gründer war ein erfolgloser Schmied. Selbstverständlich konnte er keine Magieschwerter schmieden, aber es besteht kein Zweifel, dass er das Fundament für die Crozzo-Familie gelegt hat.« Welf schwieg kurz. »Er hat mit seinem eigenen Leben ein Volk vor gefährlichen Monstern beschützt.«

»Ein Volk?«

»Naturgeister.«

»Was?!« Ich wäre vor Überraschung fast vom Stuhl gefallen.

Welf schielte zu mir herüber, bevor er nüchtern mit seiner Erzählung fortfuhr: »Der Gründer hatte tödliche Verletzungen erlitten, aber die geretteten Naturgeister versuchten, ihn irgendwie am Leben zu halten. Einer schnitt sich einen Körperteil ab und gab ihm etwas von seinem Blut.«

»A… Aber dann haben die Crozzos …«

»Ja, in unseren Adern fließt das Blut der Naturgeister.«

Naturgeister, Nymphen, Gespenster, Elementare, Dschinns … Es gab zahlreiche Bezeichnungen für diese Bewohner der unteren Welt. Verglichen mit anderen Völkern gab es von ihnen aber nur äußerst wenige und es handelte sich um mysteriöse Existenzen, über die Menschen und Halbmenschen allerlei erzählten, ohne etwas Konkretes zu wissen. Sie waren die Kinder, die die Götter am meisten liebten. Ihre Abbilder. Es hieß, sie allein seien den Gottheiten am nächsten.

»Als der Gründer das Blut der Naturgeister trank, erholte er sich schnell und bald schien es, als wäre nichts gewesen. Es war wortwörtlich ein Wunder. Außerdem war er seitdem plötzlich als normaler Mensch in der Lage, Magie einzusetzen … Deshalb konnte er auch Magieschwerter schmieden.«

Das Potenzial der Naturgeister stellte das anderer Völker weit in den Schatten. Sie waren genauso wie Elfen Vertreter der Magier. Sie waren imstande, Feuersbrünste und Stürme herbeizurufen, eine Quelle in Wäldern sprudeln zu lassen oder Edelsteine zu erschaffen. Vielleicht konnte man ihre Kräfte sogar gottgleich nennen. Zumindest vermochten sie damit wahrhaftige Wunder zu vollbringen.

»Sind die Crozzos so zu einer Familie von Helden geworden?«, fragte ich.

»Ach, das nicht. Der Gründer war weder gut noch böse, sondern einfach nur ein ganz normaler Mensch.«

Naturgeister tauchten oft in Geschichten und Heldensagen auf. Und diese waren häufig keine bloßen Erfindungen, sondern beruhten auf wahren Begebenheiten. So hatte es mir mein Großvater zumindest erklärt. Die Naturgeister hatten ihre wundersamen Kräfte in Urzeiten manchmal genutzt, um Helden zu leiten oder ihnen Kraft zu schenken. Sie hatten ihnen sozusagen einen Anstoß gegeben und ihnen geholfen, ihr Schicksal zu erfüllen, indem sie ihnen genauso wie in Welfs Geschichte ihre Magie verliehen oder sie mit mächtigen Waffen ausgestattet hatten. Einige Naturgeister sollten sogar selbst die Form von Waffen angenommen haben. Ihre Mächte hatten damals oft in enger Verbindung mit den großen Verdiensten der Helden gestanden oder sogar direkt dazu beigetragen. Als die Götter noch nicht auf Erden gewandelt waren und den Abenteurern ihre Falna gewährt hatten, waren die Naturgeister vielleicht eine Art Ersatz für deren Segen gewesen.

»Das Blut verlängerte sogar die Lebensspanne des Gründers und gab ihm die Kraft der Naturgeister. Selbst über tausend Jahre später ist es immer noch in uns. Und die Götter haben uns bestätigt, dass wir wahrhaftige Nachfahren des Gründers sind und die Erzählungen über ihn zutreffen.«

Als die Götter aus dem Himmelsreich herabgestiegen waren, hatten sich auch die zuvor weit entfernten Naturgeister stärker mit den anderen Völkern ausgetauscht. Aber da viele von ihnen sehr launisch waren, war der Kontakt nicht sonderlich vorangekommen. Unter ihnen hatten sich einzig die Gnome gut mit den Menschen und den Halbmenschen verständigt. Sie wirkten äußerlich wie Greise, aber besaßen großes Geschick in der Herstellung kostbarer Metalle und Edelsteine und hatten das Leben der Bewohner dieser Welt somit eine Zeit lang enorm erleichtert. Durch die Verbreitung des von den Göttern verliehenen Status wurde sich inzwischen immer seltener auf Naturgeister verlassen, aber sie blieben weiterhin äußerst mysteriöse Wesen, die von vielen bewundert wurden.

»Aber obwohl die Nachfahren des Gründers ihr Blut geerbt hatten, zeigte sich die Kraft der Naturgeister bei ihnen nicht mehr … Erst mehrere Generationen später, als ein Crozzo den Segen der Götter erhielt, kam etwas zum Vorschein.«

»Etwa ein Skill?«

»Ja. Zum Herstellen von Magieschwertern. So erhielten viele aus meiner Familie ohne besondere Bedingungen den gleichen Skill.«

Durch den Status war in Crozzos Nachfahren anscheinend das Potenzial erwacht, das über Generationen hinweg in ihnen geschlummert hatte. Die Kraft der Naturgeister war wiederbelebt worden.

»Danach geschah alles so, wie Mini-Lili erzählt hat. Die Magieschwerter waren um einiges mächtiger als alle gängigen Waffen und die Crozzos verkauften sich so an eine gewisse Königsfamilie.«

Zusammengefasst hatte der Gründer der Crozzos nach seiner Begegnung mit den Naturgeistern magische Kräfte besessen, wodurch seine Nachkommen im Moment der göttlichen Segnung befähigt worden waren, Magieschwerter herzustellen. Der Ruhm und der ganze Wohlstand der Familie beruhten folglich allein auf dem Blut jener rätselhaften Wesen.

»Nachdem meine Familie Land und Rang erworben hatte, konnte sie machen, was sie wollte. Durch ihre Magieschwerter war das Königreich in Kriegen unschlagbar geworden, weshalb meine Verwandten von der Königsfamilie unaufhörlich mit Lob und Belohnungen überschüttet wurden. Jeden Tag konnten sie sich an leckerem Essen und Alkohol laben … Sie waren immer noch Schmiede, aber spielten sich als Adlige auf. Was sollte dieser Unsinn denn?« Welfs Spott schien zum Teil auch gegen sich selbst gerichtet zu sein.

Er schaute weiter in die grellen Flammen im Ofen. Die Unterhaltung war abgebrochen. Eine ganze Weile war nur das Lodern des Feuers zu hören.

Irgendwann sprach der junge Mann weiter: »Die Crozzos wurden eingebildet. Sie vergaßen, dass sie ihren Erfolg allein dem Blut in ihren Adern zu verdanken hatten, und bildeten sich ein, die Kraft der Magieschwerter wäre ihr Verdienst … Aus Eigennutz und Gier stellten sie einfach Unmengen an Magieschwertern her.«

Deswegen hat Lili also von den verfluchten Magieschwertschmieden gesprochen.

Welf fuhr fort: »Die Königsfamilie, der die Crozzos dienten, wütete weiter, aber als sie die Heimat der Elfen niederbrannte, zog sie logischerweise deren Zorn auf sich …«

»Da… Davon habe ich gehört.«

»Aber nicht nur die Elfen grollten den Kriegstreibern, sondern auch die Naturgeister, die dem Gründer ihr Blut geschenkt hatten.«

»Ach so?!«

»Naturgeister leben – wie ihr Name erahnen lässt – gerne in Gegenden mit reicher Natur. Aber die Magieschwerter durchbohrten Berge, trockneten Seen aus und äscherten Wälder ein … Genauso wie die Elfen, die ihre Heimat verloren hatten, wurden auch die Naturgeister vertrieben.«

Ryu hatte mir vom Leid der Elfen erzählt, aber anscheinend hatten die Magieschwerter selbst den Wesen, die den Ursprung ihrer Kraft gebildet hatten, ihr kostbares Land geraubt.

»Der Zorn der Elfen richtete sich hauptsächlich gegen das Königreich, aber die Wut der Naturgeister vielmehr gegen die Magieschwerter und die Crozzos.«

»Ich verstehe …«

»Bald darauf geschah bei einer gewissen Schlacht etwas mit allen Magieschwertern auf einmal. Ohne vorherige Anzeichen gingen sie plötzlich kaputt. Noch vor Kampfbeginn waren sie zu nichts als Schrott geworden. Natürlich steckte die königliche Armee, die sich auf sie verlassen hatte, eine herbe Niederlage ein.«

»Und dafür waren die Naturgeister verantwortlich?«

»Ganz sicher. Seit jener Generation konnten die Crozzos keine Magieschwerter mehr herstellen. Die Familie war von den Naturgeistern verflucht worden.«

War also doch das mit verflucht gemeint? Bevor ich mich's versah, hatten sich meine Schultern vor Aufregung verspannt.

»Das Königreich erlitt danach Niederlage um Niederlage. Weil die Crozzos unnütz geworden waren, wurde ihnen die Schuld für die verlorenen Schlachten gegeben und der Rang weggenommen. Meine Familie war gefallen. Bei meiner Geburt war sie schon komplett ruiniert.«

Vom Himmel in die Hölle. Vielleicht war es Karma gewesen. Das war also die Geschichte der Crozzo-Familie, die nun am Boden war. *Aber Moment mal …* »Ähm, die Crozzos konnten also keine Magieschwerter mehr schmieden, richtig? Aber du kannst es, Welf?«

»Ja, ich kann es. Ich weiß aber auch nicht, warum.«

War der Fluch gebrochen, hatten die Naturgeister ihr Interesse verloren oder lag es vielleicht irgendwie an Welf selbst? Der Grund war unklar, aber der junge Schmied war zurzeit anscheinend das einzige Familienmitglied der Crozzos, das weiterhin Magieschwerter anfertigen konnte. Jedoch war er aus seiner Heimat geflohen, um der Kontrolle seiner Verwandtschaft zu entkommen … Nachdem er einige Zeit umhergestreift war, hatte Göttin Hephaistos ihn schließlich in ihre Familia aufgenommen.

»Auch wenn sie damit eigentlich nur unserer Familie zu neuem Ruhm verhelfen wollten, bin ich meinem Vater und anderen Verwandten dankbar, dass sie mir das Schmieden beigebracht haben. Sonst hätte ich nie erfahren, wie glücklich es einen machen kann, mit seinen eigenen Händen eine Rüstung herzustellen.«

Ich spürte, wie meine Körpertemperatur stark angestiegen war. Mein Zeitgefühl schien aus den Fugen geraten zu sein, als Welf schließlich das Beute-Item aus dem Ofen zog und auf den Amboss legte. Das Bruchstück des Minotaurushorns hatte noch seine ursprüngliche Form, aber war glühend heiß, als würde es gleich zerschmelzen.

»Es hat mir eigentlich ganz gut gefallen, meinem Vater und meinem Großvater in der rußverschmierten, stinkenden Werkstatt zu helfen. Ich erinnere mich genau, wie ich das erste Mal Eisen gehämmert habe«, murmelte Welf. Seine Stimme klang herzlich. »Aber ... als sie meine Fähigkeiten erkannten, verlangten sie von mir, Magieschwerter zu schmieden. Ich sollte den Ruf der Crozzos wiederherstellen.«

Welf griff nach einem Hammer und atmete tief durch. Im nächsten Moment formte er seine Lippen zu einer geraden Linie und seine Mundwinkel hoben sich leicht.

Zum ersten Mal konnte ich ihn richtig beim Schmieden sehen. Ich hielt einen Moment den Atem an.

»Ich sollte einfach nur ein Werkzeug herstellen, damit die Königsfamilie uns wieder beauftragt. So ein Blödsinn.« Welf schlug kräftig mit dem Hammer zu. »Das ist doch falsch. So sollten Waffen überhaupt nicht aussehen.«

Ein heftiges metallisches Geräusch schallte durch den Raum. Das Schmieden hatte begonnen. Wieder und wieder ließ der junge Mann sein Werkzeug auf das Horn hinunterschnellen, als würde er seine Gefühle hineinhämmern wollen.

»Sie sind kein politisches Werkzeug und auch kein Mittel, um Ruhm zu erlangen. Sie sind eine Verlängerung des Arms des Anwenders.«

Selbst bei kleineren Hammerschwüngen hallte es laut und grell durchs Gebäude. Indem Welf den Statuswert der Stärke benutzte, konnte er eine Kraft entfesseln, die für normale Menschen unerreichbar gewesen wäre.

»Eine Waffe hat nur einen Anwender und egal, welcher Gefahr er sich auch stellt, zumindest sie wird ihn niemals im Stich lassen. Wenn ihr Griff fest umschlossen wird, wird sie zu einem Teil des Körpers und des Geists des Trägers.«

Welf schien seinen Statuswert mal mehr, mal weniger einzusetzen, denn seine Hammerschläge sahen jeweils unterschiedlich aus. Manchmal schlug er kräftig zu, um das Metall zu dehnen. Dann wiederum eher schwach, um Feinheiten auszuarbeiten. Durch die wiederholten Hammerschläge nahm das rot glühende Horn langsam Form an.

»Und wir Schmiede müssen den Kämpfern solche Waffen anbieten, auf die sie sich verlassen können.«

Man erkannte deutlich, wie Welfs Enthusiasmus für Waffen aufflammte. Er war so aufrichtig, dass er fast übertrieben wirkte.

»In der maximalen Hitze stellt man sich dem Eisen. Nur durch die Konfrontation mit dem Metall kann am Ende eine Waffe entstehen. Was bringt es auch, halbherzig ranzugehen? Was bringt es, wenn man für ein Schwert nur sein magisches Blut einsetzt? Was bringt es, wenn man den wahren Charakter des Schmiedens vergessen hat?«

Völlig vertieft schlug er auf das Metall ein. Er wirkte beinah wie von einem Teufel besessen. Was genau sah Welf wohl gerade in diesem leuchtend roten Metallklumpen?

»Ich kann Magieschwerter nicht ausstehen. Sie zerbrechen irgendwann und lassen ihren Anwender schutzlos zurück.«

Feuerfunken und grelle Lichtblitze. Immer wenn der Hammer auf das Beute-Item traf, flogen kleine glühende Metallstücke durch die Luft. Jedoch war Welfs schwarzer Kimono gleichzeitig die Rüstung eines Abenteurers, sodass die heißen Metalltropfen einfach daran abperlten.

Erst da fiel es mir auf. Dieser leicht zerrissene Kimono war eigentlich Welfs Arbeitskleidung. Die Brandflecken und die verkohlten Stellen zeugten davon, dass er darin schon unzählige Male etwas geschmiedet hatte.

»Ich hasse Magieschwerter. Ihre Kraft lässt alles nur verderben. Sowohl die Ehre des Anwenders als auch den Stolz des Schmieds. Zumindest ist es bei den Schwertern meiner Familie so.«

Die unvergleichlich mächtigen Magieschwerter hatten zum Fall der Crozzos geführt. Sie waren die verfluchten Magieschwertschmiede. Endlich konnte ich komplett verstehen, was mit dieser Bezeichnung gemeint war.

»Ich werde keine Magieschwerter schmieden. Und wenn ich doch eins herstellen sollte, werde ich es niemals verkaufen.«

Welf lief der Schweiß in Strömen von der Stirn, doch er schwang weiter seinen Hammer. Die Schläge hallten unentwegt durch den Raum, in dem sich über die Zeit eine gewaltige Hitze angestaut hatte.

Obwohl ich nur zuschaute, vergaß auch ich völlig, mir den Schweiß abzuwischen. Als ich den Raum betreten hatte, war mir der Geruch von Eisen so unangenehm in die Nase gestiegen, dass ich sie mir am liebsten zugehalten hätte. Jetzt allerdings nahm ich ihn kaum mehr wahr. Stattdessen beobachtete ich einfach nur gebannt, wie Hammerschlag um Hammerschlag auf meinem Minotaurushorn landete.

Als ich aus einem Fenster der Schmiede blickte, brach bereits die Nacht herein. Endlich näherte sich Welfs Arbeit ihrem Ende.

»Ich bin fertig ...«

»Wow!«

Der junge Mann kam aus dem hinteren Bereich der Werkstatt und legte eine flache Schachtel auf den Tisch vor mir. Ich lehnte mich nach vorn, um hineinzuschauen, und fand darin einen rötlich schimmernden Dolch, der die Farbe des Minotaurushorns noch erahnen ließ. Seine scharfe Klinge erschien fast durchsichtig und war etwas kürzer als die des Hestia Knifes. Der Griff war bronzefarben und ähnelte somit farblich der Schneide. Wahrscheinlich war er so angepasst worden, dass er mir besonders gut in der Hand liegen würde.

»Da... Das ist, ohne zu übertreiben, echt beeindruckend ...«

»Das Material war eben gut. Das ist zweifelsohne das beste Produkt, das ich jemals hergestellt habe.«

Obwohl er offensichtlich erschöpft war, kniff Welf beim Lachen vergnügt die Augen zusammen. Er gab sich bescheiden, aber ganz sicher war er sich genau darüber im Klaren, dass er hervorragende Arbeit geleistet hatte. Sonst hätte er die Waffe bestimmt nicht als sein bestes Produkt bezeichnet.

Ich war ganz aus dem Häuschen und verbeugte mich immer wieder vor ihm.

»Ach, tut mir leid. Ich habe noch keine Scheide vorbereitet. Ich werde sie dir morgen anfertigen, bis dahin kannst du dir erst mal eine passende aussuchen, okay?«

»Sch... Schon gut. Es muss auch nicht morgen sein ... Es ist ja schon spät.«

»Nein, man muss das Eisen schmieden, solange es heiß ist«, meinte Welf, während er seinen rechten Arm dehnte.

Er ist wie ein echter Schmied, dachte ich. *Nein, er ist ja wirklich einer,* verbesserte ich mich innerlich und lächelte verlegen. Ich überlegte, ob wohl alle Handwerker so enthusiastisch wie Welf waren.

»Na gut. Dann wollen wir uns mal einen Namen ausdenken.« Während ich mit meinen Gedanken schon wieder woanders war, lehnte sich Welf noch einmal nach vorn und betrachtete die rötliche Klinge. Er rieb sich mit der rechten Hand leicht übers Kinn und überlegte einen Augenblick höchst konzentriert. Dann sagte er langsam: »Ushiwakamaru ... Nein, Mini-Mino-Dolch.«

»Nein, nein, nein, nein, nein! Der erste ist besser!«

»Hm? Du findest Ushiwakamaru besser? Also Klinge des Jungbullen?«

»Daran besteht überhaupt kein Zweifel!«, brüllte ich und spuckte Welf voller Inbrunst fast ins Gesicht. Ich flehte ihn an, mich mit dem anderen Namen zu verschonen.

»Ach so, na gut ...«, gab er schließlich nach, wenn auch offensichtlich enttäuscht. »Dann nimm mal.«

»Ja. Ich danke dir aus tiefstem Herzen, Welf.«

Er nahm die Scheide einer anderen Klinge, steckte den Dolch hinein und hielt ihn mir hin. Nachdem ich mich ein weiteres Mal bedankt hatte, streckte ich meine Hand danach aus ...

Doch dann riss er den Dolch plötzlich in die Höhe.

»Höh?« Ich schaute ihn komplett idiotisch an.

»Noch eine Sache.«

»J... Ja?«

»Hör auf, so verstockt mit mir zu reden.«

Ich riss die Augen weit auf.

»Wir kennen uns noch nicht lange und natürlich verlange ich nicht, dass du mir komplett vertraust. Aber genauso wie mit Mini-Lili kannst du ruhig auch mit mir ganz locker reden, ja? So wie mit einem richtigen Kameraden. Okay?«

Welf grinste und ich lächelte zurück.

»Abgemacht, Welf.«

Dann konnte ich mir den Dolch endlich nehmen.

Epilog: Next Stage

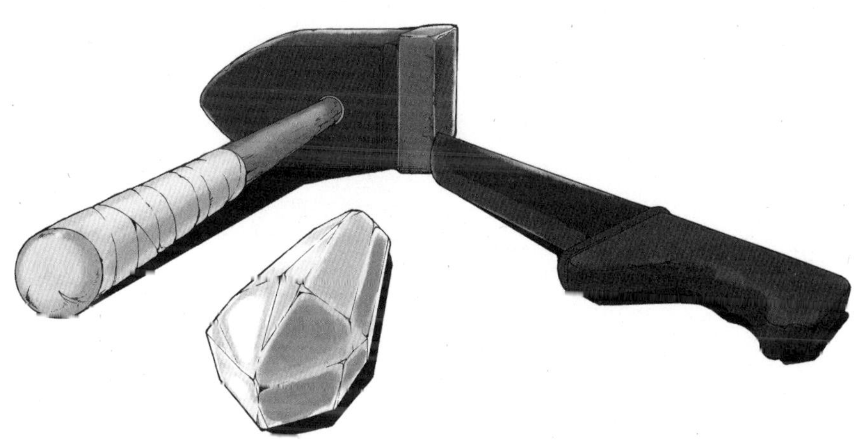

Auch an diesem Tag war es wieder laut im Empfangsbereich des Hauptquartiers der Gilde. Zahlreiche Abenteurer gingen ein und aus, doch die vielen Schritte und die Gespräche waren hier in der Besprechungskammer am Rande der Lobby nicht zu hören. In diesem schallgeschützten Zimmer saßen Bell und Eina an einem Tisch.

»Crozzo? Ähm, habe ich mich vielleicht verhört? Ist das nicht diese Schmiedeadelsfamilie?«, fragte die Halbelfin.

»Genau ... So bekannt ist der Name also?«

»Ja, schon. Abenteurer und andere Personen in dieser Branche würden beim Namen Crozzo sofort an diese Familie denken.«

Eine Woche war vergangen, seit Bell seine neue Waffe erhalten hatte, und nun berichtete er Eina von den Ereignissen rund um Welf. Er war mit dem Schmied einen Direktvertrag eingegangen und hatte in ihm einen neuen Kameraden gefunden. Weil es sich wieder um eine so beachtenswerte Person handelte, kam die Gildenbeamtin nicht umhin, etwas verlegen zu lächeln.

»Aber ich bin echt überrascht«, meinte sie.

»Wieso?«

»Na ja, wenn wirklich jemand aus der Crozzo-Familie hier in Orario ist, hätte er doch längst zum Stadtgespräch werden müssen. Schließlich ist kaum jemand den Magieschwertschmieden überlegen.«

Bell schwieg einen Moment. Welf war in Orario nur nicht bekannt, weil er den Wunsch aller potenziellen Kunden abgelehnt hatte, Magieschwerter für sie herzustellen. Es war eigentlich ganz einfach. Solange er keine magischen Waffen anfertigte, würden die Leute ihn kaum als richtigen Crozzo akzeptieren. Innerhalb der Hephaistos-Familia mochten seine wahren Fähigkeiten vielleicht bekannt sein, aber da die anderen davon nichts wussten, hielten sie ihn selbstverständlich für einen Schwindler. »Für einen falschen Crozzo ist hier kein Platz«, hatten ihm einige der wenigen Abenteurer gesagt, die ihn gefunden hatten. Und so waren mit der Zeit auch die Gerüchte über ihn verschwunden.

Bell wollte Eina natürlich keinen Vorwurf machen, aber ihre Reaktion ließ ihn deutlich erkennen, dass die meisten Welfs Wert sicherlich nur an seiner Fähigkeit maßen, Magieschwerter zu schmieden. Das deprimierte ihn ein wenig.

»Tut mir leid, kommen wir zurück zum Thema«, unterbrach er seine Gedanken und lenkte das Gespräch wieder auf den Grund für seinen Besuch.

»Äh, ja … Dürfte ich es mir noch mal ansehen?« Eina schien etwas überrascht zu sein und konnte die leichte Anspannung in ihrem Gesicht nicht verstecken, als sie aufstand.

Auch Bell erhob sich und drehte ihr den Rücken zu, bevor er seine Rüstung und sein Oberteil auszog.

Bell Cranel

Level 2

Stärke: G 267

Ausdauer: H 144

Geschicklichkeit: G 288

Beweglichkeit: F 375

Zauberkraft: H 189

Glück: I

Als Eina Bells Status überprüfte, öffnete sie leicht den Mund, aber presste die Lippen sofort wieder zusammen. Es waren erst zehn Tage vergangen, seit er auf Level 2 aufgestiegen war. Dennoch hatte sein stärkster Statuswert schon einen Sprung von drei Stufen von I auf F gemacht. Mit was für einer gewaltigen Geschwindigkeit würde er sich noch steigern?

Bell zog sein Oberteil wieder über und setzte sich hin, bevor er sich aufgeregt zu Eina nach vorn beugte. »Ich habe nun auch eine Gruppe von drei Personen. Könnte ich damit jetzt in den mittleren Bereich vordringen?«

Sein starker Wille funkelte in seinen rubellitroten Augen. Weil er sie damit so direkt anschaute, blieb Eina kurz die Luft weg und sie schloss die Lider.

Im mittleren Bereich auf den Ebenen 13 und 14 würde man Grundstatuswerte zwischen I und H benötigen. Das bedeutete, dass Bell dort schon recht sicher wäre. Zu seiner Gruppe gehörten ein kämpfender Schmied auf Level 1 und eine Supporterin mit eher mangelhaftem Status – zwei Gefährten, die kaum zu dem jungen Abenteurer mit seinen herausragenden Werten passten. Jedoch gab es keinen besonders großen Unterschied zwischen Monstern der Ebene 12 und der Ebene 13. Auf beiden Ebenen tauchten Bestien auf, die ungefähr so stark waren wir die Hard Armored, denen sie kürzlich begegnet waren. Solange Bell seine Kameraden unterstützte, bestand kaum Lebensgefahr für die Gruppe. Sie war als Ganzes also knapp stark genug, um in den mittleren Bereich vorzudringen.

»Warte mal kurz ...«

Eina öffnete die Augen und verließ die Besprechungskammer. Für einen Moment war Bell dort allein, aber die Gildenangestellte war schnell wieder zurück und hielt ihm drei kleine Papierschnipsel hin, die an Essensmarken erinnerten.

»Hier, Bell.«

»Was ist das?«

»Das sind Gutscheine für Salamanderwolle. Wenn du damit zum Turm Babel gehst, solltest du einen Preisnachlass bekommen.«

Bell schaute drein, als könnte er ihr nicht ganz folgen.

»Ich erlaube dir, in die mittleren Ebenen vorzudringen«, erklärte sie weiter. »Aber nur unter einer Bedingung: Besorg für deine Gruppe Salamanderwolle.«

»Sa... Salamanderwolle?«

»Eine Tuchart, in die der Schutz eines Naturgeistes eingewoben ist. Hörst du? Ohne dürft ihr auf gaaaar keinen Fall weitergehen! Verstanden?!«

»J... Jawohl!«, erwiderte Bell überrascht, weil Eina mahnend einen Finger hochhielt und sich eindringlich über den Tisch lehnte.

Die Halbelfenfrau hob ihre schmalen Augenbrauen, bevor sie sich seufzend wieder auf ihren Stuhl setzte. »Bell, du darfst es auf keinen Fall übertreiben. Wenn es zu gefährlich wird, musst du sofort wieder umkehren. Versprichst du mir das?«

»Ja ...« Bell nickte, als Eina ihn mit ihren smaragdgrünen Augen direkt ansah. Sie hatte ihm verdeutlicht, dass der mittlere Bereich ganz neue Gefahren mit sich bringen würde. Also verinnerlichte er ihre Worte.

»Gib dein Bestes, ja?« Die Gildenangestellte senkte den Blick wieder und lächelte wunderschön.

Bell sah ihr Lächeln und ihren Blick immer noch genau vor sich, während er zum Dungeon lief, wo seine Kameraden warteten.

»Guraaargh?!« Ein Schnitt und der Silberrücken sank kampfunfähig zu Boden.

Bell riss den rot schimmernden Dolch in seiner linken Hand herum. Es war fast so, als hätte ein grelles rotes Licht den dichten Nebel des Dungeon durchtrennt.

Keinen Moment später griff aus dem undurchsichtigen Wabern schon das nächste Monster an. Diesmal reagierte Bell mit dem Hestia Knife in seiner rechten Hand.

»Hejah!«

»Häärghs?!«

Er konterte mit einer Geschwindigkeit, die alles auf Level 1 weit überflügelte. Ein Imp wurde mitten im Flug zerteilt und gab einen Todesschrei von sich, bevor er auf den Grasboden fiel.

»Sie kommen durch den Nebel!«, hörte Bell direkt neben sich Lilis Stimme.

Die Kameraden befanden sich in Ebene 12 und ihr Ziel war der Raum mit der Treppe, die zu Ebene 13 führen sollte. Im Vergleich zu Ebene 10 war der Nebel hier um einiges dichter. Er bedeckte ungefähr die Hälfte des quadratischen Gebiets und dahinter war so gut wie überhaupt nichts zu erkennen. Jedoch konnte Lili dank ihrer guten Pallum-Augen klar sagen, dass das Ziel nahe war.

Damit sie nicht getrennt wurden, blieben die drei eng beieinander. Das Gras unter ihren Füßen raschelte. Es kam Bell vor, als würde der weiße Nebel sich wie eine Rauchfahne bewegen, als er sich plötzlich lichtete. An seiner Stelle kam eine Monsterschar zum Vorschein, die sich von allen Seiten auf ihn stürzte, und zwischen den Felswänden führte ein Weg tiefer in den Dungeon hinein. Der Rest der Wände wirkte eher wie dicke Baumstämme, doch hier war alles aus grauem Gestein, in dessen Mitte ein großes Loch klaffte.

Das ist es! Das musste der Eingang in den mittleren Bereich sein. Bells Herz hämmerte in seiner Brust.

»Puh!« Er war ein kleines Stück vorausgelaufen. Umringt von den bedrohlichen Schreien der Monster nutzte er seine Beweglichkeit für einen Angriff aus.

»Guraargh?!«

Ein Hieb mit dem roten Dolch ließ einen Hard Armored zu Staub zerfallen. Eigentlich hatte Bell auf einen Punkt etwas unterhalb der Brust gezielt, aber der Stoß hatte sich im ganzen Körper der Bestie ausgebreitet, wodurch auch ihr Magiestein zerborsten war.

Ushiwakamaru war cine einschneidige Klinge mit einer Länge von fünfzehn Celti. Da Welf sie aus einem Minotaurushorn hergestellt hatte, besaß sie eine brutale Zerstörungskraft. Hinzu kam das unfassbar scharfe Hestia Knife in der anderen Hand des jungen Abenteurers. Immer wieder durchfuhren pechschwarze und rote Schnitte die Luft. Mit seinen beiden Waffen verwandelte Bell die Monsterhorde blitzschnell in einen Leichenhaufen.

»Er geht ganz schön geschickt damit um … was?«

»Higjargh?!«

Welf grinste, als er zuschaute, wie sein Kamerad die Waffe einsetzte, die er kreiert hatte. Dann riss er das Großschwert auf seiner Schulter herum, um nach einem Monster zu schlagen. Mit einem Hieb erledigte er zwei Imps, dic Bell von der Schar getrennt hatte.

»Grooooooooonz!«

»Kommt da was?«

Ein gewaltiger Gegner ließ unter seinem Gewicht den Boden erzittern. Der Ork hielt als Waffe einen riesigen Ast in den Händen und stürzte sich damit auf Welf.

»Griiiiirgh!«

»Hä?!«

Doch unmittelbar vor dem Angriff wurde Welf von einem grellen Schrei überrascht. Das Monster, das ihn ausgestoßen hatte, flog durch die Luft. Es war eine Bad Bat. Das Fledermausmonster hatte eine tödliche Schallwelle erzeugt, die Welfs Gleichgewicht störte. Er sackte in die Knie, während der Ork ungehindert weiter auf ihn zurannte und seine mächtige Holzwaffe in die Höhe riss.

»Meister Welf?!«

Als Lili aufschrie, bemerkte Bell, in welcher Gefahr sich Welf befand. Kaum hatte er die Situation erfasst, stürmte er los, um ihm zu helfen. Zwar konnte er Firebolt nicht einsetzen, da sein Kamerad direkt in der Schussbahn zum Ork kniete, doch er schoss wie eine Kanonenkugel heran, ging in gerader Linie dazwischen und brüllte: »Lili, das Großschwert!«

Die Supporterin der Gruppe verstand sofort, was Bell vorhatte. Sie rannte neben ihm her und griff zu dem Großschwert, das notdürftig an ihrem Rucksack befestigt war. Nachdem sie einen Riemen gelockert und einen anderen fester gezogen hatte, kippte der Griff zur Seite und ihr kleiner Körper bildete mit der großen Klinge ein Kreuz. Sie schätzte Bells Laufroute ab und drehte ihren Rücken in seine Richtung.

Als wäre Lili eine lebende Schwertscheide, zog Bell die silberglänzende Klinge mit einem *Katsching* aus der Befestigung an ihrem Rucksack. Dann beschleunigte er aufs Maximum, um mit aller Kraft auf den Ork zuzustürmen, der immer noch nach Welf ausholte.

»Grooooooooooooonz!«

»Aaaaaaaaaaaaaaah!«

Gerade als das Monster den Schmied von der Seite wegfegen wollte, riss Bell seine Waffe kraftvoll nach oben und zerfetzte so die Astkeule des Monsters.

»Grurunz?!«, brüllte dieses überrascht auf. Sein Angriff war völlig ins Leere gelaufen und in seinen Augen flammte Zorn auf. Doch aufs Äußerste beschleunigt war Bell dem Ork selbst mit der schwerfälligen großen Klinge um einiges voraus.

Kurz darauf hatte Welf die Kontrolle über seinen Körper zurückgewonnen und sprang über den Kopf des Jungen hinweg, um das Monster mit seinem eigenen Großschwert zu enthaupten.

»Tut mir leid«, entschuldigte er sich anschließend und kratzte sich verlegen am Kopf.

»Ach was ... Wir sind doch Kameraden«, erwiderte Bell und lachte.

Der Schmied machte daraufhin große Augen, bevor er ebenfalls in Gelächter ausbrach.

Im nächsten Augenblick erklang ein *Kapling.* Lilis Bolzen traf die Bad Bat, die einen Moment später auf den Boden krachte.

»Na gut. Besprechen wir uns noch mal kurz.«

Nachdem der Raum von Monstern gesäubert war, hatten sich Bell und die anderen in einem Kreis auf den Grasboden gesetzt. Dieser war hier von einigen Steinen unterbrochen, die Lili genutzt hatte, um eine einfache Zeichnung in die Erde zu ritzen.

»Im mittleren Bereich werden wir uns an feste Regeln halten und eine Formation bilden. Meister Welf wird die Front übernehmen.«

»Bin ich dafür denn der Richtige?«

»Für dich gibt es doch gar keine andere Rolle hier, Meister Welf. Nein, das klang jetzt vielleicht zu eingebildet von mir ... Entschuldigung. Ich erkläre weiter.« Die mittlere der drei gezeichneten

Figuren hatte ein Messer in der Hand. »Meister Bell, du bleibst in der Mitte. Von dort aus kannst du Welf unterstützen. Du wirst sowohl angreifen als auch verteidigen müssen, sodass die größte Last sicherlich auf dir liegt ... Wäre das in Ordnung?«

»Ja, alles gut.« Bell nickte.

»Okay. Das Schlusslicht werde dann ich bilden«, sagte Lili und malte einen Kreis um die Figur ganz rechts. »Sicher ist auch euch klar, dass unsere Gruppe sehr unausgewogen ist. Wenn ich als Supporterin die hinterste Position übernehmen muss, heißt das, dass es uns an Kampfkraft fehlt. Sollte es irgendein Problem geben, könnte es schwierig sein, uns wieder zu fangen.«

»Eine Fehlentscheidung könnte also tödlich für uns enden. Ganz schön hart«, meinte Welf.

»Willst du lieber den Schwanz einziehen und abhauen? Jetzt hast du noch die Chance dazu.«

»Red keinen Unsinn. Ich muss schnell ein Hochschmied werden. Wie könnte ich da jetzt umkehren, wo das doch der kürzeste Weg dahin ist?«

Lilis und Welfs Unterhaltungen hörten sich schon so vertraut an, dass Bell ihnen einfach geistesabwesend zuschaute. Weil er auf diese Weise jedoch nichts beisteuerte, sahen die beiden ihn schließlich grimmig an.

»Was grinst du denn so?«

»Hm? Habe ich gegrinst?«

»Ja, breit übers ganze Gesicht. Meister Bell, fehlt es dir etwa an der nötigen Nervosität?«

Bell legte eine Hand an seine Wange und stellte fest, dass er wirklich lächelte, woraufhin er sich schnell entschuldigte.

»Das ist doch egal. Warum hast du so gegrinst? Das interessiert mich viel eher.«

»Ä… Ähm … Ich habe nur gedacht, dass die Erkundung des Dungeons so lebendig geworden ist … Ich bin froh, dass ich jetzt eine richtige Gruppe habe.« Mit leicht gerötetem Gesicht schaute er kurz zu Boden, bevor er seinen Blick wieder auf Lili und Welf richtete. »Findet ihr das nicht auch richtig aufregend? Wir vereinen unsere Kräfte und gehen auf ein Abenteuer.« Bells Wangen waren immer noch rosig und er lachte kurz.

Genau das machte den Beruf des Abenteurers wohl aus. Sie würden jetzt in einen Bereich vordringen, der ihnen noch komplett fremd war, und zusammen ganz neue Erfahrungen sammeln. Die Aufregung vor dem Unbekannten, das gemeinsame Voranschreiten und die Freude, die daraus resultierte … All das war unfassbar spannend. Bell vergaß vor lauter Vorfreude fast den Lehrspruch, dass ein Abenteurer sich nicht zu abenteuerlich verhalten sollte. Passend zu seinem jugendlichen Alter leuchteten seine rubellitroten Augen.

»Mu … ha ha ha ha ha ha! Ganz genau! Es ist echt aufregend! Als Mann will man ein wenig Spannung in seinem Leben haben, nicht wahr?!«

»Ich persönlich kann da zwar nicht wirklich zustimmen …«, meinte Lili. »Aber ich kann verstehen, wie du dich fühlst, Meister Bell.«

Nachdem sich alle gegenseitig angesehen hatten, lachte der junge Schmied genüsslich, während das Pallummädchen ein etwas bitteres Lächeln auf den Lippen trug, aber freundlich in die Runde blickte. Bell wusste nicht genau, woran es lag, doch das alles machte ihn unfassbar glücklich. Er ließ sich einfach von seinen Gefühlen leiten und grinste übers ganze Gesicht.

»Sind wir dann jetzt bereit?«

»Ja, alles geklärt. Lasst uns gehen.«

»Jepp.«

Die drei standen auf und näherten sich dem großen Loch in der Felswand. Dies war der Eingang in den pechschwarzen mittleren Bereich. Ein steiniger Weg führte weiter in die Tiefe und ein Stück vor ihnen war ein schwaches Leuchten zu erkennen.

Bell bekam eine Gänsehaut, aber unterdrückte sie, indem er die Fäuste ballte. *Alles gut.* Er war hier nicht allein. Die anderen beiden gehörten zwar nicht seiner Familia an, aber waren vertrauenswürdige Kameraden. Daher würde es schon irgendwie gut gehen. *Na dann!*

Das Herz des jungen Abenteurers war von einer tiefen Sehnsucht erfüllt. Und mit diesem Gefühl betrat er den mittleren Bereich des Dungeons.

Status

Level 1
Stärke: C 617
Ausdauer: D 521
Geschicklichkeit: C 645
Beweglichkeit: D 509
Zauberkraft: I 70

Magie:

Will-o-Wisp

- Anti-Magie-Feuer
- Zauberspruch:
  »Brenne nieder, abartiges Werk!«

Skills:

Crozzo Blood

- Befähigung zum Schmieden von Magieschwertern
- Verstärkung von Magieschwertern im Einsatz

Großschwert

- Extralange, breite einseitige Klinge
- Von Welf persönlich hergestellt. Kann im Grunde alle Gegner im oberen Bereich zerschneiden.
- Kein Name, da für den Eigengebrauch. Nur Ausrüstungsgegenstände für andere erhalten Namen.

Welf Crozzo
Zugehörigkeit: Hephaistos-Familia
Volk: Mensch
Beruf: Schmied
Tiefste Ebene: Ebene 12
Waffe: Großschwert
Geld: 94.000 Valis
Kimono
• Eigentlich für die Arbeit in der Schmiede gedacht. Schützt sehr gut vor Feuer und Hitze, aber sonst nur geringe Verteidigungskraft.
• Darüber normalerweise noch Schutzkleidung.
uzuhito Yasuda

Die Kurzgeschichten *Quest X Quest* und *Campanella an die Göttin* erschienen ursprünglich im *GA Bunko Magazin* 5/2013 und *GA Bunko Magazin* 2/2013. Für diese Ausgabe wurden sie ergänzt und bearbeitet.

Quest
Quest

Der Himmel war strahlend blau. Hatte sich das Wetter stabilisiert? Zumindest war über Orario nun schon mehrere Tage keine Wolke zu sehen gewesen.

Ein angenehmer Sonnenschein fiel auf die westliche Hauptstraße, auf der sich hier und dort schon Stadtbewohner zeigten, die jeweils unterschiedliche Dinge in den Händen hielten und wild durcheinanderliefen. Hier trug eine Person einen Korb mit Früchten auf dem Kopf. Da hatte sich eine andere Stoffe – wahrscheinlich Wäsche – unter die Arme geklemmt. Und dort lief jemand, der in seiner feinen Kleidung wie ein wohlhabender Händler wirkte. Immer mehr Leute tummelten sich hier, sodass es lauter und lauter wurde, bis der Lärm selbst die ratternden Pferdewagen auf der Straße übertönte. Neben Menschen waren auch verschiedenste Halbmenschen unterwegs. Es war ein buntes Treiben.

»Hach … Heute war es auch wieder richtig hart …«

Während ich mir die anderen Stadtbewohner ansah, schlängelte ich mich mit unsicheren Schritten zwischen ihnen hindurch. Dies war jetzt schon der dritte Tag, seit Aiz mir angeboten hatte, mir das Kämpfen beizubringen. Das Training hatte noch lange vor Sonnenaufgang in tiefster Dunkelheit begonnen, weswegen mein Körper schon geschunden war, bevor ich überhaupt zum Dungeon gelangt war. Wahrscheinlich hatte ich dabei auch deutlich mehr Schaden eingesteckt, als mir die Monster heute zufügen würden.

Während ich das Lachen der Leute über das Pflaster hallen hörte, trat ich kräftig auf, um meinen verletzten Körper anzutreiben. Ich machte das alles nur, um stärker zu werden. Nur um meine Lehrmeisterin einzuholen. Genau das sagte ich mir immer wieder, als ich mich zum gewohnten Treffpunkt mit Lili weiterschleppte, um mit ihr zusammen in den Dungeon einzudringen.

»Bell ... Beeell ...«, rief mich eine monotone, lang gezogene Stimme.

Ich hielt an und drehte mich in die Richtung, aus der sie gekommen war. Da erblickte ich eine Tiermenschenfrau, die der Miach-Familia angehörte. Es handelte sich um eine Chianthrope – einen Hundemenschen – namens Naaza. Sie stand in einer Gasse zwischen zwei Gebäuden und winkte mir zu. Ihre Kleidung wirkte etwas seltsam, denn ihr Oberteil war links kurz- und rechts langärmlig. Außerdem steckte ihre rechte Hand in einem ledernen Handschuh. Ihr Hundeschwanz schaute unter einem langen Rock hervor und ihre Lider waren halb geschlossen, während sie zu mir herüberschaute.

Ich war kurz überrascht, aber bahnte mir dann durch die Passanten hindurch einen Weg zu ihr. »Ähm. Guten Morgen. Was machst du denn hier?«

»Hm. Nun ja ...«

Ich traf sie zum ersten Mal an diesem Ort. Als ich verwirrt meinen Kopf schief legte, sah sie mich mit unverändert müden Augen an und bewegte nur die Lippen.

»Ich habe hier auf dich gewartet, Bell. Mir wurde gesagt, dass ich dich so treffen könnte.«

Wenn ich mich von zu Hause aus zum Dungeon begab, nahm ich normalerweise immer diese Strecke über die westliche Hauptstraße. Anscheinend hatte Naaza sich über mich erkundigt und bereits nach mir Ausschau gehalten.

»Ich hätte eine Quest. Könnte ich dich vielleicht bitten, dich darum zu kümmern?«

»Eine ... Quest?«

»Ja, ich belohne dich auch dafür … Könntest du mir bitte das hier besorgen?« Sie reichte mir einen Zettel.

Ich schaute zwischen der Notiz und Naazas Gesicht hin und her. Sie senkte leicht ihr Haupt.

»Würdest du mir und Gott Miach bitte helfen …?«

»O… Okay …«

»Es gibt keine Zeitbegrenzung, aber möglichst schnell wäre gut … Ich verlasse mich also auf dich.« *Wusch* winkte sie mir noch einmal gut gelaunt zum Abschied, bevor sie in der Gasse verschwand und sich auf den Weg zurück zur Unterkunft der Miach-Familia machte.

Ich schaute ihr hinterher und blinzelte mehrfach. *Ähm. Hat sie mich etwa auf einen Botengang geschickt?* Auf dem Pergament, das sie mir gegeben hatte, standen mehrere Monsternamen in Koine und darunter noch einige andere wellenartige Zeichen. Ich kratzte mich am Kopf und ging erst einmal weiter, um mich mit meiner Kameradin zu treffen.

»Eine Quest?«, fragte Lili überrascht.

»Ja.« Ich nickte.

Wir waren am Rande des Zentralplatzes in der Nähe des Turms Babel. Unser Treffpunkt war ein großer Laubbaum, unter dem einige Sitzgelegenheiten aus Backstein standen. Durch die Blätter über unseren Köpfen fielen ein paar Sonnenstrahlen auf meine Wangen, als ich Lili von der kurzen Unterhaltung mit Naaza erzählte.

»Das ist ja komisch«, meinte meine Kameradin. »Auch wenn die Familia natürlich viel Kontakt mit anderen hat, ist es äußerst seltsam, dass sie einem niederrangigen Abenteurer so direkt einen Auftrag erteilt.«

»Was meinst du damit?«

»Nun ja. Normalerweise beinhalten Quests, die direkt von Familias vergeben werden, schwierige Aufgaben, die eigentlich von hochrangigen Abenteurern erledigt werden.«

Da Lili schon jede Menge Erfahrung als Supporterin hatte, wusste sie viel mehr allgemein bekannte oder auch weniger bekannte Dinge über den Dungeon und das Abenteurerleben als ich. Sie hatte von zahlreichen Leuten die verschiedensten Informationen erhalten und fand die aktuelle Situation daher umso verwunderlicher. Etwas ratlos legte sie den Kopf schief.

»Könnte ich das mal sehen?«, fragte sie und nahm sich das Pergamentpapier. »Hm. In der Tat ist der Inhalt des Auftrags auf dem Niveau, dass sich jemand auf Level 1 darum kümmern könnte, aber ...« Auf dem Zettel stand, man solle Blue-Papilio-Flügel sammeln. Lili verzog das Gesicht und schaute mit ihren kreisrunden Augen zu mir auf. »Meister Bell, könnte es sein, dass du nur ausgenutzt wirst? Du hast nicht nachgefragt, worin die Belohnung wirklich besteht, oder? Mir kommt es so vor, als hätte sie dir nur eine lästige Aufgabe aufgedrückt ... die sie möglichst kostengünstig erledigt haben möchte.«

»Da... Das kann ...« *... doch nicht sein,* wollte ich sagen, aber ich war mir da selbst nicht so sicher. Ich musste daran denken, dass Naaza mir früher schon einmal Heiltränke angedreht hatte. Obwohl es vielleicht unfair war, hatte ich das Gefühl, dass Lilis Deutung möglicherweise zutraf. Um den Schweiß auf meiner Stirn zu verstecken, wechselte ich schnell das Thema: »Ä... Ähm. Aber was ist eine Quest denn überhaupt? Irgendwie kommt mir der Begriff durchaus bekannt vor, aber ...«

Tatsächlich konnte ich mich vage daran erinnern, dass Eina mich ganz zu Beginn ermahnt hatte, nur nicht auf seltsame Quests hereinzufallen. Aber da ich mich nach dem Treffen mit Aiz so eifrig auf den Weg zum Dungeon gemacht hatte, war ich mit meinen Gedanken ganz woanders gewesen und hatte überhaupt keine Zeit gehabt, mich um Naazas Anliegen zu kümmern.

Als ich nachfragte, legte Lili einen Finger ans Kinn und dachte nach. »In der Tat ist es etwas, mit dem du eigentlich noch nichts zu tun hattest, Meister Bell ... Stimmt. Vielleicht sollten wir den heutigen Tag mit dieser Quest verbringen.«

»Ähm, aber ...«

»Das ist doch eine gute Chance. Außerdem scheinst du in letzter Zeit immer sehr erschöpft zu sein ...« Sie schien meine innersten Gefühle durchschaut zu haben, denn ich schaffte es momentan wirklich kaum, mir Ruhe zu gönnen, da ich jene Person unbedingt einholen wollte.

Als sie mich weiter forschend ansah, brachte ich nur ein »Ähm« hervor. Ich konnte deutlich spüren, dass sie mir Vorwürfe machte, weil ich ihr verheimlichte, früh morgens mit Aiz zu trainieren.

»Manchmal muss man auch mal Pause machen, Meister Bell. Wir atmen heute also ein wenig durch und kümmern uns stattdessen um diese Quest.«

»Das stimmt wohl. Dann machen wir das so.« Ich lächelte verlegen, weil Lili offensichtlich komplett die Führung übernommen hatte. Doch ich wollte auch ehrlich auf ihren Vorschlag eingehen. Ganz sicher hatte sie damit genau die richtige Entscheidung getroffen.

»Dann lass uns erst mal zur Gilde gehen. Auch für die Zukunft solltest du besser ein bisschen mehr über Quests lernen«, sagte meine Kameradin fröhlich, bevor sie sich meine Hand schnappte und mich hinter sich herzog.

»Quests sind simpel ausgedrückt ein Sammelbegriff für Aufträge, die Abenteurern gegeben werden.«

Wir gingen zu zweit die nordwestliche Hauptstraße entlang. Sie war etwas breiter als die anderen Hauptstraßen und wurde auch Abenteurerstraße genannt, da hier immer viele Angehörige dieses Berufsstands anzutreffen waren.

»Der Auftraggeber, der in solchen Fällen meistens Klient genannt wird, führt jeweils ein Problem an, das ein Abenteurer für ihn lösen soll, und stellt für die erfolgreiche Auftragserfüllung eine passende Belohnung in Aussicht.«

»Das ist ja ein wenig wie die Beziehung zwischen den Göttern und uns, denn sie segnen uns mit der Falna und im Gegenzug unterstützen wir sie, nicht wahr?«

»Ähm, wie nennen die Götter das noch mal? Ach ja, *Give and Take.*«

Über die mit Steinplatten gepflasterte Straße hallten unzählige Schritte. Es war noch früh am Morgen und viele Abenteurer begaben sich vor der Erkundung des Dungeons zum Hauptquartier der Gilde oder zu Ausrüstungsläden, um sich dort vorzubereiten. Eine Gruppe Elfen in wunderschönen Kleidern zog meine Aufmerksamkeit auf sich, weswegen Lili mir ihren Ellenbogen in die Seite rammte. Sie blies ihre Wangen auf und ich entschuldigte mich mehrmals. Dann wackelte sie mit den Ohren und fuhr mit ihrer Erklärung fort.

»Ein typisches Beispiel für eine Quest wäre … dass ein schwacher Klient an seiner Stelle einen Abenteurer in den Dungeon schickt, um dort Materialien oder Ähnliches zu sammeln.«

»Klingt ganz nach der Labyrinthstadt, oder?«

»Hi hi. Oh ja.«

Eine Weile hatten wir uns von der Abenteurerwelle mitreißen lassen, als vor uns auch schon das gewaltige weiße Steingebäude auftauchte. Das Hauptquartier der Gilde erinnerte an einen großen Tempel. Wir schritten durch den Vorhof und betraten den Empfangsbereich, in dem jede Menge Abenteurer dicht gedrängt herumliefen. Lili hatte sich in ein Tiermenschenmädchen verwandelt und zuckte immer wieder mit ihren Katzenohren. Vor dem Schwarzen Brett blieben wir stehen.

»Die meisten Quests werden über die Gilde ausgehängt. Das hier ist eine Übersicht aller aktuellen Auftragsangebote.«

An der breiten Tafel hingen zahlreiche Pergamentpapiere. Auf vielen davon standen wichtige Informationen über den Dungeon, die die Gilde selbst herausgab, aber wie Lili erklärte, handelte es sich beim Großteil um Quests, die die Abenteurer für Drittpersonen erledigen sollten. Auf den Ausschreibungen waren der Auftragsinhalt und die Belohnung für seine Erfüllung vermerkt und sie waren am unteren Ende zur Verifizierung jeweils mit der Unterschrift des Klienten oder dem Emblem der Familia versehen.

»Ähm … ›Sammle zehn Höllenhundfangzähne‹ … ›Ich möchte diese Belohnung gegen eine Frucht des Edelsteinbaums auf Ebene 24 tauschen‹ … ›Suche temporäre Gruppenmitglieder für das Bezwingen eines Ebenenherrschers. (Achtung: Nur Abenteurer auf Level 3 oder höher)‹ …« Als ich die unterschiedlichen Quests laut vorlas, fiel mir eine Sache auf: Sobald es einen Schwierigkeitsgrad gab, schienen die meisten für mich in unerreichbarer

Ferne zu liegen. Nur der Auftrag »Sammle 30 Orkhörner« wäre für mich vielleicht noch machbar.

»Wie du siehst, geht es bei den meisten Quests im Dungeon um den mittleren Bereich oder Ebenen, die noch darunter liegen.«

Der mittlere Bereich begann ab Ebene 13 und war somit das Gebiet der Abenteurer ab Level 2. Häufig wurden alle, die überhaupt einen Rangaufstieg geschafft hatten, als hochrangige Abenteurer bezeichnet.

»Warum gibt es denn für den oberen Bereich so wenig Aufträge?«

»Die meisten Familias oder einfachen Abenteurer können solche Aufgaben auch ohne Hilfe gut erledigen. Fast jeder schafft es doch bis Ebene 7, oder?«

Ach, verstehe. Mindestens die Hälfte der Abenteurer in Orario hatten noch gar keinen Rangaufstieg erreicht. Auch auf Level 1 waren die meisten von ihnen imstande, die oberen Ebenen zu bewältigen. In den mittleren Bereich konnte hingegen nur eine begrenzte Anzahl an Abenteurern vorstoßen. Deshalb gab es natürlich viel mehr Aufträge, die sich um jene Ebenen drehten. Das hatte Lili also damit gemeint, dass die meisten Quests eher für höherrangige Abenteurer gedacht waren.

»Quests, die von der Gilde ausgehängt werden, sind für Abenteurer natürlich sehr interessant. Denn das bedeutet, dass die Klienten Familias oder Händler sind.«

»Hm?«

»Kurz gesagt gibt es für sie eine sichere Belohnung ... Man kann sich auf sie verlassen.«

Ich verstand es noch nicht ganz, aber Lili hatte sich schon wieder in Bewegung gesetzt. Wir ließen das Schwarze Brett und schließlich das Hauptquartier der Gilde hinter uns.

»Es gibt aber auch Quests, die etwas verdächtig sind. Manchmal wird der Name des Klienten geheim gehalten oder der Inhalt wirkt ein wenig fragwürdig.«

»Ähm ... Wird vielleicht auch bei der Belohnung betrogen?«

»Oh, du bist echt clever, Meister Bell. Ich bin froh, dass du auch langsam ein wenig mehr mitdenkst.« Lili lächelte, als würde sie als Lehrerin einen Schüler loben. »Übrigens ist das ein Trick, den ich auch oft angewandt habe«, sagte sie und grinste übers ganze Gesicht.

Was für Schabernack hast du denn mit den Abenteurern alles getrieben, Lili?

»Jedenfalls werden Aufträge von Privatpersonen – auch wenn man ihnen weniger als denen bei der Gilde vertrauen kann – in Schenken wie dieser gesammelt. Aber es sind größtenteils Quests mit ein oder zwei Eigenheiten.«

Lili zeigte auf ein Wirtshaus an der nordwestlichen Hauptstraße. Wie am Emblem über dem Eingang zu erkennen war, gehörte es zu einer bestimmten Familia. Die Aufträge, die dort zu finden waren, konnte man vielleicht als informelle Quests bezeichnen. Angeblich stahlen die Mitglieder der besagten Familia auch Auftragsdaten, arbeiteten als Informanten und verdienten ihren Lebensunterhalt auf diese Weise mit Vermittlungsgebühren und dem Verkauf von Informationen – eine brillante Idee. Auf der Welt schien es wirklich alle möglichen Familias zu geben.

»Auf jeden Fall solltest du von Quests, die nicht über die Gilde ausgeschrieben wurden, lieber die Finger lassen, außer du willst sie dir gehörig verbrennen ... Selbst wenn der jeweilige Auftrag von einer Familia kommt, mit der du ein gutes Verhältnis hast.«

Ich verstand genau, was Lili mir sagen wollte. Ich hätte Naazas Quest nicht annehmen sollen, da sie nicht über die Gilde vermittelt worden war. Aber trotz ihrer eindrücklichen Worte dachte ich, dass doch eigentlich jeder versuchen würde, der Bitte einer Bekannten nachzukommen. Musste man sich davor wirklich so sehr hüten?

»Deswegen sage ich immer, dass du zu gutherzig bist, Meister Bell. Ich sollte es dir nicht extra erklären müssen, aber deine Naivität wird leicht von anderen ausgenutzt, um dich reinzulegen.«

Anscheinend musste sie an früher zurückdenken. Zumindest konnte sie jetzt offen mit mir sprechen. Ich war mir dessen ja auch schon ein wenig bewusst geworden, aber wollte ihr dennoch nicht einfach so zustimmen.

»Tja, aber solange ich an deiner Seite bin, werde ich schon aufpassen, dass du nicht in einen zu großen Schlamassel gerätst, Meister Bell. Nun gut. Das wären die allgemeinen Erklärungen zu Quests. Wollen wir jetzt zum eigentlichen Thema kommen?«

»Äh, ja.«

Während wir die große Straße entlanggingen, warf ich einen weiteren Blick auf das Pergamentpapier. Ich las es noch einmal durch, um Naazas Quest genau zu erfassen. *Hm, Blue-Papilio-Flügel …* »Blue Papilio sind doch ganz schön selten, oder?«

»Ja. Sie tauchen in den oberen Ebenen zwar schon ab und zu auf und sollten auch keine Gefahr für dich darstellen … aber es wird hart werden, sie überhaupt zu finden.«

»Das stimmt wohl …«

Naaza hatte zwar gemeint, es gäbe keine Zeitbegrenzung … aber vielleicht hatte ich mir hier wirklich eine ziemlich lästige Quest andrehen lassen. Ich blickte etwas niedergeschlagen drein, aber Lili lächelte mich an, um mir ein wenig die Sorgen zu nehmen.

»Keine Angst, Meister Bell. Ich hätte da eine Idee. Wir bereiten uns kurz vor und gehen dann in den Dungeon.«

Lili kümmerte sich wirklich immer zu gut um mich. Es tat mir leid, dass meine Supporterin jedes Mal meine Schwächen ausgleichen musste, aber genau deswegen war sie so eine wertvolle Kameradin.

Blue Papilios waren Schmetterlingsmonster, die vor allem auf Ebene 7 auftauchen sollten. Sie hatten vier leicht transparente, blaue Flügel, von denen beim Fliegen zart glänzender Staub herabfiel, der die Bewegungsfähigkeit von Abenteurern einschränken konnte. Anders als andere Monster waren Blue Papilio sehr hübsch, aber gleichzeitig auch sehr selten, weswegen man kaum die Chance bekam, einen zu erblicken.

Ein Monster galt als selten, wenn es nur vereinzelt und auf wenigen Ebenen erschien. Dementsprechend rar und wertvoll waren seine Beute-Items – so auch bei den Blue Papilios. Zwar sollten sie verglichen mit anderen seltenen Monstern noch relativ häufig anzutreffen sein, aber bei normalen Erkundungstouren entdeckte man sie dennoch nicht so einfach. Ein Beweis dafür war, dass ich bisher noch nie einem begegnet war.

Ich musste an all die Dinge aus dem Monsterlexikon zurückdenken, die Eina mir eingetrichtert hatte. Aus diesem Grund war ich sicher, dass wir diese Quest nicht an einem Tag abschließen können würden.

»Wir sind schon ziemlich weit, oder?«, meinte ich.

»Ja, wir sollten gleich den südlichen Rand der Ebene erreichen.«

Wir befanden uns auf Ebene 7. Nachdem wir unterwegs bei einem Hilfsmittelladen vorbeigeschaut hatten, waren wir in den

Dungeon eingedrungen und hatten inzwischen das Gebiet erreicht, in dem Blue Papilios auftauchen sollten.

Auf Lilis Anraten waren wir die schmalen Gänge des Labyrinths entlanggegangen und nun war schon ungefähr eine Stunde vergangen. Statt wie sonst den direkten Weg zur Treppe in die nächste Ebene zu nehmen, sahen wir uns intensiver auf Ebene 7 um. Eigentlich führte der Dungeon immer weiter in die Tiefe und es gab wenig Gründe, solche Seitenwege einzuschlagen, aber irgendwie kam mir das ganz aufregend vor und ich erledigte die auftauchenden Monster im Handumdrehen mit dem Hestia Knife und dem Kurzschwert. Lili las schnell den Magiestein einer Killerameise auf, die ich besiegt hatte.

»Lili, was soll es denn hier am Rand des Dungeons geben?«

»Eine Dungeon-Pantry.«

»Pantry? Eine Speisekammer?«, fragte ich und sah im selben Moment, wie sich die Umgebung des Durchgangs veränderte, den wir genommen hatten.

Die grünlichen Wände, die schwach phosphoreszierende Decke und auch der Boden wurden immer unebener. Ich hatte fast das Gefühl, gar nicht mehr in einem Labyrinth zu sein, sondern mich in eine Höhle verirrt zu haben.

Ich blinzelte überrascht, als auch das typische Leuchten an der Decke zunehmend schwächer wurde. *Ein Licht …* Stattdessen entdeckte ich hinter einer Biegung des höhlenartigen Gangs ein seltsames grünliches Flimmern. Ich blieb stehen und drehte mich wortlos zu Lili um, aber auch sie sagte nichts und nickte einfach nur. Ich schluckte, bevor ich weiter in den Höhlengang hineinschritt.

Mein Puls raste und ich spürte ein Kribbeln im Bauch. Weil ich mich langsam an den Dungeon gewöhnt hatte, hatte ich dieses Gefühl der Konfrontation mit dem Unbekannten schon lange nicht mehr gehabt. Ein fremdes Gebiet, die Erwartung, gleich einen Ort zu erreichen, den ich noch nie gesehen hatte, ließ mein junges Abenteurerherz höherschlagen. Eine gewisse Anspannung mischte sich mit brennender Neugierde. Ich achtete auf jedes kleinste Geräusch in der Umgebung, während ich langsam meinen Kopf um die Ecke streckte und das grüne Licht ergründete.

Plötzlich fehlten mir die Worte. Vor mir lag ein riesiger Raum. Selbst in tieferen Ebenen hatte ich eine so große Fläche noch nirgends gesehen. Vor allem beeindruckte mich der grüne Quarzstein, der hoch vor mir aufragte. Sein grünlicher Schimmer vertrieb die Dunkelheit des Höhlenraums komplett und färbte alle Wände ein. An mehreren Stellen war die Kristallsäule von Baumrinde umgeben, die sie wie eine Art Quarzbaum wirken ließ. Jedenfalls schien das grünliche Leuchten allein von dieser Mischung aus Kristall und Pflanze auszugehen.

Sind das Monster? Aus dem Quarzbaum trat eine durchsichtige Flüssigkeit aus, die langsam zu den Wurzeln hinabrann und dort einen kleinen Teich bildete. Als würden sie von dieser Flüssigkeit angezogen, hatten sich Killerameisen und Pupurmotten an den Baum geklammert. Auch Hornhasen schleckten von dem Saft, der sich an den Wurzeln gesammelt hatte.

»Bist du überrascht?«

»Lili ...«

»Das hier nennt man Pantry ... Hier versammeln sich die Monster des Dungeons, um Nahrung zu sich zu nehmen«, erklärte meine Kameradin heiter, während ich weiterhin geistesabwesend die Szenerie betrachtete.

Auch wenn die Monster aus den Dungeonwänden geboren wurden, waren sie normale Lebewesen, die selbstredend irgendwann Hunger bekamen. Es gab zwar welche, die Abenteurer oder sich gegenseitig fraßen, aber anscheinend ernährten sich die meisten von solchen Gaben, die der Dungeon und somit ihre Mutter ihnen schenkte. Dieser Raum war eine Nahrungsquelle für die Monster. Daher war die Bezeichnung als Speisekammer des Dungeons sehr passend.

»Und hier gibt es vielleicht auch Blue Papilios?«

»Genau. Anstatt ziellos nach ihnen zu suchen, finden wir eher welche, wenn wir uns hier auf die Lauer legen.«

Das verstand ich. Dungeon-Pantrys gab es laut Lili außer in den ersten beiden Ebenen eigentlich auf jeder zwei oder drei Stück. Statt also das ganze weite Ebenengebiet abzusuchen, konnten wir hier einfach auf hungrige Blue Papilios warten wie Jäger auf ihre Beute.

»Komm, Meister Bell. Starr nicht zu lange hin. Wir sollten uns schnell verstecken. Wenn die Monster uns entdecken, könnte das echt zum Problem werden.«

»Ach ... Sti... Stimmt.«

Lili gab mir einen Stoß in die Seite, weil ich einfach so im Höhleneingang herumstand. In den großen Raum führten neben dem Weg, den wir genommen hatten, noch zehn weitere Gänge, sodass ständig weitere Monster auftauchten. Würden wir entdeckt, müssten wir vielleicht gegen alle auf einmal kämpfen ... So etwas wollte ich mir gar nicht ausmalen. Wir gingen leise an den Rand des großen Bereichs.

»Entschuldige.« Lili zog schnell ein großes Tuch aus ihrem Rucksack hervor, das beinah von derselben grünlichen Farbe wie die Wände war und somit gut mit ihnen verschmolz. Bevor ich mich's versah, hatte sie den Stoff bereits weit ausgebreitet und über unsere Köpfe geworfen.

»Deshalb hast du ihn also gekauft …«

»Ja. Auf Ebene 7 gibt es keine Monster, die allein auf Gerüche reagieren. Wenn wir uns nicht bewegen, sollten wir uns demnach gut verbergen können.«

Die ganze Zeit hatte ich mich gewundert, wofür Lili diesen Gegenstand aus dem Hilfsmittelladen wohl brauchen würde … Dafür also. Weil wir uns unter unserem tarnfarbigen Tuch perfekt in die Umgebung einpassten, schienen uns die Monster, die eh aufs Essen konzentriert waren, keinerlei Beachtung zu schenken.

»Mo… Moment mal, Lili. Muss das denn so eng sein?«

»Ja, schon. Ich hatte nun mal nur begrenzt Platz im Rucksack und musste daher eine kleine Decke kaufen. Stimmt. Wir sollten noch enger zusammenrutschen!«

Ich wurde ganz unruhig, weil Lili ihren kleinen Körper so fest an mich drückte. Als würde sie mir ihren kompletten Leib anvertrauen, umschlang sie von rechts fest meinen Oberkörper. Selbst durch meine Kleidung hindurch konnte ich ihre weiche Haut spüren und wurde puterrot im Gesicht.

Was sie gesagt hatte, ergab zwar Sinn, aber irgendwie kam es mir so vor, als hätte sie einfach nur große Freude daran, so eng an eng unserer Beute aufzulauern. Ich zappelte ein wenig unter dem Stoff und flüsterte leise: »Sti… Stimmt ja. Wir haben doch eine Falle, um Monster anzulocken, oder? Aber wenn es hier Futter gibt, können wir sie damit doch gar nicht ködern …« Um meine Scham zu verstecken, wechselte ich das Thema.

Lili lächelte immer noch so fröhlich wie eine Grinsekatze und antwortete auf meine Bedenken: »Meister Bell, hättest du es nicht auch irgendwann über, immer das Gleiche essen zu müssen?«

»Ach ...«

»Hi hi. Genauso ist es. Die Monster sind nun mal wahre Gourmets.«

Während wir warteten, hörte ich Lili fasziniert zu und hatte den Eindruck, dank ihr erneut etwas zu lernen. Auf meine Nachfrage, warum denn kein Abenteurer hier auf Monsterjagd ging, erklärte sie mir, dass die Pantry zu weit abseits der Treppen zwischen den Ebenen lag. Zwar hatte jede Ebene mehrere solche Orte, aber man brauchte dorthin ungefähr doppelt so lange wie zur nächsten Treppe – ganz zu schweigen davon, dass sie schwer zu finden waren und man auch stark genug sein müsste, alle Monster in einer Pantry zu besiegen. Deshalb lohnte es sich ihr zufolge mehr, tiefer in den Dungeon einzudringen und die Magiesteine stärkerer Bestien zu sammeln. Außerdem war es gefährlich, da man bei einer falschen Aktion leicht von einer enormen Anzahl an Monstern überwältigt werden konnte. Aus diesen Gründen wählten Abenteurer als Kampfschauplatz nur selten eine Pantry aus.

Ich würde auch nur ungern diese wunderschöne Natur verschandeln, dachte ich ehrlich, während ich unter dem Tuch saß und mir weiter dieses Schauspiel anschaute. Das angenehme grüne Licht erfüllte den gesamten weiten Raum und der Kristallbaum glänzte umwerfend schön. Wie ein See im Mondschein leuchtete auch der Teich, der sich um den Baum herum gebildet hatte und an dessen Ufer weiße Blumen mit blauen Stängeln blühten. Manchmal streckten die Hornhasen ihre Köpfe dazwischen hervor. An anderen Stellen ruhten sich Purpurmotten im Licht aus oder bewegte sich eine Schar Killerameisen raschelnd auf den Baum zu.

Die grüne Umgebung wirkte friedlich auf mich. Eigentlich waren die Monster brutal und hässlich, aber an diesem Ort wirkten sie irgendwie hübsch. Ich war mir natürlich darüber im Klaren, dass diese Bestien die Feinde der Menschen und anderer Völker waren. Stünde man ihnen gegenüber, würde man von ihnen angegriffen. Sie stellten eindeutig eine Gefahr dar. Und dennoch wollte ich diese traumhafte Szenerie irgendwie unbeschadet lassen. Bei ihrem Anblick verlor ich mich völlig in Gedanken.

»Meister Bell ...!«

»Hm?«

Lilis Schulter verspannte sich plötzlich und sie zog an meinem Arm. Sofort war ich wieder im Hier und Jetzt und folgte ihrem Blick. Dann machte ich große Augen, denn dort schlugen blaue Schmetterlinge elegant mit ihren Flügeln. Ein Schwarm Blue Papilios – das Ziel der Quest. Sie huschten durch die Luft und näherten sich dem Quarzbaum.

»Es hat sich gelohnt herzukommen«, flüsterte Lili.

»J... Ja.«

Wir waren beide ganz aufgeregt und bereiteten uns darauf vor, jederzeit in Aktion zu treten. Die Schönheit der Schmetterlingsmonster stand der dieses großen Gebiets in nichts nach. Ihre Körper waren weitaus feingliedriger als die von Pupurmotten und ihre Flügel wirkten unfassbar zart. Ich staunte, als ich sie in einem Bogen durch die Luft fliegen sah.

Blue Papilios besaßen zwar selbst kaum Kampfkraft, aber der bläuliche Staub, der aus ihren Flügeln rieselte, konnte die Wunden anderer Monster heilen. Naaza wollte ihre Flügel sicherlich, um damit kräftige Heiltränke zu entwickeln.

»Wir dürfen hier nicht für Aufsehen sorgen. Wir warten, bis sie die Pantry wieder verlassen, und folgen ihnen dann«, sagte Lili.

»Ja, verstanden.«

Noch eine Weile unter dem Tuch versteckt, konzentrierten wir uns nun voll auf die Quest.

Wusch strich ein leichter Wind über meine Wange. Als er mich traf, kniff ich ein Auge zu und lächelte Lili neben mir fröhlich an. »Es ist echt gut gelaufen.«

»Ja. Wir konnten die Beute-Items ganz einfach sammeln, und das nicht zu knapp.« Sie erwiderte mein Lächeln.

Nachdem wir den Schwarm Blue Papilios wie geplant verfolgt und besiegt hatten, waren wir an die Oberfläche zurückgekehrt. Alle Schmetterlinge hatten Beute-Items hinterlassen, sodass wir unser Ziel schnell und ohne Probleme erreicht hatten und bester Laune waren. Insgesamt hatten wir fünf Flügel gesammelt und das reichte ganz sicher, um Naazas Auftrag abzuschließen.

»Wenn wir die Flügel bei der Gilde verkaufen würden, könnten wir sicherlich 9000 Valis dafür bekommen. Immerhin sind sie nicht beschädigt. Nein, vielleicht könnten wir sogar verhandeln und noch mehr rausholen ... Hm. Es ist schon ein wenig schade um sie.«

Anscheinend war Lili wegen der Beute-Items der seltenen Monster ganz aufgeregt, denn sie plapperte wie ein Wasserfall vor sich hin. Ich lächelte etwas verlegen über ihre Euphorie, als wir uns vom Zentralpark aus auf den Weg zur westlichen Hauptstraße machten.

Das war mal eine schöne Abwechslung ... Nachdem ich diesen wunderhübschen Ort gesehen hatte, fühlte ich mich innerlich ganz ausgeruht. Vielleicht war es doch gut gewesen, sich heute um die Quest zu kümmern. Zwar saß mir die Erschöpfung der letzten Tage immer noch in den Knochen, aber davon ließ ich mich nicht aufhalten. Munter schritt ich weiter voran, bis wir in eine Seitengasse eingebogen waren und das Zuhause der Miach-Familia betreten hatten.

»Guten Tag.«

»Bell?« Als sie uns hereinkommen sah, riss Naaza hinter dem Tresen ihre Augen weit auf, die sonst immer halb von ihren Lidern bedeckt waren. »Hast du die Quest etwa schon abgeschlossen?«

»Ja. Wir sind gerade eben fertig geworden.«

Ich hatte mir ein kleines Paket, ungefähr in der Größe eines Schilds, unter den Arm geklemmt und zeigte ihr den Inhalt. Als sie die blau schimmernden Blue-Papilio-Flügel sah, schaute Naaza ungewohnt frech, fast wie ein verschlagener Fuchs. Dann grinste sie glücklich und ihr Hundeschwanz, der bis dahin schlaff heruntergehangen hatte, wedelte hin und her.

»Danke, Bell ... Toll gemacht. Das hätte ich nicht erwartet.«

»Ne... Nein, nein ...«

»Ich wusste, dass du irgendwann doch was hinbekommen würdest ...«, lobte sie mich etwas seltsam.

Ich kratzte mich am Kopf und lief leicht rot an. Naaza streckte daraufhin die Hand aus und tätschelte mir den Kopf.

»Tut mir leid. Ich will ja nicht stören, aber können wir jetzt die Belohnung haben?«, mischte sich nun Lili ein, die bis dahin den Mund gehalten hatte.

Naaza hielt inne und schaute weiterhin frech grinsend zu ihr hinab. Sie schien erst jetzt bemerkt zu haben, dass ich das Pallummädchen als Gruppenmitglied gewonnen hatte. »Stimmt.« Die Tiermenschenfrau nickte und verschwand schnell in einem Zimmer hinter dem Tresenbereich.

»Meister Bell, jetzt flirte doch nicht so«, ermahnte Lili mich.

»I... Ich habe doch überhaupt nicht geflirtet ...«

»Hör genau zu und merk es dir: Eine Quest ist erst abgeschlossen, wenn man die Belohnung erhalten hat«, formulierte sie eine Art Leitsatz, während sie Naaza mit einem leichten Lächeln auf den Lippen im Auge behielt.

»Hä?«

Als ich mich umdrehte, kam Naaza auch schon mit zwei kleinen Holzschachteln zurück. »Das ist die Belohnung ... Zwei Dutzend Heiltränke.«

»Zw... Zwei Dutzend?!« Wenn ich Heiltränke bei der Miach-Familia einkaufte, kosteten sie pro Stück mindestens 500 Valis. Und wenn ich vierundzwanzig davon erhielt ... ergab das 12.000 Valis! Naaza hatte für unsere Mühen noch etwas draufgelegt, wofür ich ihr unfassbar dankbar war.

Überglücklich über unsere Belohnung wollte ich ihr schon die Blue-Papilio-Flügel überreichen, als sich von der Seite mit einem *Patsch* eine kleine Hand meinen Arm schnappte. »L... Lili?«

»Warte bitte mal kurz, Meister Bell.« Sie blickte Naaza in die Augen und streckte sich mit einer ganz natürlichen Bewegung nach der Holzkiste in deren Händen aus. Im Nu hatte sie ein Reagenzglas mit einer blauen Flüssigkeit in der Hand. »Ich entschuldige mich im Voraus. Ich werde später dafür bezahlen.«

»Wie bitte? Moment mal ...«

Lili ließ nicht mit sich reden, sondern zog den Stöpsel heraus und betrachtete den Inhalt aus unmittelbarer Nähe. Sie überprüfte den Geruch und die Farbe. Dann tropfte sie sich etwas von dem Heiltrank auf den Handrücken und schleckte die Flüssigkeit auf, während sie Naaza immer noch mit Argusaugen ansah. »Hi hi. Dieser Heiltrank soll 500 Valis wert sein? Was für ein dreckiges Geschäft! Da wird mir ja ganz anders«, schimpfte sie übel, obwohl ihr Gesicht das eines niedlichen Kindes blieb.

Naaza schwieg.

»Der Inhalt wurde stark verdünnt, nicht wahr? Die Wirkung ist sicherlich nur halb so stark, wie sie sein sollte. Dieses Zeug wurde gesüßt und mit irgendwelchen Aromen versetzt, damit es wie ein normaler Heiltrank schmeckt. Das ist der älteste Trick überhaupt.«

Als Lili den Schwindel aufdeckte, war ich wie vom Blitz getroffen. Meiner Auftraggeberin fehlten ebenso die Worte wie mir und Lili setzte sogar noch einen drauf: »Dafür könnte man höchstens 200 Valis verlangen. Du scheinst hier ziemlich übers Ohr gehauen zu werden, Meister Bell. Natürlich würde so eine Belohnung für diese Art von Auftrag niiiiemals ausreichen.«

Naaza hatte längst jede Gesichtsfarbe verloren. Ihre Lider hingen wie immer halb herunter, aber ihr stand der Schweiß auf der Stirn und ihr Schwanz war in eine komische Richtung verdreht. Auch ich war immer noch komplett in Schockstarre.

»Nun gut. Wie wollen wir dieses Missverständnis denn jetzt klären?«, fragte Lili mit einem bösartigen Grinsen.

»Ich bitte vielmals um Entschuldigung!« Gott Miach hatte sein Haupt tief gesenkt.

Die rotorange Westsonne schien in das Zimmer hinein, durch das seine Stimme halte. Mit einer Hand drückte er den Hinterkopf von Naaza hinunter, die er zu einer Verbeugung gezwungen hatte.

»So ein frevelhaftes Verhalten unter meiner Aufsicht. Es tut mir wirklich leid, Bell! Sie wird dir auf der Stelle alles Geld zurückgeben, das sie dir abgenommen hat!«

»Äh, nicht doch, Gott Miach. Bitte heben Sie Ihr Haupt wieder ...«

Naazas Schutzgott hob vorsichtig den Kopf und sagte dann noch ein letztes Mal: »Entschuldigung!« Er hatte einen großen, schlanken Körper und für einen Mann relativ lange kobaltblaue Haare, die ihn irgendwie adlig aussehen ließen. Sein Gesicht war einer Gottheit wirklich würdig, doch nun schien sich ein düsterer Schleier darüber gelegt zu haben. »Hestia, wir haben auch dir Ärger bereitet, indem wir euch euer weniges Geld abgenommen haben ...«

»Tja, was geschehen ist, ist geschehen«, meinte meine Göttin. »Du solltest aufpassen, dass so was nicht noch mal passiert. Aber da du mir immer eine große Hilfe gewesen bist, drücke ich diesmal ein Auge zu.«

»Ja, das verspreche ich dir ...«

Nachdem Lili Naaza unter Druck gesetzt hatte, hatte Gott Miach meine Göttin zu einer Aussprache ins Haus seiner Familia eingeladen. Er schien nichts von Naazas zwielichtigen Geschäften gewusst zu haben und entschuldigte sich immer wieder, während er ihren Hinterkopf immer noch nach unten presste und ihr nicht erlaubte, ihr Haupt wieder zu heben.

»Kleine Supporterin, du warst wirklich aufmerksam und hast Bell super beschützt. Ich freue mich, dass du an seiner Seite bist. Vielen Dank.«

»Nein, nein. Ich bin froh, dass ich Meister Bell und Meisterin Hestia eine Hilfe sein konnte.«

Be... Beschützt?, dachte ich. Meine Göttin nickte mehrfach zufrieden, während Lili sich höflich verbeugte und mir der Schweiß über die Stirn lief. Mir schien es, als hätten die beiden irgendwann ohne mein Wissen eine Abmachung getroffen …

»Naaza, warum hast du das getan?! Jetzt sag schon!«, forderte Miach seinen Schützling auf.

Die Tiermenschenfrau richtete sich auf, weil er sie endlich losgelassen hatte, und schüttelte den Kopf, wobei ihre zerzausten Haare leicht hin und her flogen. »Unsere Familia ist doch die ganze Zeit abgebrannt … Und dieses unwissende Häschen ist nun mal ein einfältiger Gimpel.«

Miach und ich verzogen beide die Gesichter. Sie hatte mich nicht nur als Häschen, sondern auch als Vogel bezeichnet.

Naazas Lider waren wie immer halb geschlossen und ihr Tonfall war unverändert monoton, aber ihr Schwanz, der aus ihrer Hüfte wuchs, zitterte vor Angst.

»Hey, du Vollidiotin! Eine Münze, die man durch Betrug erhält, ist doch nichts wert, oder?! Naaza, hier in der unteren Welt zählen allein ein guter Ruf und Vertrauen. Ohne kann man hier keine Geschäfte machen. Nur für billiges Geld hast du das Vertrauen dieser Personen aufs Spiel gesetzt, ja?! Das war unfassbar töricht«, rügte Miach sie voller Überzeugung.

Einen Moment schaute Naaza leicht zu Boden und biss sich auf die Lippe, doch dann warf sie Miach einen scharfen Blick zu, wie ich ihn bei ihr noch nie gesehen hatte. »Gott Miach, das sagst du zwar so einfach, aber du verteilst ständig kostenlos Heiltränke. Deswegen kommen wir überhaupt nicht über die Runden. Außerdem führst du ständig Frauen auf falsche Fährten, weswegen es immer wieder zu Missverständnissen kommt … Und ich muss das am Ende alles ausbaden!«

»Wa… Was redest du denn da?! Ich führe sie nicht auf falsche Fährten und sorge auch nicht für Missverständnisse!« Miach war geschockt, weil er Naazas Widerstand überhaupt nicht erwartet hatte.

Auch Lili und meine Göttin standen wie versteinert da. In der Tat röteten sich die Wangen vieler Frauen, wenn sie Miachs engelsgleiches Lächeln sahen, aber er schien sich keiner Schuld bewusst zu sein.

»Ich habe Bell sicher übel mitgespielt …«, fuhr Naaza fort, »aber hätte ich das nicht, wäre unser Schuldenberg noch größer!«

»Hä?« Ich riss überrascht die Augen auf. Als ich mich umsah, stellte ich fest, dass auch Hestia eine Augenbraue hochgezogen hatte und misstrauisch dreinblickte. *Schulden?*

Jetzt schien sich Miach ebenfalls stetig unbehaglicher zu fühlen, während Naaza ihn inzwischen mitleidig anschaute und ich das Gefühl bekam, dass ihr Schutzgott irgendetwas unter keinen Umständen erwähnen wollte.

Doch bevor ich das ergründen konnte …

»Mu ha ha ha ha ha ha ha! Ich störe mal kuuuuurz!«

Ein ohrenbetäubendes Lachen erklang, als die Tür zum Laden der Miach-Familia aufgetreten wurde, in dem wir uns unterhielten.

»Hä?!«

»Ich bin hier, um die monatliche Zahlung einzutreiben, Miaaaach!«, rief ein ältlicher Gott mit grauen Haaren und grauem Bart. Auch wenn man ihm sein Alter ansah, hatte er eine sehr gepflegte Erscheinung. Seine Robe war mit silbernen und goldenen Verzierungen bestickt und wirkte irgendwie wie eine ordentlichere Variante von Miachs Kleidung … Allerdings war sein positiver optischer Eindruck wegen seines Auftretens sofort wieder dahin. Er hatte ein dreckiges Lächeln auf den Lippen und sein Kinn war arrogant nach oben gezogen.

»Dian!«

»Weil du einfach nicht aufgetaucht bist, bin ich eben direkt hergekommen. Entschuldige dich gefälligst, du armer Schlucker. Mu ha ha ha ha ha ha!«

Ich durchschaute den Charakter dieser Gottheit sofort.

»In eurem Laden ist es immer so staubig! Wenn ich zu lange hierbleibe, werde ich sicher noch krank! Lass uns die Sache schnell regeln! Wie ich sehe, bist du eh genug mit den anderen armen Kirchenmäusen beschäftigt!«

Naaza funkelte den Gott an, als würde sie sich für den Mord eines Familienmitglieds rächen wollen, und Miach verzog angeekelt das Gesicht. Da auch Hestia mit hineingezogen worden war, murmelte sie leicht erbost: »Was?!«

»Das ist Dian Cecht, nicht wahr?«

»Lili ...«

»Die Heilwaren seiner Familia sind unter Abenteurern hoch angesehen. Da auch die Miach-Familia Heiltränke verkauft ... sind sie sozusagen Konkurrenten«, flüsterte sie mir einige Informationen zu, woraufhin ich nickte.

Miach und Naaza schienen diesem Gott feindselig gegenüberzustehen – kein Wunder, so provokant und herablassend, wie er sich verhielt.

»Und hast du den monatlichen Betrag zusammenkratzen können, Miach?«

»Nun ja ...«

»He he. Sicher nicht. Bestimmt konntest du das mal wieder nicht, oder? Mu ha ha ha ha ha ha ha ha ha! Du bist schließlich immer mit den Zahlungen im Rückstand!«

Hnnngh! Miach und Naaza bissen so fest die Zähne zusammen, dass man es fast knirschen hörte.

»Ich bin zwar großherzig und habe schon mehrfach darüber hinweggesehen, aber so langsam habe ich genug von eurem treulosen Verhalten. Wenn ihr den Betrag für diesen Monat nicht bis morgen auftreiben könnt, werde ich euch rausschmeißen und diese schäbige Bruchbude verkaufen! Macht euch darauf gefasst, ja?!« Spucke flog durch die Luft, als Dian Cecht den beiden drohte. Dann lachte er. »Mu ha ha ha ha ha! Wir gehen, Airmid!«

»Jawohl«, antwortete eine Frau aus Dian Cechts Familia, die die ganze Zeit reglos hinter ihm am Eingang gestanden hatte. Sie war nicht besonders groß und wirkte fast wie eine feingliedrige Puppe. Mit einer kurzen Verbeugung verabschiedete sie sich von uns und folgte ihrer lachenden Schutzgottheit.

Danach war es so still, als wäre gerade ein Sturm durchs Zimmer gefegt.

»Mit Dian Cecht kam ich schon damals im Himmelsreich nie auf einen Nenner …«, erzählte Miach zögerlich.

Nachdem wir dies alles miterlebt hatten, konnten wir natürlich nicht einfach gehen, ohne uns die Geschichte dahinter anzuhören. Und so berichtete uns der Gott von den Problemen seiner Familia.

»Als ich in die untere Welt herabgestiegen war und eine Familia gegründet hatte, stieß ich plötzlich wieder mit ihm zusammen. Unsere Tätigkeitsbereiche überschnitten sich und wir wetteiferten miteinander …«

»Aber ich habe das alles kaputtgemacht«, mischte sich Naaza mit knirschenden Zähnen ein. »Ich war früher auch mal Abenteurerin.«

»Was?«

»Ich bin genauso wie Bell in den Dungeon gegangen und habe dort Geld verdient … aber eines Tages passierte etwas. Ich wurde schlimm von Monstern zugerichtet und sie fraßen meinen rechten Arm.«

Bevor ich mich lange wundern konnte, hatte Naaza schon den langen rechten Ärmel ihres unausgewogenen Oberteils hochgekrempelt. Sofort fehlten mir die Worte und ich schluckte.

»Eine Prothese?!«, rief Lili überrascht.

»Als ich meinen echten Arm verlor, hat mein Gott mir diesen künstlichen besorgt … Dafür musste er mehrfach die Hilfe der Dian-Cecht Familia in Anspruch nehmen.«

Wie Lili meinte, schien Naazas rechter Arm wirklich aus Metall zu bestehen. Er glänzte silbern, ähnlich wie eine frisch polierte Waffe. Zwar war die Prothese zum Großteil einem menschlichen Arm nachempfunden, aber an den Gelenken waren jeweils Edelsteine eingesetzt und man konnte auf den ersten Blick erkennen, dass es sich um eine mechanische Gliedmaße handelte. Naaza zog auch den Handschuh aus und zeigte uns ihre ebenfalls aus silbernem Metall bestehenden Finger.

»Die Dian-Cecht-Familia stellt alles Mögliche her, das Abenteurer zur Heilung brauchen können. Neben Tränken bietet sie auch andere Genesungsmethoden und -gegenstände an. Dieser silberne Arm wird Airgetlám genannt und ist eins ihrer Produkte.« Sie umschloss die Prothese mit ihrer linken Hand und drückte fest zu, woraufhin sie knirschte.

»Mein Gott hat diesen Arm nur für mich gekauft und sich dadurch extrem verschuldet. Deshalb lastete auf allen anderen Mitgliedern unserer Familia ein gewaltiger Druck. Am Ende … sind sie alle weggegangen.«

Ich hatte schon gehört, dass die Miach-Familia früher eine mittelgroße Familia gewesen war. Als Erzeuger von Heiltränken sollten sie der Dian-Cecht-Familia somit in nichts nachgestanden haben. Jedoch schien ihr sorgloses Leben von Naazas Unfall komplett zunichte gemacht worden zu sein. Schlussendlich war die Tiermenschenfrau als Einzige bei Miach geblieben, jedoch war sie als Abenteurerin unbrauchbar geworden und ein unfassbarer Schuldenberg hing wie ein Damoklesschwert über der Familia.

»Ich kann jetzt nicht mehr gegen Monster kämpfen. Meine Kameraden haben mir viel über das Tränkemischen beigebracht und so konnte ich Pharmazeutin werden ... aber damit kann ich niemals genug verdienen, um das Geld für die Prothese zurückzubezahlen. Ich bin echt nutzlos.«

»Naaza.«

»Jedenfalls haben wir aus diesem Grund Schulden bei ihm. Es ist allein meine Schuld.«

»Naaza, es reicht jetzt. Hör schon auf.«

Nachdem Miach ruhig auf sie eingeredet hatte, hielt Naaza den Mund, obwohl sie offensichtlich noch mehr sagen wollte. Daraufhin wurde es unangenehm still.

Ich war viel zu überrascht, dass sie früher Abenteurerin und ihr rechter Arm nur eine Prothese war, als das mir eingefallen wäre, was ich darauf hätte sagen sollen. Hestia schien auch nichts von Miachs Umständen gewusst zu haben, denn sie verschränkte die Arme und schloss die Augen. Einzig Lili schaute Naaza und Miach ruhig an.

Sicher, die Tiermenschenfrau hatte versucht, mich um Geld zu betrügen ... aber wäre ich an ihrer Stelle gewesen, hätte ich mich vielleicht auch zu solchen Taten hinreißen lassen.

Besonders wenn die eigene Gottheit einen nicht aufgab, sondern einem weiterhin ihren Segen schenkte. Allein das schien mir ein wirklich hartes Los zu sein. Ich hätte am liebsten auf der Stelle losgeheult.

»Und was machen wir nun? Jetzt kennen wir deine Umstände, Miach, aber wir müssen uns erst mal um das aktuelle Problem kümmern. Dian meinte, dass er dieses Haus einfach verkaufen würde, nicht wahr?«, durchbrach meine Göttin schließlich die Stille, indem sie sich erkundigte, ob es irgendeinen Weg gab, die benötigte Summe bis zum morgigen Termin aufzutreiben.

Auf ihre Frage hin wurde Miachs Blick ernst und wanderte zu Naaza. Diese sah sich erst unruhig um und dann zu Boden. »Es gäbe da einen Weg ...«, murmelte sie schließlich fast unhörbar leise. »Aber mein Gott und ich allein ... können es nicht schaffen ...«

Das Licht der Abendsonne spiegelte sich im Fensterglas. Obwohl die Hauptstraße ein Stück entfernt lag, war das geschäftige Treiben der Stadtbewohner wie ein Flüstern bis hierher zu hören. Naaza war nicht einmal imstande, mir richtig ins Gesicht zu sehen, und hatte Hemmungen, uns um Hilfe zu bitten, nachdem sie mich hereingelegt hatte.

Erneut war es still geworden und ich schaute die anderen unruhig einen nach dem anderen an. Am Ende sah ich flehend zu meiner Göttin und auch sie blickte mit ihren mysteriös glänzenden blauen Augen einen Moment zu mir. Wortlos fragte sie mich, was ich tun wollte. Vielleicht war das ihre Art zu sagen, dass die Entscheidung bei mir lag.

Unter Hestias wachsamem Blick nahm ich meinen ganzen Mut zusammen und nickte. Verzweifelt suchte ich nach den richtigen Worten und begann schließlich mit lauter Stimme, als wollte ich die düstere Stimmung vertreiben: »Ä… Ähm … Li… Lili. Wir hatten doch vorhin darüber geredet, noch eine Quest anzunehmen? Die eine reicht ja noch nicht … Da… Das wäre doch eine gute Übung.« Ich klang wie ein talentfreier Schauspieler und wandte mich gezwungen an meine Supporterin.

Deren Augen weiteten sich kurz, aber als sie meine wahren Absichten verstand, lächelte sie nur etwas verlegen und spielte ebenso schlecht mit. »Stimmt. Wir sind ja heute noch fit, aber wo sollen wir denn jetzt jemanden finden, der uns eine passende Quest anbietet?«

Miach und Naaza sahen ziemlich überrascht aus. Hestia musste kichern und stachelte die andere Gottheit an: »So sieht's aus, Miach. Hast du vielleicht was zu tun für die beiden? Sie sind ganz heiß auf Arbeit und würden dir sicher bei allem helfen. Zum Beispiel beim Geldbeschaffen wegen irgendwelcher Schulden oder so?«

»Hestia, das muss doch nicht sein … Nein, entschuldige, eigentlich wäre das doch gut … Ich bedanke mich schon mal im Voraus.«

Während Miach sich bereits erkenntlich zeigte, schaute Naaza mich weiterhin etwas zögerlich an und fragte: »Bell, bist du sicher? Ich habe doch …«

»Du hast Lili und mir ja auch schon oft geholfen, Naaza.«

Zum Beispiel bei dem Vorfall mit dem Killerameisenschwarm. Auch wenn die Umstände nicht ideal gewesen waren, hatte uns der Magietrank, den sie mir gegeben hatte, aus der Patsche geholfen. Und ich war natürlich außerstande, eine Person im Stich zu lassen, die mich unterstützt hatte.

Ich kniff leicht die Augen zusammen und lachte. Naaza riss ihre hingegen weit auf und senkte den Kopf.

»Tut mir leid … und Danke.« Mit diesen gemurmelten Worten verbeugte sie sich tief vor uns.

Annahme der Quest.

- Klient: Miach-Familia
- Belohnung: Ein neu entwickelter Heiltrank
- Inhalt: Beschaffen von Monstereiern
- Anmerkung: Wir strengen uns gemeinsam an. Auf gute Zusammenarbeit.

Am nächsten Morgen fuhren wir früh aus der Stadt hinaus.

Nachdem ich gestern über den Ablauf informiert worden war, hatte ich mein morgendliches Training mit Aiz früher als sonst beendet und mich zur Miach-Familia begeben, um sie bei den Questvorbereitungen zu unterstützen. Meine Göttin und Lili hatten in der Zwischenzeit einen Wagen bei einem Händler geliehen, ihn gepackt und uns damit abgeholt.

Zwei Gottheiten und drei ihrer Anhänger auf einem Wagen. In dieser seltsamen Konstellation ließen wir nun die Stadt hinter uns.

»Bell, du bist sicherlich müde, weil du schon so früh losgegangen bist, um Miach zu helfen, oder?«, meinte Hestia.

»Ha … Ha ha ha …« Genauso wie Lili hatte ich auch ihr nichts von dem Training mit Aiz erzählt und sollte es herauskommen, säße ich ziemlich in der Patsche. Innerlich entschuldigte ich mich mehrfach bei ihr, bevor ich mich rasch Naaza zuwandte und das Thema wechselte, damit meine Göttin mir nicht auf die Schliche kam. »Ähm, Naaza? Heute werden wir also wie gestern abgesprochen ...«

»Ja, wir müssen unbedingt das Geld auftreiben und haben keine Zeit. Deswegen werden wir ein neues Produkt entwickeln und es direkt an die Dian-Cecht-Familia verkaufen, um das Blatt zu wenden ...«, antwortete sie ohne Umschweife. Sie trug lockere Reisekleidung.

Nachdem wir das etwas komplizierte Prozedere beim Verlassen Orarios abgeschlossen hatten, fuhren wir mit dem Pferdewagen durch das Osttor auf ein großes Feld mit Gräsern und Blumen hinaus.

»Ich habe mich gestern schon gewundert, aber geht das denn so einfach? Auf die Schnelle ein neues Produkt zu kreieren, meine ich ...«, erkundigte sich Lili zögerlich.

»Keine Angst. Ich habe da schon eine Idee ...« Naaza schien seltsam zuversichtlich. Natürlich hingen ihre Augenlider weiterhin halb herunter, aber sie wackelte gemächlich mit dem Schwanz.

»Da fällt mir auf, ich habe noch gar nicht gefragt, wohin wir jetzt eigentlich fahren«, sagte Hestia.

»In den Seolo-Wald. Er ist nicht wirklich weit entfernt, aber es wird dennoch eine Weile dauern. Daher sollten wir diese Chance nutzen, um uns bis dahin besser kennenzulernen«, erwiderte Miach und wandte sich mit den letzten Worten Lili zu.

Unser Pferdewagen aus Holz war beengter als gedacht. Beim Fahren über Stock und Stein wurden wir ordentlich durchgeschüttelt und unsere Schultern berührten sich immer wieder. Neben Miach in der Nähe der Kutscherbank saßen der Reihe nach ich, Hestia, Lili und schließlich Naaza in einem Kreis. Der Wagen hatte außerdem kein Verdeck, sodass die Morgensonne direkt auf unsere Köpfe schien, während wir uns angeregt unterhielten.

»Meisterin Naaza, du meintest, du warst früher auch Abenteurerin, aber bist nun Pharmazeutin. Hat sich dann bei dir der Mischen-Statuswert entfaltet?«

»Ja, genau … Weil ich immer geholfen habe, die Tränke herzustellen, konnte ich entsprechende Excelia sammeln und er hat sich dann zum Glück entfaltet …«

»Ähm, was macht denn dieser Mischen-Statuswert?«, fragte ich.

»Wenn man Heiltränke braut, kann man mit diesem entfalteten Statuswert bessere Ergebnisse erzielen, Meister Bell«, erklärte Lili.

Mischen hatte offenbar allein mit der Medizinherstellung zu tun, aber nur mit diesem entfalteten Statuswert war man in der Lage, dafür zu sorgen, dass Tränke Wunden ähnlich wie Magie im Handumdrehen schließen konnten. Genauso wie der Schmieden-Statuswert war also auch Mischen mit einer bestimmten Profession verknüpft. Allein indem man den jeweiligen Wert besaß, wurden die Ausrüstungsteile oder Tränke, die man anfertigte, automatisch besser – selbst wenn man die gleichen Materialien oder Zutaten dafür verwendete wie jemand ohne diesen Wert.

»Wenn du einen entfalteten Statuswert hast, dann …«

»Ja, ich bin auf Level 2 …«

Auf diese Offenbarung hin riss ich die Augen weit auf. Dann war Naaza also eine hochrangige Abenteuerin mit dementsprechend ausgereiften Fähigkeiten.

»Ich war bis in den mittleren Bereich vorgedrungen, aber dort habe ich mir an ein paar Monstern wortwörtlich die Finger verbrannt … Sie haben meine Arme und Beine brutal zerfressen.«

»Hä?«

»Mein linker Arm und meine Beine sind wieder verheilt, aber da sogar die Knochen meines rechten Arms zerstört waren, war er nicht zu retten. Seitdem kann ich nicht mehr gegen Monster kämpfen, egal, welche … Jeder Gegner lässt mich zittern wie Espenlaub.«

Während ich hörte, was vorgefallen war, lief es mir eiskalt den Rücken hinunter.

»Mein ganzer Körper roch verbrannt. Ich lag da und spürte, wie diese Bestien an meinen Armen und Beinen knabberten. Die Erinnerungen und die Angst sind noch ganz frisch, obwohl es schon eine Weile her ist«, erzählte Naaza von dem Trauma, das sie damals erlitten hatte. »Tut mir leid … Ich wollte dir damit jetzt keine Angst machen.«

»Äh, ni… Nicht doch …«

»Jedenfalls solltest du beim Erkunden des Dungeons immer vorsichtig sein … Es hat sechs Jahre gedauert, bis ich meinen Rangaufstieg geschafft hatte … Doch egal, wie stark man auch ist, man kann alles in wenigen Sekunden wieder verlieren.«

Ich schluckte und prägte mir Naazas lehrreiche Worte ein. »Aber diese Prothese sieht wirklich hochwertig aus. Hast du manchmal Probleme damit?«

»Nein, ich kann sie komplett frei bewegen …«

»Der Preis war zwar verboten hoch, aber ich wollte für Naaza die beste, die es bei Dian gab. Es ist zwar ein bisschen frustrierend, aber man kann sich auf die Waren seiner Familia wirklich verlassen.«

Die Götter wechselten das Thema, um die etwas gedrückte Stimmung zu vertreiben. Obwohl das Schaukeln des Wagens alles andere als angenehm war, entspannten sich so zumindest unsere Mienen ein wenig.

Im Osten Orarios erstreckten sich saftige Wiesen und Felder, die unendlich weit erschienen. Da Orario weltweit die einzige Stadt war, in der Magiesteine gefördert und für die Herstellung von Gegenständen verwendet wurden, waren ganz natürlich Handelsbeziehungen mit allen möglichen Orten entstanden. Mit unserem Pferdewagen fuhren wir eine mit Steinen gepflasterte, weitgehend ebene Straße entlang, die dank dieser Beziehungen entstanden war.

»Mein Gott scheint meine Gefühle überhaupt nicht zu verstehen ... und da er die heißen Blicke anderer Frauen auch nicht bemerkt ... mache ich mir manchmal Gedanken, ob er wirklich eine Gottheit ist.«

»Ach, ich weiß genau, was du meinst. Mein Bell ist auch etwas schwer von Begriff. Ich würde am liebsten ständig in Tränen ausbrechen.«

»Hi hi. Er bleibt dir gegenüber eben höflich distanziert und sieht dich sicherlich nicht als Frau an, Meisterin Hestia. Wir sollten der Realität ins Auge blicken. Ich werde auch nur wie ein Schwesterchen behandelt.«

Irgendwann hatten die Frauen einen eigenen Kreis gebildet und obwohl Miach und ich ihr Getuschel nicht gut verstehen konnten, machten wir uns instinktiv ganz klein.

Nach einer Weile auf der künstlich angelegten Straße durch die Felderlandschaft fuhren mehrere andere Pferdewagen an uns vorbei in Richtung Orario. Als die Sonne schließlich schon hoch am Himmel stand, hatten wir unser Ziel erreicht.

»W… Wo sind wir?«, fragte ich.

»Also das ist mal ein Wald, der seinen Namen wirklich verdient«, staunte meine Göttin.

Da wir diesen Ort zum ersten Mal sahen, waren wir wirklich beeindruckt. Der Seolo-Wald befand sich direkt östlich von

Orario am Fuß des Alv-Gebirges. Die Bäume hier ragten alle weit in die Höhe und hatten breite Stämme. Von wild wachsenden Gräsern bis zum undurchdringlichen Dickicht war hier alles von Pflanzen überwuchert. Müsste ich diesen Ort in wenigen Worten beschreiben, würde ich ihn ein grünes Königreich nennen.

Wir stiegen vom Pferdewagen, schnallten uns geschwind unser Gepäck auf den Rücken und sagten dem Kutscher, er solle in etwas Abstand zum Wald auf uns warten. Dann begaben wir uns hinein.

»Wir gehen hier Monstereier sammeln, oder?«, fragte Lili.

»Genau. Sie sind allerdings keine Beute-Items, sondern werden von den Bestien gelegt ...«

Anscheinend wollte Naaza die gesuchten Eier einer bestimmten Monsterart als Zutat für eine neue Medizin nutzen. Als sich die Monster in der frühen Antike auf der Welt ausgebreitet hatten, hatten sie sich natürlich schnell fortgepflanzt, weswegen ihre Nachkommen immer noch überall zu finden waren. Aus diesem Grund war es auch überhaupt nicht verwunderlich, dass einige von ihnen Eier legten, aber da ich es aus dem Dungeon gewohnt war, dass die Scheusale direkt aus den Wänden geboren wurden, fühlte es sich dennoch irgendwie komisch an. Während ich auf die Präsenz von Monstern achtete, legte ich deshalb mehrfach meinen Kopf schief.

»Bell, bleib stehen!«, rief Naaza plötzlich, um mich aufzuhalten, als ich an der Spitze durch den Wald schritt. Sie hatte die Augen zu Schlitzen zusammengekniffen und schaute nach vorn zu einer etwas breiteren Vertiefung im Boden. Dann streckte sie schnell die Hand aus, um auch Hestia und Miach zu bedeuten, dass sie anhalten sollten. Sie bat Lili, bei den Gottheiten zu bleiben, um sie zu beschützen, und winkte mir zu, damit ich ihr folgte. »Bell, hier.«

Leicht geduckt näherten wir uns der Vertiefung, wobei Naaza mir ihre Ausrüstung in die Hand drückte – ein ziemlich altes Großschwert und einen prall gefüllten Rucksack.

»Wo... Wofür willst du das denn verwenden?«

»Ohne so eine große Waffe könnte es hart werden ... Häng dir den Rucksack einfach vorne um.«

Das klang beunruhigend. Sofort stand mir der Schweiß auf der Stirn. Naaza blieb im Schatten eines großen Baums stehen. Bis zur Vertiefung war es nur noch ein kleines Stück. Sie schnüffelte mit ihrer Spürnase und hob die Hundeohren, die aus ihrem Kopf wuchsen.

Die Atmosphäre war angespannt und meine Aufregung stieg. Dann handelte Naaza schnell und ohne vorherige Ankündigung. Sie streckte die Hand nach dem Rucksack aus, den sie mir gegeben hatte, und öffnete ihn.

»Urghs?!« Ein seltsamer, stechender Gestank stieg mir in die Nase.

Ich stöhnte auf, aber meine Begleiterin hob einfach nur einen Arm und sagte: »Dann viel Erfolg, Bell. Tut mir leid.«

»Wie bitte?«

Noch bevor ich mich lange wundern konnte, war sie schon verschwunden. Mit der Beweglichkeit einer Abenteurerin auf Level 2 rannte sie zwischen den Bäumen hindurch und ließ mich allein zurück. Ich schaute ihr überrascht hinterher ...

Dann hörte ich plötzlich ein *Platsch*. »Hä?« Von oben war eine klebrige Flüssigkeit auf meinen Kopf getropft. Das durchsichtige Zeug brannte mir unangenehm auf der Haut. Langsam richtete ich meinen Blick nach oben.

»*Gruuuh ...*«

Über mir hockte ein Wesen, aus dessen Mund dicker Speichel tropfte. Es war ein Dinosaurier. Ich wurde leichenblass. Erst jetzt bemerkte ich, was der Geruch aus dem Rucksack wirklich zu bedeuten hatte. Er stammte von einer Falle, die hungrige Monster anlockte.

»*Grooooooooooooooooooooooooooooh!!*«

»Hjaaaaaaaaaaaaaaaaaaaaaaaaaah?!« Mein Angstschrei mischte sich mit dem Brüllen des Ungeheuers. Ich wandte dem heranrasenden Maul den Rücken zu und rannte los. »Da... Das ist ja ein riesengroßes Monsteeeeeeeeeer!«

»Halt, Be... Bell?!«, rief Hestia.

»Ein Bl... Bloodsaurus?!«, schrie Lili geschockt.

Dieses fleischfressende Monster war fünf Medol groß und hatte eine rote Haut. Es brüllte ohrenbetäubend, während es seiner Beute in Form eines weißen Häschens hinterherstampfte.

»Mo... Moment mal, dieses Monster taucht doch erst ab Ebene 30 auf, oder?!«

»Keine Angst. Die frei lebenden Monster sind sehr viel schwächer als die im Labyrinth«, erklärte Naaza der komplett entsetzten Lili. »Wir müssen sofort zu dieser Vertiefung und die Chance nutzen, solange Bell die Bestie ablenkt.«

Zusammen mit den anderen eilte Naaza zu dem Loch im Boden. In der unbewachsenen Aushöhlung lagen mehrere Dutzend Eier auf einem Haufen. Es war sonnenklar, dass es sich um ein Monsternest handelte.

»Gab es dafür denn keinen besseren Weg?«

»Nein. Wir hätten uns nicht gleichzeitig auf das Nest stürzen und Miach und Hestia beschützen können.«

»Der arme Bell ...«

»Ach, verdammt noch mal. Packt lieber mal mit an, statt euch zu beschweren! Sonst wird Bell noch gefressen!«

Während ihres Gesprächs steckten die vier schnell so viele Eier ein, wie in ihre Rucksäcke passten.

»Meisterin Naaza, stimmt auch wirklich, was du eben gesagt hast?«, hakte Lili besorgt nach.

»Natürlich. Da sich die Monster hier seit Urzeiten fortpflanzen, haben sie nur winzige Magiesteine in der Brust.«

Abseits des Dungeons ließen sich die Monster von ihren Instinkten leiten und pflanzten sich fort, um ihre eigene Art zu erhalten. Weil sie so zu Rudeltieren wurden, sank gleichzeitig die Kraft jedes einzelnen Monsters. Ihre Stärke beruhte auf den Magiesteinen in ihrem Inneren und da diese bei der Fortpflanzung immer nur zu einem bestimmten Teil an die Nachkommen weitergegeben wurden, waren sie über viele Jahrhunderte hinweg immer weiter geschrumpft. Die Kraft der frei lebenden Monster war somit um einiges geringer als die ihrer Urahnen oder der Bestien im Labyrinth.

»Frei lebende Bloodsaurus sind also nur ein klein wenig stärker als ein Ork im Dungeon ...«, meinte Naaza und schaute zu Bell hinüber.

Aus dem einen Bloodsaurus, der unverzüglich seiner Beute hinterhergejagt war, waren inzwischen drei geworden, weshalb auch Bells Gebrüll immer lauter wurde.

Die Tiermenschenfrau erhob sich und griff nach der Waffe auf ihrem Rücken – einem Langbogen, der ungefähr so groß war wie sie selbst. Sie hielt ihn mit der silbernen Armprothese fest, während sie mit der linken Hand einen Pfeil anlegte.

Da der Abstand zu den Monstern groß genug war, geriet sie trotz ihres Traumas nicht ins Zittern. Sie ging ein paar Schritte aus der Bodenvertiefung hinaus zu einer Stelle, an der das Sonnenlicht durch das Blätterdach hindurchschimmerte, und schoss schnell einen Pfeil nach dem anderen ab.

Mit atemberaubender Geschwindigkeit zischte einer durch die Luft und bohrte sich in das Auge eines Bloodsaurus. »*Graaaaaaaargh?!*« Es folgt ein ohrenbetäubendes Donnern, als das Monster das Gleichgewicht verlor und zur Seite kippte, wobei es einen weiteren Artgenossen umriss.

Die Bäume wackelten und die Erde bebte. Bell wirbelte mit weit aufgerissenen Augen herum. Dann zückte er Naazas Großschwert und stürmte im festen Glauben an ihre Unterstützung auf den letzten Bloodsaurus los.

»Das macht mich irgendwie glücklich«, murmelte Naaza und lächelte.

»Aaaaaaaaaaaaaaaaaaaaaaaah!!« Bell hingegen stürzte sich mit einem Kampfschrei und dem Großschwert auf das Monster.

Unmittelbar nachdem ein Pfeil ein Auge der Bestie durchbohrt hatte, traf ein kräftiger Schwerthieb seinen erschlaffenden Körper. Der Hals des Bloodsaurus war halb abgetrennt und eine Blutfontäne schoss daraus hervor, bevor das Ungetüm in die Knie sackte und umfiel.

Als Bell die große Klinge mühselig wieder aus dem Monster herauszog, landete er selbst auf dem Hintern, woraufhin Naaza in Gelächter ausbrach.

»Naaza, das reicht jetzt.«

»Okay …« Auf Miachs Anweisung verstummte sie und drehte sich um. Nachdem sie kontrolliert hatte, dass Hestia und Lili ihre Rucksäcke prall mit Eiern gefüllt und aufgesetzt hatten, schaute sie erneut zu Bell hinüber.

Der Jüngling stützte sich auf dem riesigen Schwert ab und suchte ebenfalls ihren Blick. Sein eigener flehte, dass damit jetzt alles erledigt wäre.

Naaza nickte. »Lass uns heimfahren, Bell.«

Der Nachthimmel war von unzähligen Sternen übersät.

Nachdem Miach die Tür zu Dian Cechts prächtigem Herrenhaus aufgestoßen hatte, hielt er ein Reagenzglas mit einer dunkelblauen Flüssigkeit in die Höhe. »Das ist das neuste Produkt unserer Familia. Die Wirkung kann ich persönlich bestätigen.«

»Hr... Hrmpf!« Grummelnd nahm der ältliche Gott das Reagenzglas in die Hand. Nachdem er den Inhalt mit eigenen Augen überprüft hatte, reichte er das Glas seinem Schützling Airmid zur weiteren Analyse. Er hielt den Atem an, während sie das Produkt untersuchte. Schließlich nickte sie.

»Es ist ein Doppelheiltrank zur Regeneration von Körper und Geist ...«, fuhr Miach fort. »So was gibt es bisher nicht auf dem Markt. Wenn deine Familia den Trank verkauft, könnte sie ihre Gewinne also enorm steigern, nicht wahr? Außerdem würde es perfekt zu ihrem Image passen, immer auf die Bedürfnisse der Abenteurer einzugehen.«

»Hn... Hnnngh!«

»In dieser Kiste hier sind insgesamt zwanzig Stück. Das sollte für die monatliche Rate mehr als genug sein. Kauf sie mir also bitte ab.«

»D... Du Schweinehuuuuuuund!«

Ein gewaltiger Schrei schallte durch den Nachthimmel. Somit wussten Bell und die anderen selbst außerhalb des Anwesen genau, dass die Kaufverhandlungen gut verlaufen waren.

»Anscheinend hat es geklappt ...«, murmelte Lili.

»Der alte Knacker ist nicht dumm genug, sich so eine gute Gelegenheit einfach entgehen zu lassen. Nachdem er uns immer nur quälen wollte ... hat er das echt verdient.« Naaza lächelte zufrieden.

Vor der großen Mauer um das Haus der Dian-Cecht-Familia warteten Bell und der Rest darauf, dass Miach wieder herauskam.

»Puh, heute bin ich echt erledigt. Ich musste viel zu viel rumlaufen«, seufzte Hestia erschöpft.

»Ah ha ha ...« Bell lachte nur verlegen.

Nachdem die Gruppe die Eier beschafft hatte und sicher zurückgekehrt war, hatte ein Wettlauf gegen die Zeit begonnen, denn Naaza und Miach waren nur noch wenige Stunden geblieben, um den Doppeltrank herzustellen. Während sie ihn mit vollem Einsatz gemischt hatten, waren Bell und der Rest bemüht gewesen, ihnen bestmöglich zu helfen, indem sie ihnen Zutaten, Gefäße und Ähnliches gereicht hatten. Am Ende war alles ziemlich chaotisch zugegangen.

»Ihr habt es echt geschafft, in dieser Notsituation ein neues Produkt herzustellen«, sagte Bell bewundernd zu Naaza.

»Die Bewohner von Orario konzentrieren sich zu sehr auf den Dungeon und wissen nichts von den Möglichkeiten, die in der Umgebung der Stadt verborgen liegen ... Würden sie nur ein wenig mehr die Augen aufmachen, könnten sie allerlei Neues entdecken.«

Die ehemalige Abenteurerin hatte Bell schon vorhin erklärt, dass die Entwicklung der neuen Medizin allein durch das Zusammenspiel von Monstereiern und Blue-Papilio-Flügeln und somit von Außenwelt und Dungeon gelungen sei.

»Ach, Miach. Bist du fertig?«, fragte Hestia.

»Ja. Ich habe alles mit ihm geklärt.« Miach war nach einer Weile durch das Tor zu den anderen zurückgekehrt. Lächelnd erklärte er, dass für ihn und Naaza jetzt keine Gefahr mehr bestünde, aus ihrem Zuhause geworfen zu werden. Er schaute allen nacheinander ins Gesicht. »Ich muss euch erneut meinen Dank aussprechen. Ohne euch wären wir verloren gewesen. Vielen Dank.«

»Ich bin froh, dass wir helfen konnten.«

»Dann haben sich die ganzen Mühen ja gelohnt.«

Hestia und Lili antworteten freundlich und erwiderten sein Lächeln. Bell empfand genauso wie sie.

Nachdem Miach sie glücklich angesehen hatte, drehte er sich zu seiner Anhängerin um. »Naaza.«

»Ja …?«

»Ich habe wirklich nie gedacht, dass du nutzlos oder an allem schuld wärst«, sagte er, während er in ihre weit geöffneten Augen blicke. »Obwohl ich ein Gott bin, hast du mich unzählige Male gerettet. Selbst wenn ich jetzt ein ärmeres Leben führen muss, fehlt mir nichts, solange du an meiner Seite bist. Deswegen mach dir bitte keine Vorwürfe mehr, ja?«

»Ist das ein Befehl?«

»Nein, das ist mein inniger Wunsch. Als dein Gott bin ich mehr als jeder andere um dich besorgt.«

Miach streckte seine Hand aus und strich Naaza damit über den Kopf. Während ihr Schutzgott freundlich lächelnd auf sie herabblickte, schaute sie leicht zu Boden. »Er ist so schwer von Begriff …«, murmelte sie, aber ließ ihn dennoch weiter ihre Haare streicheln.

Weil er verdächtig lange weitermachte, begann Hestia schließlich, sich darüber lustig zu machen. Amüsiert stichelte auch Lili sofort mit. Allein Bell, der etwas abseits stand, sah ein wenig verlegen drein, als die anderen sich gegenseitig neckten.

»Bell, auch ich muss mich bei dir bedanken. Wirklich vielen ... vielen Dank für heute!«

»Naaza ...«

Sie verbeugte sich tief vor dem jungen Abenteurer, bevor sie ihr Haupt wieder erhob und Bell ein Reagenzglas entgegenstreckte.

»Wie? Aber das ...«

»Ein Doppeltrank ... Wir haben leider nur einen zusätzlichen angefertigt ... aber das ist die Belohnung für die Quest und mein persönliches Dankeschön an dich.« Naaza hatte die Augenlider weiterhin halb geschlossen, aber zumindest ihre Mundwinkel waren weit nach oben gezogen. »Wenn du irgendwelche Probleme haben solltest, dann sag mir Bescheid. Ich habe dir bis jetzt viel Ärger bereitet und würde das gerne wiedergutmachen, indem ich dir helfe ...«

Bell kam nicht umhin, ihr freundliches Lächeln zu erwidern. Er nahm die Belohnung entgegen und hatte damit eine wirklich lange Quest abgeschlossen.

Campanella an die Göttin

»Ich habe es geschafft, Göttin! Ich habe einen Goblin besiegt!«

»Hä?!«

Es war später Nachmittag und Hestia hatte gemütlich gelesen, bis mit einem Knall die Tür aufgeflogen und der weißhaarige Menschenjüngling schreiend hereingestürzt war.

Das Zuhause der Hestia-Familia – ein Geheimzimmer unter einer Kirche – bestand aus einem Quadrat und einem Rechteck, die zusammen eine P-Form bildeten. Bedachte man die Größe der Bewohner, waren die meisten Möbel etwas zu hoch. Zudem war an einer Wand der Putz schon leicht abgebröckelt und generell zogen sich Risse durch das Gemäuer. Alles wirkte etwas heruntergekommen, aber sonst konnte man Räume wie diesen eigentlich überall finden.

Im Schein der einzigen Magiesteinlampe an der Decke riss Hestia erstaunt die Augen auf, als ihr einziges Familia-Mitglied namens Bell Cranel mit strahlendem Gesicht zu ihr stürmte. »Einen Goblin? Etwa *so einen* Goblin? Also eins der allerschwächsten Monster des Dungeons?«

»Ja! Ich wäre als Kind mal fast von einem getötet worden und hatte daher immer Angst vor ihnen ... Doch heute habe ich endlich einen besiegt!«

»Ähm ... Etwa nur einen?«

»Hä?«

»Hast du etwa nur einen einzigen Goblin besiegt und bist dann sofort wieder nach Hause gekommen?«

Auf ihre Frage, ob er wirklich extra in den Dungeon gegangen war, nur um nach dem Sieg über eines der schwächsten Monster fröhlich zurückzukehren, schaute Bell seine Göttin idiotisch an. Es war ein viel zu lächerlicher Erfolg, um nun mit stolzgeschwellter Brust vor ihr zu stehen. Doch erst jetzt wurde das auch ihm klar. Sein strahlendes Gesicht verzog sich zu einer verschämten Miene und er drehte sich niedergeschlagen von Hestia weg.

»Es tut mir leid. Ich gehe sofort zurück in den Dungeon ...«

»Wa... Wa... Warte! Es tut mir leid, Bell! Ich wollte dir doch gar keine Vorwürfe machen ... Je... Jetzt warte doch!«

Ihre Rufe wurden nicht erhört, denn Bell hatte ihr Zuhause mit knallroten Ohren längst wieder verlassen.

Drei Tage waren seit der Gründung der Hestia-Familia vergangen. Die kindlich aussehende Göttin hatte Bell in der Stadt getroffen und ihm angeboten, sich ihr anzuschließen. In dieser kurzen Zeit war er einen Vertrag mit ihr eingegangen, hatte die Anmeldung bei der Gilde erledigt und war so Teil der Abenteurer der Stadt geworden. Er war ab jetzt der Hauptverdiener der Familia und hochmotiviert. Obwohl er gerade erst vom Land in die Stadt gezogen war und sich noch nicht an das neue Umfeld gewöhnt hatte, war er sofort fleißig an die Arbeit gegangen.

Hestias Job ließ ihr genug Freiraum, um ein Auge auf Bell behalten zu können, und sie freute sich, dass sich die Bande zwischen ihnen langsam festigten. Obwohl er sehr zurückhaltend war und vorher überhaupt nichts über ihren Charakter und ihre Fähigkeiten als Göttin gewusst hatte, war das Eis zwischen den beiden dank ihres freundlichen Lächelns und ihrer kindlichen Gestalt schnell gebrochen. Sie kannten sich noch nicht lange, aber er schien ihr schon jetzt alles zu offenbaren, was in ihm vorging.

Die Hestia-Familia hatte sich zwar unter den vielen Gruppierungen in der Stadt noch keinen Namen gemacht und musste sich tagtäglich mit Geldproblemen auseinandersetzen, aber obwohl sich ihre Struktur erst langsam formte, war es ein ganz ordentlicher Anfang.

»Ich habe mir schon Sorgen gemacht, was wohl wäre, wenn du nicht mehr aus dem Dungeon zurückkommen würdest. Ich hätte bestimmt ewig Albträume deswegen gehabt«, sagte Hestia.

»E… Es tut mir leid, dass ich dir Sorgen bereitet habe …«

»Ha ha. Ach was. Habe ich wieder was Falsches gesagt? Dann ist es an mir, mich zu entschuldigen. Tut mir leid, Bell.«

Bell und seine Göttin saßen zu Hause am Tisch und unterhielten sich, nachdem der junge Abenteurer heute gleich zweimal in den Dungeon gezogen und sicher zurückgekehrt war. Nun war die Sonne längst untergegangen und das Mondlicht war zu schwach, um ihr unterirdisches Heim zu erhellen, in dem sie gerade ein spätes Abendessen zu sich nahmen.

Bei seinem Dungeondebüt hatte Bell ganze 300 Valis verdient, womit sie sich geradeso etwas trockenes Brot und ein paar Eier hatten leisten können. Es war zwar nur wenig, aber die Eier, die sie auf ihrem magiesteinbetriebenen Herd gebraten hatten, verströmten einen herrlichen Duft.

»Wie war es denn das erste Mal im Dungeon? Hat alles irgendwie geklappt?«

»Ähm, ich war die ganze Zeit so aufgeregt, dass ich ihn kaum erkunden konnte … aber ich haben gegen Monster gekämpft. Goblins und Kobolde. Allerdings war ich schon nach einem Gegner erschöpft.«

Mit ihrem bescheidenen Mahl feierten sie Bells erste Dungeonerkundung. Sie hatten nicht einmal Becher zum Anstoßen, aber der Jüngling grinste, während er sich abgerissene Brot- und heiße Spiegeleistücke in den Mund steckte, weshalb auch Hestia lächeln musste.

»Ich bin beruhigt, dass du als Abenteurer anscheinend zurechtkommst. Ich hatte schon ein wenig Angst, dass du im Dungeon nur irgendwelchen Mädels hinterherlaufen würdest.«

»Da… Das würde ich doch niemals machen, oder?!« Bells Stimme überschlug sich fast, als Hestia ihn neckte. Er wurde knallrot im Gesicht und widersprach ihr.

»Ach, wirklich?« Sie ließ nicht locker. »Ich dachte, du hast auf irgendwelche Begegnungen im Dungeon gehofft. Wenn du dort eine süße Abenteurerin triffst, ignorierst du die Monster vielleicht einfach und machst dich lieber an sie ran. Oder etwa nicht?«

»Ra… Ranmachen? Ga… Gar nicht wahr. Ich möchte mich nicht wegen irgendwelcher Hintergedanken mit Frauen anfreunden … Na ja, vielleicht schon ein wenig … Je… Jedenfalls will ich nicht einfach nur Frauengeschichten, sondern eine schicksalhafte Begegnung! So wie in den Heldengeschichten!«

»Ganz sicher träumst du doch eigentlich von einem Harem, oder?«

»Ei… Ein Harem ist der Traum vieler Männer. Da ich als Mann geboren wurde, muss ich so was natürlich anstreben. Sogar die Helden von früher haben doch …« Obwohl seine Wangen noch immer gerötet waren, sprach Bell mit geschlossenen Augen voller Inbrunst weiter.

Hestia zuckte nur leicht mit den Schultern und betrachtete ein wenig seine immer noch kindlichen Gesichtszüge. Sie dachte ganz nüchtern nach. Je mehr sie über Bell Cranel erfuhr, desto mysteriöser kam er ihr vor. Obwohl es schien, als wäre er noch nicht ganz reif, hatte er großes Interesse an Frauen. Dennoch suchte er auch nicht unnötig Kontakt zu ihnen. Seine Worte und seine Taten passten irgendwie nicht richtig zueinander. Im guten wie im schlechten Sinne war er ein unbeschriebenes Blatt. Aber wenigstens schienen seine etwas undisziplinierten Gedanken keinen negativen Einfluss auf sein Verhalten zu haben.

Vielleicht war er wegen der Erziehung seines Großvaters etwas instabil. Zumindest war Hestia zu diesem Schluss gekommen. In Bells Erzählungen tauchte dieser freundlich lächelnde und winkende alte Mann, der ihn groß gezogen hatte, häufig auf. Ohne jeden Zweifel hatte er bei der Charakterbildung des Jungen eine nicht unwesentliche Rolle gespielt.

Hestia verzog das Gesicht und seufzte, weil dieser Greis die Begabungen seines Enkels mit seinem vielen Gerede über das Heldentum anscheinend komisch gefördert hatte. Jedoch war trotz seiner teils fragwürdigen Erziehung offenbar auch einiges gut gelaufen, weil Bell sonst kein so ordentlicher Mensch geworden wäre. Jedenfalls wurzelten dessen Beweggründe ganz sicher in dem, was er von seinem Großvater gelernt hatte.

Der Junge interessierte sich für das andere Geschlecht und sehnte sich nach einer schicksalhaften Begegnung. Doch das war nichts weiter als eine Illusion, die ihm der alte Mann hinterlassen oder gar eingepflanzt hatte. Immer wenn er an Geschichten von früher zurückdachte, leuchteten Bells Augen. Er lebte in einer Traumwelt.

Vielleicht wäre er als Mädchen glücklicher geworden, dachte Hestia und grübelte weiter über seinen Charakter.

»Damals hat mein Großvater mir gesagt, dass ein Mann sich nichts inniger wünscht, als eine Begegnung mit einer Frau. Und deswegen möchte ich …«

Sie schaute verträumt umher, während er immer noch leidenschaftlich von seiner Zukunft schwärmte. Hestia würde noch eine Weile brauchen, bis sie ihren momentan einzigen Anhänger komplett verstehen konnte.

Während Bell in den Dungeon zog, um das nötige Geld für die Familia aufzutreiben, trug Hestia ihren Teil dazu bei, indem sie tagsüber jobbte. So wie ihr Schützling gerade erst nach Orario gekommen war, war auch sie erst vor Kurzem in die untere Welt herabgestiegen, weswegen beide noch etwas unsicher umhertappten. Im Himmelsreich hatte sie sich einfach gehen lassen können, aber obwohl sie noch nicht an das Leben hier unten gewöhnt war, brachte es unzählige unbekannte Reize mit sich. Langsam verstand sie, was die anderen Gottheiten damit gemeint hatten, dass die untere Welt ein ganz besonderer Genuss wäre.

»Okay, Hestia. Hier ist das Geld für heute.«

»Vielen Dank, alte Dame.« Sie nahm ihren Tageslohn von einer Tiermenschenfrau entgegen.

Hestia arbeitete in einem Laden in der nördlichen Hauptstraße, der frittierte Kroketten verkaufte – zerstampfte Kartoffeln mit allerlei Gewürzen, die in einer Art Teigmantel in heißem Öl gebacken wurden. Dank des Geheimrezepts und der großen Portionen lief das Geschäft anscheinend blendend.

Eins, zwei, drei ... 180 Valis also? Sie hatte an diesem Tag sechs Stunden gearbeitet und erhielt einen Stundenlohn von 30 Valis. Eigentlich hatte sie schon vorher gewusst, wie viel her auskommen würde, aber als sie die Münzen zählte, musste sie dennoch seufzen.

Zuvor hatte sie sich bei der Einstellung des Herds vertan und für eine große Explosion am Verkaufsstand gesorgt. Verletzt worden war außer Hestia, die sich etwas verbrannt hatte, niemand. Aber aus diesem Grund war ihr Gehalt stark gekürzt worden.

Nun war es für Bell umso schwieriger, für ihren Unterhalt zu sorgen, da er fast alles Geld allein verdienen musste.

Als Göttin, die sich in der unteren Welt noch nicht zurechtfand, hatte man es wirklich nicht leicht. Während sie so darüber nachdachte, versuchte sie, ihre eigenen Fehler schnell zu verdrängen.

»Sag mal, alte Dame. Möchtest du nicht Teil meiner Familia werden? Ich habe erst neulich einen Abenteurer hinzubekommen und daher gerade Rückenwind.«

»Ah ha ha. Jetzt sag doch nicht schon wieder so was. Mensch, Hestia. Du bist echt aufdringlich.«

»Warum denn nicht? Bitte!«

Nachdem ihr alltägliches Flehen, die Frau möge doch bitte Teil ihrer Familia werden, ihr erneut nichts weiter als Gelächter eingebracht hatte, machte Hestia sich auf den Heimweg. Natürlich fehlte es ihrer Familia noch an Rang und Namen, um wirklich verlockend zu wirken, aber wahrscheinlich lag es auch teilweise daran, dass ihre kleine Statur nicht gerade eindrucksvoll wirkte.

Vor dem Abschied hatte ihre Chefin ihr noch einmal über den Kopf gestreichelt und frittierte Kartoffeln in die Hand gedrückt. Offensichtlich wurde sie von der Frau überhaupt nicht als Göttin ernst genommen. Sie seufzte: »Heute war auch wieder ein langer Tag …«, und warf sich eine große Krokette in den Mund. Mit vollgestopften Wangen schlenderte sie nun durch die Stadt, die ins Licht der Abendsonne getaucht war. Normalerweise machte sie sich vor dem Sonnenuntergang auf den Heimweg, aber heute hatte sich die Arbeit irgendwie hingezogen. *Vielleicht ist Bell sogar schon vor mir zu Hause*, dachte sie, während sie einen Fuß vor den anderen setzte.

Die Kirche, unter der die Hestia-Familia lebte, befand sich zwischen der nordwestlichen und der westlichen Hauptstraße. Von ihrem Arbeitsplatz in der nördlichen Hauptstraße aus musste Hestia somit einfach nur direkt nach Westen gehen. Nachdem sie ein Wohnviertel mit hübschen roten Backsteinhäusern durchschritten hatte, gelangte sie in ein Gebiet, das mit seiner Ansammlung von kleineren, unansehnlichen Gebäuden ein komplett anderes Bild bot. Sie kam an heruntergekommenen Item-Läden, lang gestreckten Massenunterkünften und einigen vorstädtisch wirkenden Kneipen vorbei, bevor sie schließlich die nordwestliche Hauptstraße erblickte.

Diese wurde auch Abenteurerstraße genannt, weil sich hier das Hauptquartier der Gilde befand und – wie der Name schon sagte – zahlreiche Abenteurer herumliefen. An den Straßenseiten reihten sich prächtige Läden aneinander, die kaum mit denen in der vorherigen Gasse zu vergleichen waren.

»Huch?« Als Hestia die große Hauptstraße überquerte, konnte sie im Stadttrubel, der in die untergehende Westsonne getaucht war, jemanden erkennen. Vor einem Geschäft stand ein weißhaariger Jüngling. *Bell?*

Ihr Schützling hatte dem Abenteurerstrom auf der Straße den Rücken zugekehrt und schaute sich irgendetwas angestrengt an. Als Hestia ihn dort ins Schaufenster starren sah, blieb sie reflexartig stehen. Nach einer Weile löste Bell den Blick von der Auslage, wandte sich schwermütig von dem Laden ab und trottete davon.

Hestia achtete darauf, dass Bell im Getümmel verschwunden war, bevor sie mit trappelnden Schritten zu dem Laden lief, vor dem er eben noch gestanden hatte. »So ist das also ...« Als sie selbst durch das Schaufenster sah, wusste sie Bescheid.

Dahinter waren zahlreiche Waffen ausgestellt – frisch poliert und prächtig glänzend. Hatten sie nur zufällig seinen Blick auf sich gezogen oder hatte ihn sein Verlangen danach zu dem Laden geführt, obwohl er wissen müsste, dass es unerfüllt bleiben würde? Zumindest war klar, dass Bell sich für diese mächtigen Waffen interessierte.

»Hm ... Na, dann muss ich ...« Hestia verschränkte die Arme und dachte nach. Sie sollte sich für ihr niedliches Kind wie eine richtige Schutzgöttin verhalten. Auch weil die alte Frau im Laden sie immer wieder abwiegelte, wollte sie zeigen, dass sie eine ordentliche Gottheit war, und Bell ein großzügiges Geschenk überreichen. Kratzte sie ihre ganzen Ersparnisse zusammen, würde es vielleicht gehen. Sie nickte mit geschlossenen Augen, bevor sie sich daranmachte, den Laden zu betreten.

Sie überlegte, wo genau Bell wohl gestanden hatte. Wahrscheinlich hatte er Interesse an dem Dolch gehabt, der wie ein Kleinod in einer Schachtel lag und selbst auf seine Göttin wunderschön wirkte. Während sie die Tür aufdrückte, warf sie mit zusammengekniffenen Augen einen Blick auf das Preisschild der Klinge. »Hm?« Dort stand 8.000.000 Valis.

Schnell ließ Hestia die halb aufgedrückte Tür wieder ins Schloss fallen. *Vergib mir, Bell. Das ist unmöglich für mich.* Ihr lief es kalt den Rücken hinunter, als sie vorsichtig ein paar Schritte zurückwich. Der Preis war wie ein gewaltiger Drache. Hestias Ersparnisse könnten es jedoch höchstens mit einem Goblin aufnehmen und hatten keine Chance gegen einen so übermächtigen Gegner.

»Aber ist das nicht ...« Als sie die roten Verzierungen am Laden bemerkte, erkannte sie schließlich, dass er zu ihrer besten Freundin gehörte. Die Hephaistos-Familia zählte die fähigsten

Schmiede der Stadt zu ihren Mitgliedern. Nachdem Hestia in die untere Welt herabgestiegen war, hatte diese Familia ihr mehrfach ausgeholfen.

Sie schaute sich das Ladenschild an. Dort stand Ἥφαιστος – der Name ihrer Freundin und einer der bekanntesten Marken. Hestia konnte sich hier also überhaupt nichts leisten und suchte schnell das Weite. *Bell sollte sich auch nicht so überschätzen*, dachte sie und fühlte sich erbärmlich. Eigentlich hatte sie ihre Macht als Gottheit demonstrieren wollen, aber jetzt war sie zu nichts imstande, als seufzend heimzukehren.

Mein Haarband zerreißt bald. Während sie die nordwestliche Hauptstraße entlangging, sah sie in einem Schaufester ihr Spiegelbild. Ihre glänzenden pechschwarzen Haare waren zu zwei Zöpfen gebunden, aber eines der Haarbänder war an einigen Stellen rissig und schien nicht mehr lange durchzuhalten.

Als sie daran herumfummelte, fiel ihr Blick auf die Schaufensterpuppen, die die vorbeigehenden Leute offenbar auf die Waren im Laden aufmerksam machen sollten. Sie hatten kleine Kleidchen an, trugen Amulette um den Hals und waren mit zahlreichen weiteren schützenden Accessoires versehen. Das künstliche Haar einer der Figuren wurde von süßen blauen Haarbändern zusammengehalten.

Schweigend schaute Hestia sie mehrere Sekunden an. Doch dann seufzte sie erneut und schüttelte den Kopf. Das ging nicht. Das ging wirklich nicht. Sie ermahnte sich selbst, dass sie als Göttin doch nicht so verschwenderisch mit dem Geld der Familia umgehen dürfte. Mehrfach schielte sie noch sehnsüchtig zu der Puppe hinüber, bevor sie sie eine Weile anstarrte. Doch dann drehte sie sich entschieden von der Auslage weg. Als wollte sie sich damit zurückhalten, hielt sie ihre eigenen Haarbänder fest, rannte los und bog von der nordwestlichen Hauptstraße in eine Seitengasse ab.

Was Hestia dabei natürlich nicht bemerkt hatte, war, dass ein Junge mit rubellitroten Augen nicht brav nach Hause gegangen war, sondern sich weiter in der Gegend herumgetrieben und dieses Schauspiel beobachtet hatte.

Inzwischen war seit der Gründung der Hestia-Familia eine Woche vergangen.

Ihre Schutzgottheit verzog wegen des Anblicks, der sich ihr soeben bot, grimmig ihr Gesicht.

»Tu... Tut mir leid, dass ich so spät bin ...« Bell war gerade durch die Tür gekommen und so verdreckt, dass man den Schmutz fast von ihm abfallen hören konnte. Ein Blick auf die Uhr verriet, dass es schon neun Uhr abends war.

»Bell, strengst du dich in letzter Zeit nicht etwas zu sehr an?«

»Ü... Überhaupt nicht«, erwiderte er auf Hestias skeptische Frage und lächelte verlegen. »Ich komme damit klar.«

Die letzten Tage war Bell die ganze Zeit so. Er stand früh morgens auf und rannte aus dem Haus, um mit aller Kraft den Dungeon zu erkunden und dann erst spät abends zurückzukommen. Seine Kleidung, seine Rüstung und sein Körper waren schon ziemlich mitgenommen. Zwar war er generell ein leidenschaftlicher Abenteurer, aber in letzter Zeit verhielt er sich dennoch irgendwie sonderbar.

»Göttin, hier ist das Geld, das ich heute verdient habe.«

»O... Oh ...«

Bell gab Hestia einen klimpernden flachsfarbigen Beutel. Die Göttin verwaltete die Einnahmen der Familia und bewahrte ihre Ersparnisse auf. Natürlich wurde der Großteil für Alltagsgegenstände, die Instandhaltung der Waffen und die Vorbereitung auf Erkundungstouren durch den Dungeon verwendet, aber selbstredend erhielt Bell auch ein kleines Taschengeld.

Hestia öffnete das Band des Beutels und fand darin 500 Valis. Da Bell mindestens 1000 Valis behalten haben musste, um sich auf die nächste Dungeonerkundung vorzubereiten, hatte er also eindeutig mehr als an den vorherigen Tagen verdient. Anscheinend hatte es sich gelohnt, dass er von morgens bis abends das Labyrinth durchstreifte.

»Sag mal, Bell.«

»Äh. Ja?«

»Hältst du vor mir vielleicht irgendwas geheim?«, fragte Hestia misstrauisch und hielt ihn auf, als er sich gerade ziemlich erschöpft und völlig verschwitzt ins Badezimmer begeben wollte. Vielleicht war es ihre göttliche Intuition oder sie hatte einfach als Frau ein Gespür dafür, dass Bell irgendwelche Geheimnisse vor ihr hatte.

Auf ihre Frage hin zuckte der Junge kurz zusammen. Er erwiderte ihren Blick, aber machte sich damit nur noch verdächtiger. »Ah ... Ah ha ha ... Wa... Was redest du denn da, Göttin? Natürlich nicht.«

»Hnnngh ...«

Bell hatte ein falsches Lächeln auf den Lippen und Hestia schaute ihn mit halb zugekniffenen Augen fest an. Ihr Blick sagte ihm deutlich, dass sie ihm nicht glaubte und er es besser sofort ausspucken sollte.

»Gö... Göttin, ich gehe jetzt erst mal duschen, ja?!«

»Ah!«

Bell sprang mit frischen Kleidern in der Hand in den Nebenraum. Hestia hatte nicht erwartet, dass er sich so flink aus dem Staub machen würde. Sofort war ihre Stimmung viel gedrückter. Es gefiel ihr überhaupt nicht, dass ihr Kind etwas vor ihr verbarg. Dann wiederum hatte sie ihm natürlich auch nicht alles verraten.

Sie hatte wirklich Gefallen an ihm gefunden und war sehr glücklich, ihn in ihre Familia aufgenommen zu haben. Auch er vertraute seiner Göttin aus tiefstem Herzen, sodass die beiden ein freundlich-familiäres Verhältnis verband. Da die Familia aber noch auf unsicheren Füßen stand, wurde Hestia in diesem Moment umso stärker bewusst, wie sehr sie sich nach mehr Sicherheit sehnte. Sie lehnte sich mit dem Rücken gegen die Wand.

Auch wenn es hier in der unteren Welt beschwerlich war, unterstützte der Junge sie, so gut er konnte. Zwar hatte er bereits einiges durchgemacht, doch sein Lächeln schien immer noch komplett unbekümmert zu sein. Sie mochte es wirklich sehr. »Du willst es mir also nicht verraten, obwohl ich dich direkt dazu aufgefordert habe, Bell?!« Genau deshalb wollte sie nicht zulassen, dass er sie anlog. Vielleicht war es auch ein wenig Hochmut, weil sie als Gottheit ihren Willen nicht bekam, oder sie fühlte sich etwas einsam, weil ihr einziger Anhänger sie so außen vor ließ. Auf jeden Fall war Hestia deutlich anzusehen, dass ihr dieser Umstand überhaupt nicht gefiel.

In Ordnung. Wenn er so sein möchte ... Mit einem wütenden Glitzern in den Augen schielte sie durch einen Spalt ins Badezimmer. *Du wirst schon sehen*, dachte sie und ging in die kleine Küche. Wortlos begann sie dort mit den Essensvorbereitungen.

Als Bell frisch geduscht in sauberen Kleidern zurückkam, lächelte Hestia ihn einfach an.

»Ach, Göttin ...«

»Du bist heute sicher müde, Bell. Ich werde das Abendessen allein zubereiten. Ruh dich bis dahin aus, ja?«

Bell schien irgendetwas sagen zu wollen, aber atmete schließlich nur erleichtert auf, weil seine Göttin ein strahlendes Lächeln auf den Lippen trug, als wäre nichts gewesen. Während ihr Opfer langsam unvorsichtig wurde, schärfte Hestia mit einem Lächeln ihr Messer.

»Komm, Bell. Lass uns heute deinen Status aktualisieren«, meinte sie nach dem Essen.

»Äh, ja.« Bell schien überhaupt keinen Verdacht zu hegen und stimmte wie ein unwissendes Häschen einfach zu.

Bell Cranel

Level 1

Stärke: I 49 → I 58

Ausdauer: I 15

Geschicklichkeit: I 66 → I 72

Beweglichkeit: I 98 → H 107

Zauberkraft: I 0

Magie:

[]

Skills:

[]

Bell lag auf dem Bett und Hestia hatte sich auf seine Hüfte gesetzt. Dort überblickte sie seinen Status. Immer noch waren Ausdauer und Beweglichkeit die beiden Ausreißer unter den Statuswerten. Die Göttin war etwas überrascht, dass Beweglichkeit in der kurzen Zeit schon auf H gestiegen war, doch beendete ihre Arbeit schnell.

Na gut. Nach der Aktualisierung des Status funkelten Hestias Augen auf. Sie zeigte ihr wahres Gesicht und Griff Bell an. Während sie weiter auf seiner Hüfte saß, lehnte sie sich mit ihrem Oberkörper auf den Rücken des Jungen.

»Hä?!«

»So, Bell. Jetzt kannst du mir nicht mehr entkommen, verstehst du?« Sie schob ihren Kopf direkt neben das Gesicht des jungen Abenteurers, der daraufhin ein undefinierbares Stöhnen von sich gab. Die kindliche Gottheit hauchte ihm ins Ohr und ging nun dazu über, ihn auszufragen.

Wie vom Blitz getroffen zitterte der Jüngling am ganzen Körper und wurde sofort knallrot. »Gö... Gö... Göttin?! Was machst du denn da?!«

»Ich unterziehe dich einem Verhör. Du hast doch irgendwelche Geheimnisse vor mir, oder?«

Beim Wort »Geheimnisse« zuckte sein Körper reflexartig, aber er brachte ihn verschämt sofort wieder unter Kontrolle, weil er so noch stärker mit Hestias weichen Rundungen in Berührung kam.

»Weißt du es etwa nicht, Bell? Uns Götter kann man nicht anlügen.«

»I... Ich weiß nicht, was du meinst.«

»Oho. Willst du etwa weiter den Unschuldigen spielen?« Hestia kniff leicht die Augen zusammen.

Bell war puterrot angelaufen, aber versuchte, seinen Kopf leicht zu drehen, um zumindest ein klein wenig von der Miene seiner Göttin zu erkennen, deren Haupt immer noch direkt neben seinem war. Und im nächsten Moment ...

Schnell legte Hestia beide Arme um Bells Hals und drückte sich mit aller Kraft an ihn.

»Halt?! Gö… Göttin?!«

»Jetzt spuck's schon aus, Bell! Noch würde ich dir vergeben, klar?!«

»I… I… I… I… Ich weiß von nichts! I… I… I… I… Ich verheimliche gar nichts vor dir!«

»Du bist echt stur!«

»Hiiiiiiiirghs?!«

Hestia presste ihren prallen Busen gegen den nackten Rücken des jungen Abenteurers und er schrie auf, als wäre irgendetwas in ihm zerbrochen. Von Kopf bis Fuß wurde er knallrot wie ein Hummer.

Überrascht, dass er sich immer noch nicht geschlagen gab, hob Hestia eine Augenbraue, bevor sie die Arme um seinen Hals fester zog und sich noch kräftiger an ihn drückte.

Die ganze Nacht erschollen Schreie aus dem Kellerraum der eingestürzten Kirche.

»Mensch. Bell ist so ein Idiot …«

Es war der nächste Tag. Weil Bell bis zum Schluss seinen Mund nicht aufgemacht hatte, war Hestia übel gelaunt. Seit dem Rückweg von ihrer Arbeit konnte sie ihre miese Stimmung nicht verbergen. Nun saß sie zu Hause auf dem Sofa und blätterte wild durch die Seiten des Buchs, das sie gerade las.

Es wirkte weniger so, als wäre er heiß darauf, den Dungeon zu erkunden, sondern vielmehr so, als würde er mehr Geld wollen … Er ist doch nicht etwa einem komischen Mädchen auf den Leim gegangen und lässt sich jetzt von ihm ausnehmen, oder? Sie musste an Bells fleißige Arbeit im Dungeon denken, aber zweifelte dennoch. Zwar wusste sie natürlich, dass ihr Schützling eigentlich nicht so dumm wäre, aber ihr Frust brachte sie dennoch auf komische Ideen. *Selbst schuld, wenn er daran zugrunde geht*, dachte sie und stellte sich vor, wie er sich komplett verknallt von einer Amazone hereinlegen ließ. *Der Gedanke war jetzt echt nicht lustig.* Hestia wurde wütend auf sich selbst, weil ihr so gemeine Dinge in den Sinn kamen.

Klonk. Klonk. »Hm?« Sie hörte Schritte auf der Treppe zu ihrem unterirdischen Zuhause. *Heute ist er aber früh dran.* Weil sie dachte, Bell käme nach Hause, hob sie mit weiterhin mürrischer Miene den Blick von ihrem Buch. Sie erwartete, dass gleich die Tür aufgehen würde, aber dann erklang nur ein Klopfen.

»Darf ich stören, Hestia?«

»Wie? Das klingt doch nach Miach?«

Überrascht stand sie auf und öffnete ihrem Bekannten – einem Gott mit langen blauen Haaren und einer etwas schäbigen Robe, der etwas größer als Bell war. Hestia machte große Augen, als sie Miach erblickte, aber bat ihn mit einem Nicken und einem freundlichen Lächeln herein.

»Ich habe gehört, dass du eine Familia gegründet hast. Ich bin etwas spät dran, aber wollte zumindest mal zur Begrüßung vorbeikommen.«

»Nicht doch. Bist du etwa extra deswegen hergekommen?«

Sie hatte Miach erst kennengelernt, nachdem sie aus dem Himmelsreich nach Orario gekommen war. Die Umstände der beiden waren ähnlich, weshalb sich zwischen ihnen schnell eine Art Freundschaft entwickelt hatte. So hatte er ihr auch geholfen, sich ans Stadtleben zu gewöhnen und sich hier besser zurechtzufinden.

»Mu ha ha. Ich möchte natürlich auch, dass ihr treue Kunden von mir werdet und ordentlich Geld in die Kassen spült. Du musst also kein schlechtes Gewissen haben.«

»Ha ha. Du gibst dir wirklich keine Blöße, was?«

Die Miach-Familia beschäftigte sich hauptsächlich mit dem Verkauf von Heiltränken. Weil sie aber eher unbekannt war, war Miach immer auf der Suche nach Kunden. Offenbar hatte ihn dieses Anliegen auch hierhergeführt.

»Dann will ich mal.« Die beiden Gottheiten lächelten sich gegenseitig an, bevor Miach Hestia einen blauen Trank in einem Reagenzglas hinhielt. »Ich bin aus geschäftlichen Gründen hier und um dir zur Feier ein Geschenk zu überreichen. Nimm es bitte als Zeichen unserer kommenden Zusammenarbeit an.«

»Oh, danke. Das ist echt nett.«

»Aber noch was anderes, Hestia. Hast du der Gilde gemeldet, dass du eine Familia gegründet hast?«, fragte Miach, nachdem die Göttin den Trank dankbar entgegengenommen hatte.

Verwundert legte sie den Kopf schief und ihr Gegenüber begann mit einer langen Erklärung: »Egal, ob man nun in den Dungeon geht oder nicht, alle Familias hier in der Stadt müssen sich aufgrund der Machtverhältnisse bei der Gilde registrieren.«

Offiziell war die Gilde nur ein Organ zur Verwaltung des Dungeons, aber da sie somit die Kontrolle über das Zentrum der Labyrinthstadt hatte, unterschied sie sich kaum von deren Regierung. Allein dank ihrer Führung herrschte Frieden in der Stadt und die Abenteurer konnten mit den Gegenständen, die sie sich im Dungeon erkämpft hatten, gewaltige Gewinne erzielen. Seit der Antike war die Gilde Orarios wichtigste Institution und da sie über alle Strukturen darin bestimmte, mussten sich ihr auch die Familias unterordnen.

»Ach, dann müssen sich Familias also ähnlich wie Abenteurer anmelden? Stimmt, da wir hier wohnen dürfen, versteht sich das eigentlich von selbst.«

»Ganz genau. Das macht hier unten die Würze aus.«

»Im Himmelsreich mussten wir uns nie um so lästige Dinge kümmern, oder?«

Die beiden Gottheiten nickten sich im gegenseitigen Verständnis füreinander zu.

»Und was machst du nun?«, fragte Miach. »Es wirkt ja so, als wärst du noch nicht dort gewesen. Soll ich dich vielleicht begleiten?«

»Wäre das möglich? Das wäre mir natürlich eine gewaltige Hilfe …«

»Da ich es angeboten habe, kann ich mich jetzt ja schlecht davor drücken, oder?«

»Du bist ein Gott, wie er im Buche steht.«

»Mu ha ha. Das höre ich oft.«

So lässig, wie sie sich nur anderen Gottheiten zeigten, verließen Hestia und Miach das Geheimzimmer der Kirche.

»Das muss alles ausgefüllt werden?«

»Ja. Und bitte nicht die Unterschrift in Hieroglyphen vergessen.«

Sie befanden sich im Empfangsbereich des Hauptquartiers der Gilde. Während dort Abenteurer unterschiedlicher Gruppierungen durcheinanderliefen, füllte Hestia den Pergamentbogen mit den nötigen Informationen zur Anmeldung ihrer Familia aus, während Miach überprüfte, ob sie alle Angaben korrekt eintrug. Die Göttin stand auf einem kleinen Podest, um ihre geringe Größe auszugleichen, und ließ den Federhalter am Tresen über das Papier flitzen.

Die Abendsonne fiel schwach durch die Fenster herein. Zu dieser Zeit kehrten die meisten Abenteurer aus dem Dungeon zurück, sodass sich hier zahlreiche Menschen und Halbmenschen tummelten. Breit grinsend verließ eine Gruppe kleiner Pallums den Tauschtresen. Eine hübsche Gildenangestellte redete streng auf einen genervten Tiermenschen ein. Ein Elf und ein Zwerg stritten sich lautstark … In dem großen Marmorsaal waren allerlei Szenen zu beobachten und der Lärm schien nie abzuebben. Hestia und Miach waren zwei der wenigen Götter an diesem Ort und bedachten die Stadtbewohner ab und an mit wohlwollenden Blicken.

»Miach, was ist denn dieser Familia-Rang?«

»Die Gilde bestimmt damit die Gesamtstärke der Familia … Er ist sozusagen ihr Ruf. Darin spiegeln sich anscheinend auch die Größe und die bisherigen Leistungen wider. Aber den Hauptausschlag gibt eigentlich die Kampfkraft.«

Genauso wie die Werte des Status wurden auch die Familias in eine Skala von I bis S eingeteilt. Dadurch entstand natürlich eine Rangordnung zwischen den Familias in Orario. Je höher der Rang war, desto mehr Einfluss konnte man auf das Stadtgeschehen nehmen und desto mehr Vertrauen schenkte die Gilde einem. Selbstredend wurde einem so auch mehr Ehrfurcht entgegengebracht. Einige Götter sahen es als Teil des Spiels an und nichts machte ihnen größere Freude, als den Rang ihrer Familia zu erhöhen.

»Die Einkünfte einer Handels-Familia werden auch hoch angerechnet. Mit einem höheren Rang steigt auch das Vertrauen der Bürger in sie, wodurch sich leichter Kunden gewinnen lassen.«

»Und welchen Rang hat deine Familia, Miach?«

»Mu ha ha. Rang H.«

Da die Hestia-Familia erst vor wenigen Tagen gegründet worden und sehr arm war, würde sie natürlich auf Rang I eingestuft werden. Selbstverständlich wurde ausnahmslos jede Familia besteuert, aber je höher der Rang war, desto größere Beträge wurden fällig, sodass Hestia und Bell keine allzu hohen Kosten drohten.

»Hestia, darf ich fragen, wie dein Kind aussieht?«

»Woher kommt diese Frage so plötzlich?«

»Nun ja. Sicherlich werden wir viel Kontakt haben, da interessiert mich natürlich sehr, was für ein Kind du ausgewählt hast.«

»Aha ... Es ist ein Menschenjunge mit weißen Haaren und roten Augen. Er heißt Bell Cranel.«

»Weiße Haare und rote Augen? Hm? Etwa der Junge da?«

»Hä?« Hestia hatte bis jetzt den Federhalter übers Blatt bewegt, aber hielt plötzlich inne und hob das Gesicht. Sie folgte Miachs Blick und entdeckte in einer Ecke des Empfangsbereichs einen weißhaarigen Jüngling, der mit einer Gildenangestellten sprach. »Bell ...«

»Also tatsächlich. Möchte er ... ihr etwa irgendwas geben?«

Als Hestia hinüberblickte, schaute Bell etwas nervös, bevor er eine kleine Schachtel in seinen Händen öffnete und der Halbelfenfrau in der Gildenuniform hinhielt. Diese schaute sich den Inhalt genau an, bevor sie dem Jungen ein, zwei Dinge sagte und kicherte.

»Ein Geschenk für eine Frau? Hi hi. Dein Kind scheint ein ziemlicher Aufreißer zu sein, was?«

Hestia war außerstande, auf Miachs Worte zu reagieren, und schaute nur schockiert zu ihrem Schützling und der Frau. Bells Wangen waren gerötet und als die Angestellte ihm leicht in die Nase kniff, senkte er verschämt den Blick. *Das ist es also ...,* dachte Hestia, während sie mit kaltem Blick hinüberschaute. Deswegen war er also möglichst früh in den Dungeon gegangen und hatte dort wie verrückt Geld verdient. Alles nur, um dieser hübschen Halbelfenfrau ein Geschenk zu machen.

Hestias Stimmung verschlechterte sich schlagartig. Anscheinend hatte die lachende Frau ihn geneckt, denn Bell wedelte knallrot mit beiden Armen. Hestia war mit dieser Situation äußerst unzufrieden. »Hrmpf.«

»Hm? Hestia?«

»Tut mir leid, Miach, aber ich gehe schon mal nach Hause.« Sie knallte das ausgefüllte Formular auf den Tresen, bevor sie an Miach vorbeiging und allein die Gilde verließ. Bis zum Schluss hatte Bell sie nicht bemerkt. Schnellen Schrittes lief sie durch den Vorhof des Hauptquartiers.

Verdammt. Das ist echt nicht lustig …, dachte Hestia, während sie die nordwestliche Hauptstraße entlangging. Sie wusste selbst nicht genau, warum diese Situation sie so sehr wurmte. Wahrscheinlich wollte sie Bell einfach nur ganz für sich allein haben. Er war der erste Anhänger, den sie gefunden hatte. Sie hatte sich so nach einem gesehnt und hing nun irgendwie sehr an ihm. Darauf, dass er sich zu einer anderen Frau außer ihr hingezogen fühlen könnte, reagierte sie in diesem Moment äußerst empfindlich. Er sollte doch eigentlich nur Augen für sie haben. Irgendwie konnte sie diesen kindischen Gedanken nicht abschütteln.

Hestia wusste nicht, ob es nur an Bell lag. Wäre sie doch nicht so einfach einen Vertrag mit ihm eingegangen … Sie hätte sich vor Kurzem kaum vorstellen können, dass solch eine Kleinigkeit sie so aus der Bahn werfen würde. *Bell, du Vollidiot …*

Während verschiedenste Emotionen in ihr wüteten, erreichte sie schließlich ihr Zuhause. Sie ging tief ins Zimmer hinein und warf sich schwungvoll auf ihr Bett. Die Augenbrauen genervt hochgezogen, schmollte sie und zog sich die Decke über den Kopf, um sich wie ein Häufchen Elend darunter zu verstecken. Als könnte sie damit die Gedanken an Bell aus ihrem Hirn verbannen, presste sie die Augen in der Dunkelheit mit aller Kraft zusammen.

Aus der Küche hörte sie leise Geschirr klappern. Von diesem Geräusch geweckt, öffnete sie im Halbdunkel langsam die Augen, blinzelte mehrfach und zog sich dann gemächlich die Wolldecke vom Kopf. Als sie diesen herausstreckte, wurde sie vom Licht der Magiesteinlampe über ihr geblendet und schloss die Augen sofort wieder. »Urgh …«

Selbst mit noch ganz vernebelten Sinnen und halb verdeckter Sicht erkannte sie sofort den weißen Hinterkopf ihres Schützlings. Er ging mehrfach zwischen dem Esstisch und der Küchenzeile hin und her, wobei er über den Boden schlich, um möglichst keine Geräusche zu machen. Ein leichter Suppengeruch hing in der Luft.

Neben der Wolldecke war noch eine weitere über die Göttin gelegt worden. Sie schob sie beiseite und setzte sich auf. Der Weißschopf bemerkte dies sofort, drehte sich um und kam zu ihr gelaufen. »Hast du gut geschlafen, Göttin?«, fragte er mit einem freundlichen Lächeln.

»Ja …« Hestia nickte. Sie schaute auf die Uhr und stellte fest, dass es schon nach sieben war. Ihr Verstand war noch nicht ganz da, also schüttelte sie den Kopf, um wieder klar denken zu können. Ihre zwei Zöpfe schlugen dabei hin und her. »Hast du gekocht?«

»Ja, du schienst ja irgendwie sehr erschöpft zu sein … Tut mir leid, dass ich einfach ohne dich gekocht habe.«

Auf dem Tisch standen ein einfacher Salat, eine Schale mit Kartoffeln und die eben fertiggestellte Suppe. Diese war in hübsche kleine Holzschälchen gefüllt, aus denen heißer Dampf aufstieg.

»Heute bist du viel früher als sonst zurück, oder?« Fast als würde sie ihr eigenes Ich, das sich ehrlich über das Bild vor seinen Augen freute, irgendwie ablenken wollen, fragte Hestia etwas sarkastisch: »Hast du was Schönes erlebt?«

Weil sie ihn so direkt anschaute, schien Bell kurz außer Fassung zu geraten, aber nachdem er sich über die Wange gekratzt und umgesehen hatte, drehte er ihr den Rücken zu und verschwand einen Moment. Er nahm etwas aus dem Regal, um damit wieder zurück vor Hestia zu treten. »Ähm, nun ja, meine Göttin ... hier.«

»Hä?«

Er hielt ihr eine kleine Schachtel hin.

Hestia war eine Weile wie versteinert und machte nur große Augen, bevor sie sie zögernd entgegennahm. Als sie die kleine Box öffnete, kamen zwei Haarbänder zum Vorschein. Die blauen Schleifen waren Blumen nachempfunden und jeweils mit einem silbernen Glöckchen versehen. »Bell, aber das sind doch ...«

»Ich habe gesehen, dass deine Haarbänder kaputtgehen und ähm ... deswegen ... dachte ich, ich schenke dir neue ...«, murmelte er, sodass man die letzten Worte kaum hören konnte.

Jetzt war Hestia komplett perplex. Bell blickte leicht zu Boden, um seine geröteten Wangen zu verstecken und seine Göttin starrte ihn mit weit aufgerissenen Augen an. Sie kannte die Schachtel, in der die Schleifen lagen. Es war dieselbe, die Bell der Halbelfenfrau in der Gilde gezeigt hatte. Anscheinend hatte er sie ihr gar nicht überreichen wollen, sondern sich einfach nur erkundigt, ob es ein gutes oder schlechtes Geschenk wäre. Denn dafür hatte er den Ratschlag einer Frau gebraucht.

Hestia erinnerte sich daran, wie die Beamtin ihn dafür geneckt hatte. Jetzt fiel ihr auf, dass sie die Situation offensichtlich falsch verstanden hatte. *Hat er mich etwa dabei erwischt?* Als sie vor einigen Tagen in das Schaufenster in der nordwestlichen Hauptstraße geschaut hatte, hatten genau diese Schleifen an einer Puppe ihre Aufmerksamkeit erregt. Offensichtlich hatte er sie dabei beobachtet.

»I... Ich wollte dir natürlich nichts verheimlichen, aber konnte doch auch nicht einfach die Überraschung kaputtmachen. Ähm ... e... es tut mir leid.«

Bell wirkte verlegen, aber Hestia lächelte ihn nur freundlich an. Auch ihre Wangen röteten sich ein wenig und sie ärgerte sich, dass sie selbst leider kein Geschenk für ihn hatte. Offenbar war er ganz anders als sie, viel aufmerksamer und freundlicher.

»Bist du etwa deswegen immer so lange im Dungeon geblieben? Damit du mir so was schenken kannst?«

»Ähm, ja ... Genau.«

»Du bist echt ein Idiot ...« *Die waren ganz sicher nicht billig*, dachte Hestia, als sie die Haarbänder begutachtete. Nur um das Geld dafür aufzutreiben, hatte er sich mehrere Tage im Dungeon verausgabt und große Gefahren auf sich genommen. Sie schloss die Augen und lächelte. »Bell.«

»J... Ja?«

»Würdest du mir Zöpfe damit binden?«

»Wie?«

»Es ist ein Geschenk von dir. Daher möchte ich, dass du mir die Haare damit machst.«

Weil Bell so aufgeregt wirkte, nahm sie grinsend seinen Arm. Sie setzte sich auf den Stuhl vor dem Spiegel, schaute hoch zu ihrem Anhänger, der sich hinter sie gestellt hatte, und lächelte ihn an.

Dieser zögerte und wusste zunächst nicht weiter, aber nahm schließlich all seinen Mut zusammen und griff vorsichtig nach den Haarbändern.

»Bell, danke ... Und es tut mir leid.«

»Was?«

»Hi hi. Ach, gar nichts.«

Während Bell vorsichtig ihre Haare berührte, musste Hestia schmunzeln. Sie beobachtete den Gesichtsausdruck des Jünglings, während er ihr die Zöpfe band. Ihr Herz klopfte wild in ihrer Brust. Jedes Mal, wenn seine Hand über ihr pechschwarzes Haar strich, kniff sie die Augen zusammen wie eine schnurrende Katze und gab sich genüsslich der Situation hin.

»Weißt du ... Bell?«

»Ja?«

»Dass ich dich getroffen habe und du mein allererstes Familia-Mitglied geworden bist ... hat mich sehr glücklich gemacht«, sagte sie ruhig.

Ihr Schützling hielt kurz inne. Erst einen Moment später formte sich ein unbekümmertes Grinsen auf seinem Gesicht. »Ich bin auch froh, dich getroffen zu haben, Göttin.«

Hestias Spiegelbild wurde leicht rot und lächelte. *Ich werde dieses Kind gewiss noch sehr lieben.* Da war sich die kleine Göttin komplett sicher. Sie würde über ihn und die Geschichte, die auf seinem Rücken eingemeißelt war, ewig wachen. Nichts wünschte sie sich in diesem Moment mehr.

Nach einer Weile waren zwei etwas ungleiche Zöpfe entstanden. Die silberfarbigen Glöckchen machten mit jeder Bewegung *pling*.

Nachwort

»Stark! »Krass!« »Cool!« »Heiliger Kreuzschnitt!« Solche Dinge dachte ich als Kind immer, wenn mir jemand begegnete, der Schmied war. Aus diesem Grund stand für mich als Autor sofort fest, dass der Kumpel meines Hauptcharakters ebenfalls ein Schmied sein muss. Endlich ist er dieses Mal richtig in Erscheinung getreten. Da in der Geschichte sonst fast nur Frauen auftauchen, ist er bestimmt eine gute Abwechslung.

Allerdings ist der Schmied in dieser Geschichte weder besonders krass oder cool noch verwendet er Techniken wie den Schnitt des Heiligen Kreuzes. Er ist einfach ein ganz normaler nach Rauch riechender Schmied. Aber als ich anfing, ihn bei der Arbeit zu beschreiben, wurde er plötzlich zu einem redseligen, wirklich hitzköpfigen Handwerker ... Zumindest ist das meine Meinung als Autor.

Denkt man an einen Schmied in einer Fantasygeschichte, kommen einem sofort Bilder von einer düsteren Werkstatt in den Kopf, in der er vor einem rot glühenden Schmelzofen auf seinem Metall herumhämmert und voller Hoffnung und Anstrengung Waffen herstellt. Findet ihr nicht auch? Egal, wie gelassen ein Schmied auch sein mag, er ist dennoch der Inbegriff von Leidenschaft. Wenn er die Schmiede wieder verlässt, hält er eine einmalige Waffe in der Hand, die er dann in die Welt hinausträgt. Er träumt davon, dass seine Produkte ihre Bestimmung erfüllen können.

Am Ende dieses vierten Bandes sind auch zwei Kurzgeschichten beigefügt, die ursprünglich im Magazin *GA Bunko* erschienen sind, aber für diese Ausgabe ergänzt und überarbeitet wurden. *Quest X Quest* ist zwischen dem zweiten und dem dritten Kapitel des dritten Bands und *Campanella an die Göttin* noch vor dem ersten Band angesiedelt. Ich hoffe, sie haben euch gut gefallen.

Und jetzt die Danksagungen: Mein Redakteur Herr Kotaki war mir eine besonders große Hilfe. Dann vielen Dank an Herrn Suzuhito Yasuda, der für dieses Buch zahlreiche Illustrationen angefertigt und seine kostbare Zeit dafür geopfert hat, dass es noch dieses Jahr erscheinen konnte. Ich bin außerdem sehr froh, dass Herr Yuji Yuji mir erlaubt hat, einige seiner Beschreibungen zu übernehmen. Auch für die Illustrationen und den Comic der limitierten Auflage von Herrn Kunieda und Herrn Kurehito Misaki möchte ich mich herzlich bedanken. Herr Kunieda ist auch zuständig für die Manga-Umsetzung, die im Square-Enix-Magazin *Young Gangan* erscheint.

Zu guter Letzt verneige ich mich natürlich auch zutiefst vor allen Lesern, die diesen Band in die Hand genommen haben. Ich hoffe, dass ihr mir auch beim nächsten Band treu bleibt.

Bis bald!

Fujino Omori

Fujino Omori

Der erste Schmied, der mir begegnet ist, war ein meisterhafter Handwerker, der eine magische Klinge gefertigt hatte, mit der man einen Schnitt des Heiligen Kreuzes zu vollführen vermochte. Danach folgten viele weitere Virtuosen, einer stärker als der andere. Zum Beispiel ein alter Schwertmeister, der seine Gegner mit Sprungangriffen überwältigte, oder ein Schmied, der sich mit der Verfeinerung magischer Klingen befasste.

Innerhalb der Fantasywelt wissen genau diese starken Schmiede wohl am besten, welches Leid damit einhergeht, etwas Großes hervorzubringen. Und trotz ihres Leids schwingen sie weiter ihren Hammer und lassen damit unsere Herzen erzittern.

Suzuhito Yasuda

Geboren in der Präfektur Mie. Zu seinen bekanntesten Werken zählen *Yozakura Quartet* oder *Durarara!!* Er hat auch das Charakterdesign für das Spiel und die Animeserie *Devil Survivor 2* kreiert.
Offizielle Internetpräsenz:
http://www.suzuhito.com/

TOKYOPOP GmbH
Hamburg

TOKYOPOP
1. Auflage, 2023
Deutsche Ausgabe/German Edition

Aus dem Japanischen von Lasse Christian Christiansen

Dungeon ni Deai wo Motomeru no wa Machigatteirudarouka vol.4

Original Japanese edition published in 2013 by SB Creative Corp.
The German edition is published by arrangement with
SB Creative Corp., Tokyo

Redaktion: Markus Rohde
Lektorat: Franziska Riedel
Lettering und Herstellung: Annika Meyer-Wülfing
Umschlaggestaltung: Annika Meyer-Wülfing
Druck und buchbinderische Verarbeitung:
CPI – Clausen & Bosse GmbH, Leck
Printed in Germany

Wir achten auf die Umwelt.
Dieses Produkt besteht aus FSC®-zertifizierten und anderen kontrollierten Materialien.

ISBN 978-3-8420-8974-7

www.tokyopop.de

DIE BRAUT DES MAGIERS
LIGHT NOVEL – DAS SILBERNE GARN

Kore Yamazaki

Eine weitere Kurzgeschichtensammlung zu *Die Braut des Magiers*!

Die Welt von Elias und Chise ist viel größer, als es den Anschein hat! Unzählige Feen und Geister kreuzen abermals ihren Weg und entführen sie in unbekannte verborgene Winkel. Dieses Werk vereint die magische Geschichte von Kore Yamazaki, der Schöpferin von *Die Braut des Magiers*, mit weiteren Erzählungen japanischer Autoren – wie ein Wandteppich aus silbernem Garn, der Erinnerungen und Geheimnisse miteinander verwebt.

THE RISING OF THE SHIELD HERO – LIGHT NOVEL

Yusagi Aneko

Beim Stöbern in der Bibliothek entdeckt der Nerd Naofumi ein Buch mit der Aufschrift *Traktat der Waffen der vier Heiligen*. Nur wenige Augenblicke später verliert er das Bewusstsein und erwacht in einer videospielartigen Welt. Diese steht kurz vor ihrem Untergang und allein vier legendäre Helden sollen in der Lage sein, den bevorstehenden Angriffswellen der Monster aus anderen Dimensionen Einhalt zu gebieten. Naofumi ist einer von ihnen – der Held des Schildes. Allerdings genießt seine auf Verteidigung spezialisierte Waffe wenig Ansehen. Von Verachtung und Verrat umgeben, steht Naofumi nun vor seiner größten Aufgabe: der Held zu werden, den bisher niemand in ihm sieht!

KONOSUBA! GOD'S BLESSING ON THIS WONDERFUL WORLD!

Masahito Watari / Natsume Akatsuki / Kurone Mishima

Schöne neue Welt? Von wegen!

Beim Versuch, ein junges Mädchen zu retten, stirbt der Nerd Kazuma vor lauter Schreck an einem Herzinfarkt. Zu allem Übel lacht ihn im Jenseits die arrogante Göttin Aqua für seinen peinlichen Tod auch noch aus. Weil er immerhin versucht hat, Gutes zu tun, darf sich Kazuma in einer Welt, die ihn sehr an seine Lieblingsgames erinnert, erneut behaupten und sogar ein Objekt seiner Wahl mitnehmen. Kurzerhand schnappt er sich die freche Göttin, die nun mit ihm gemeinsam den Dämonenkönig besiegen soll. Doch kann das den beiden Streithähnen überhaupt gelingen, wenn sie es noch nicht einmal schaffen, eine warme Mahlzeit aufzutreiben?

www.tokyopop.de

SWORD ART ONLINE – LIGHT NOVEL

Reki Kawahara / abec

Dein Spiel, dein Leben!

Wir schreiben das Jahr 2022: Gamer auf der ganzen Welt warten gespannt auf das neue Virtual-Reality-Game *Sword Art Online*, in dem man die Spielewelt so real wie nie zuvor erleben kann! Doch als die Spieler in Massen online gehen, stellen sie geschockt fest, dass es keine Möglichkeit zum Log-out gibt. Eine Rückkehr in die Realität ist ihnen nur möglich, wenn sie das Game komplett durchspielen. Doch ein Game Over in der Welt von Aincrad bedeutet den Tod im wirklichen Leben!

www.tokyopop.de

ALL YOU NEED IS KILL – LIGHT NOVEL

Hiroshi Sakurazaka / yoshitoshi ABe

Töte alles!

Soldat Kiriya ist auf dem Schlachtfeld. Sein Kamerad Yonabaru wird getötet, auch der Zugführer stirbt. Er hat all seine Munition verschossen und versteht nichts von alldem. Die Toten, die Verwundeten, die Kampfkraft der Gegner ... Seine Eindrücke vom Krieg gegen die fremden Mimics lähmen ihn und seine Verletzung am Unterleib ist tödlich. Kiriya stirbt. Nur um wieder aufzuwachen und den Tag erneut zu erleben. Wie wird er diese Wiederholung nutzen? Wie lang kann er durchhalten, ohne verrückt zu werden?

www.tokyopop.de